Onda ting

Tidigare utgivning:

Övergreppet 1997
Hoppa in då! 1998
Någonstans inom oss 1999
Hela mig 2001
Utsaga 2005
Gärningsman 2006
Intrång 2009
Uppsåt 2010
Domslut 2011
Livstid 2012
Trauma 2014
Går i alla gårdar 2015
Kontroll 2016
Övrig händelse 2017
I din himmel 2019
Övergreppet (omarbetad version) 2019

Onda ting

Ulla Bolinder

DEL ETT

Larmsamtal till LKC
O: Operatören
K: Kvinna

O: SOS 112, vad har inträffat?
   K: (ohörbart) på Kamomillvägen. Ahhh…
   O: På Kamomillvägen?
   K: Ahhh…
   O: Vad har hänt?
   K: (ohörbart) min man (ohörbart) ahhh...
   O: Lyssna på mig. Om du lugnar ner dig hör jag vad du säger. Om du skriker hör jag ingenting. Vad är det som har hänt?
   K: Det är min man. Han är död.
   O: Är du säker?
   K: Ja, han ligger död och blodig på golvet här.
   O: Är han misshandlad eller?
   K: Ja, nån har… slagit honom.
   O: Slagit honom. Och det är på Kamomillvägen? Vilket nummer på Kamomillvägen är det?
   K: Åtta. Nummer åtta. Och det behövs hjälp här. Det behövs… Ahhh…
   O: Okej, Kamomillvägen åtta. Vi… Lyssna på mig nu. Vi skickar hjälp åt dig medan du och jag pratar.
   K: Ja.
   O: Är du ensam med din man i bostaden?
   K: Ja, det är ingen annan här.
   O: Det är du säker på?

K: Ja, det är bara han och jag.

O: Okej. Vad heter du?

K: Hanna. Åh, gode gud vad har (ohörbart) gjort?

O: Är det du som har… Lyssna på mig nu, Hanna.

K: Ja.

O: Är det du som har… Är du säker på att han är död?

K: Ja, han…

O: Har du varit fram till honom?

K: Ja, jag har varit fram till honom.

O: Och det finns inget liv i honom?

K: Jag har varit fram och sett att han är död.

O: Var har han blivit slagen då?

K: Det vet jag inte. Jag ville inte titta så noga.

O: Nej, det behöver du inte.

K: Jag tror att det är i huvudet.

O: Ja, men du behöver inte titta. Är ytterdörren olåst?

K: Jag vet inte.

O: Kan du gå och se efter? Kan du öppna dörren?

K: Ja, det kan jag göra. Jag ska gå och öppna.

O: Vad heter din man?

K: Magnus.

O: Och i efternamn?

K: Lager.

O: Magnus Lager.

K: Ja.

O: Vad är det som har hänt då?

K: Jag vet inte alls. Jag… ahhh.

O: Okej. Ja, okej, hjälpen är på väg, du behöver inte gå fram.

K: Magnus, Magnus! (ohörbart) och det är blod överallt.

O: Vad…

K: Oj, oj, oj.

O: Om du känner att det är för jobbigt att vara där kan

du gå ut om du vill. Du behöver inte stanna där inne om du tycker att det är för jobbigt.

K: Åh gode gud! Vad är det som har… Ahhh…

O: Gå till ett annat rum, Hanna.

K: Nej, jag ska…

O: Har du varit och låst upp dörren så vi kommer in?

K: Ja, jag har låst upp.

O: Gå och öppna dörren, och så stannar du utanför så slipper du vara inne.

K: Nej, jag måste… Jag kan inte…

O: Ja, du får göra det som känns bäst för dig.

K: Är ni här snart?

O: Ja, det är vi. Det tar en liten stund, men ambulansen är på väg.

K: Han ligger död här, och jag vet inte vad som har…

O: Vänta lite, lägg inte på. Jag försvinner en stund. Stanna kvar i telefonen.

K: Ja (snabba andetag, gråt)

O: Är du kvar?

K: Ja, jag är kvar. Kommer ni snart?

O: Ja, ambulans och polis är utlarmade. Dom är alldeles strax framme hos dig. Dom borde vara alldeles utanför dig snart. Ja.

K: Jag ropade… jag ropade på Magnus men han svarade inte. Och så när jag kom ner… Han ligger på köksgolvet.

O: Han ligger på köksgolvet. Och var finns du nånstans?

K: På Kamomillvägen.

O: Ja, men jag tänker på var i huset?

K: Jag går bara omkring, för jag vet inte om det är sant eller om det bara är en mardröm.

O: Okej. Men du sa att du har varit fram till honom?

K: Ja, på golvet.

O: Okej. Och när du säger att han är död, hur… Vad är

det som gör att du säger det?

K: Vad… varför jag säger att han är död?

O: Ja.

K: För att han ligger blodig på golvet här.

O: Han andas inte?

K: Nej, han andas inte. Han är… Åh, gode gud!

O: Ta det lugnt, hjälpen är på väg.

K: Men vad ska jag göra? Vad ska jag göra för att han ska… Vad ska jag göra?

O: Du kan gå ut om du vill. Du kan vänta utanför. Du behöver inte stanna hos honom om han inte…

K: Jo, det måste jag, det måste jag, det…

O: Ja, du gör precis som du vill.

K: När kommer ni? När kommer…

O: Ambulansen är alldeles strax framme. Kan du se vägen från fönstret?

K: Ja, jag ser vägen.

O: Håll ögonen på vägen så ser du snart ambulansen komma.

K: Åh, gode gud, gode gud, varför måste det här hända?

O: (tystnad)

K: Ja, nu kommer den. Nej, den stannar inte. Den åker förbi.

O: Nej, den kommer till er.

K: Ja, nu vänder den och kommer tillbaka.

O: Ja.

K: Åh, gode gud, vad är det som…

O: Då lämnar jag dig, Hanna.

K: Ja, nu är ambulansen här.

1

Hur har du det däruppe i din himmel, Mårtensson? Nu har du varit död i över ett år och jag har vant mig vid att du inte finns här längre. Men jag tänker fortfarande på dig, och jag hoppas att du vill göra mig sällskap ett tag till.

Jag har haft ledigt. I två veckor har jag varit tillsammans med Tom i hans stuga i skogen och inte gjort annat än vilat mig. Jag skulle ha varit ledig längre, men nu är jag tillbaka på jobbet igen. Fallet med mannen som blev ihjälslagen i sitt kök var nämligen inte så okomplicerat som vi till en början trodde. Alla, och särskilt Holth, var mer eller mindre övertygade om att mannens sambo Hanna hade dödat honom och att vi inte behövde leta efter en alternativ gärningsman. Fallet var uppklarat redan från början, ansåg vi, och det enda som återstod var att få fram ett erkännande. Men så enkelt var det alltså inte.

Jag befinner mig fortfarande i den inledande fasen när jag bara ägnar mig åt att iaktta, lyssna och ta till mig information. Att ta den perioden på allvar och ge den maximal uppmärksamhet tycker jag, som du vet, är det bästa sättet att börja en utredning.

Holth är fortfarande övertygad om att det är Hanna som är den skyldiga, och det finns en del som talar emot henne, men efter att ha lyssnat på larmsamtalet har jag ändå svårt att tro att det är hon. Varför vet jag inte riktigt. Det är bara en känsla jag har, och den kan naturligtvis vara fel.

Så här har i alla fall gången på det hela varit hittills:

Hanna fördes direkt från brottsplatsen till polisstationen, och efter ett par timmars förhör delgavs hon misstanke om mord.

Dagen därpå tilldelades hon en advokat, och efter två dagars ytterligare förhör begärde åklagaren henne häktad som skäligen misstänkt för mordet. Advokaten ifrågasatte bevisningen, men rätten gick helt på åklagarens linje och häktade henne. Häktningstiden har därefter förlängts, och nu har hon suttit inlåst i fem veckor.

Det som talar emot henne är följande:

Ett: Att hon var ensam med sambon Magnus i huset och att alla fönster var stängda och alla ytterdörrar låsta när hon larmade. Två: Att hon i SOS-samtalet kan ha sagt "Vad har jag gjort?" Tre: Att offret enligt läkaren på plats hade likfläckar, vilket tyder på att hon inte larmade direkt efter upptäckten som hon påstod. Fyra: Att hennes fingeravtryck fanns på mordvapnet.

När jag blev inkopplad på fallet började jag i vanlig ordning med att gå igenom förhörsprotokollen från det initiala skedet. Jag pratade också med några av personerna som var först på plats.

Niclas Ström

Jag jobbar som polis i yttre tjänst. Det aktuella arbetspasset tjänstgjorde jag tillsammans med kollegan Lundberg. Vi blev beordrade till en adress på Kamomillvägen med anledning av ett misstänkt dödsfall. När vi anlände till platsen befann sig ambulanspersonal utanför fastigheten. Vi bad dessa vänta medan vi säkrade huset.

Jag var den första som gick in. Inifrån huset hördes inga ljud. Jag närmade mig ytterdörren från vänster. Den var stängd men inte låst. Jag öppnade dörren och riktade mitt tjänstevapen in mot bostaden. Jag stod kvar utanför och lyssnade. Jag ropade att det var polisen och att personerna som var därinne sakta skulle komma ut och hålla händerna över huvudet, tomma och väl synliga. Nästan ögonblickligen dök det upp en kvinna med armarna i vädret. Jag såg inte från vilken rum hon kom. Medan jag riktade mitt vapen mot henne bad jag henne gå baklänges mot mig med händerna kvar ovanför huvudet. Jag hade redan då beslutat att hon skulle gripas. När hon kom tillräckligt nära mig tog jag tag i henne och föste henne bakåt mot min kollega som stod bakom mig på trappan. Jag sa åt honom att ta kontroll över henne eftersom jag själv var tvungen att ha fokus på huset för att kunna se om det fanns några ytterligare personer därinne.

Jag genomförde söket av bostaden på så sätt att jag inte passerade några dörrar eller rum utan att först ha letat igenom utrymmena. Jag öppnade således dörr efter dörr och arbetade mig längre in i bostaden. Jag upptäckte en dörr på vänster sida från entrédörren sett. Där fanns en trappa som ledde ner till en källare. Jag valde att tills vidare lämna det utrymmet osökt, eftersom jag bedömde det som viktigare att leta igenom bottenvåningen först.

Jag fortsatte att arbeta mig längre in i huset. När jag kom till köket såg jag att det låg en kropp tillhörande en mansperson på golvet. Han låg med huvudet mot bänken till höger sett från ingången till köket. Jag såg att han var blodig i huvudet och att kroppen låg i en blodpöl. Det verkade som om huvudet var skadat på ena sidan där det var mycket blod. Jag bedömde att mannen var död då kroppsfärgen var gråaktig och han inte heller andades. Eftersom mannen var avliden ville jag inte undersöka kroppen närmare. Jag gick istället ut från köket samma väg som jag kommit. På en byrå i hallen låg en större hammare.

Jag började därefter söka av övervåningen och källaren, där jag kunde konstatera att inget anmärkningsvärt fanns att se. Jag meddelade på radion att huset var genomsökt och säkrat och uppgav vad jag anträffat på plats. Jag fick då direktivet att släppa in ambulanspersonalen för att titta till mannen. Två ambulanssjukvårdare fick gå in genom entrédörren. Jag sa att jag trodde att mannen var död och bad dom iaktta försiktighet när dom rörde sig i huset och försöka att inte vidröra kroppen mer än nödvändigt. Den ena, en kvinna, gick fram till mannen och kände på hans hand. Hon sa att den var kall och att mannen var avliden.

Det upprättades en väl tilltagen avspärrning runt huset på fram- och baksidan. Strax därefter kom jag att tänka på källardörren och befarade att exempelvis en granne skulle kunna ta sig in genom den. Jag gick därför tillbaka ner i källaren för att tillse att det inte gick att ta sig in i huset den vägen. Jag konstaterade att ytterdörren inte gick att öppna utifrån eftersom den var låst från insidan med en nyckel. Alla ytterdörrar till huset var alltså låsta förutom entrédörren.

Jag talade därefter med den gripna kvinnan i polisbilen. Hon såg förtvivlad ut och var alldeles blek. Jag konstaterade snabbt att hon verkade chockad och desorienterad. Jag frågade vad som hänt, och hon uppgav att hon hade påträffat sin sambo död på golvet i köket och genast ringt SOS. Hon berättade också att ytterdörren då varit låst som den vanligtvis brukar vara.

Jag frågade om det kunde finnas fler anhöriga som borde underrättas, och hon svarade att hennes mamma och bror bodde i närheten. Dessa båda personer befann sig då redan på gården utanför huset.

En läkare begärdes till adressen, och vi tog kontakt med kriminalpolisen och tekniska roteln och bad dessa att omgående komma till brottsplatsen. En dryg halvtimme senare kom teknikerna, och vi gick igenom vad vi dittills visste om mordet. En läkare anlände för att undersöka

offret på plats, och en halvtimme senare hämtades man-
nens kropp och kördes till rättsmedicin för obduktion.

2

Polisassistent Ström gick in i huset med draget tjänstevapen. Jag förstår inte riktigt varför han tog till den drastiska åtgärden, men jag ifrågasatte det inte när jag pratade med honom. Det blev som det blev, och det är ju inte mycket att orda om. Men jag tänkte att Hanna måste ha blivit chockad av att få en pistol riktad mot sig när hon hörde polisen komma och trodde att hon skulle få stöd och hjälp. Och på vilka grunder beslöt Ström att gripa henne? Vilken förhandsinformation hade han fått? Jag glömde fråga honom om det.

Jag har också pratat med en av ambulanssjukvårdarna. I hennes redogörelse reagerade jag på en uppgift angående blodet på golvet. Jag har för mig att blod koagulerar inom fem minuter, men enlig henne hade det bara *börjat* levra sig när hon undersökte kroppen, och det kan ju inte stämma.

Petra Bäck

Jag och min kollega Mattias fick ett larm gällande en man som skulle ligga på golvet i en blodpöl. I och med detta började vi befara att det låg ett brott bakom och kollade därför upp att polisen också följde med. Eftersom vi bedömde att det handlade om återupplivning åkte ytterligare en ambulans till adressen, och i den ambulansen fanns kollegerna Per och Stefan. Under färden fick vi info om att man trodde att mannen hade ramlat och skadat sig, men det gick inte att utesluta att det rörde sig om ett våldsbrott.

När vi kom fram avvaktade vi i väntan på polisen som skulle komma och säkra fastigheten innan vi kunde gå in. Det är för vår egen säkerhets skull som vi är tvungna att invänta polisen. Gärningsmannen kan ju vara kvar och angripa oss. Andra problem som kan uppstå är stenkastning och vandalisering om vi befinner oss i mer oroliga områden. Men jag tycker att det är svårt att stå overksam när jag vet att en person ligger skadad i närheten och behöver vår hjälp. Det strider mot min instinkt att inte omedelbart ingripa, och så är det nog för alla som arbetar inom vården, där den högsta prioriteringen alltid är att rädda liv.

När polisen till slut gav klartecken gick Per och jag in för att bedöma mannen, som vi såg ligga på köksgolvet i en blodpöl. Han låg på mage med huvudet mot köksbänken och ansiktet vänt ut mot hallen. Han hade sin högra arm böjd ovanför huvudet och hans ben låg parallellt på golvet.

Jag började med att kontrollera andning och puls, och vi uppskattade blodförlusten som vi brukar. Han hade förlorat en stor mängd blod, och det mesta var mörkfärgat och hade börjat koagulera. Jag kontrollerade om det hade kommit blod från näsan eller munnen, men så tycktes inte vara fallet. Per och jag hjälptes åt att vända på kroppen och det kändes inte som att den hade blivit likstel.

När mannen låg på rygg fortsatte vi att kontrollera honom och såg då att allt tydde på att han var avliden. Tillsammans tog vi beslutet att inte sätta in några återupplivningsförsök. Vi såg en skada i huvudet och vi kollade hans pupiller som vi noterade var ljusstela. Hans färg var blek och jag funderade på om huden hade hunnit bli blåmarmorerad, men jag minns inte hur det var med det. Jag uppfattade att kroppstemperaturen hade börjar sjunka men att han inte var helt kall. Mer varm än kall, uppskattningsvis.

När vi hade bedömt att vi inget kunde göra gick vi ut och pratade med en kvinna som stod tillsammans med sin son på gården. Hon var ledsen och berättade att det var hennes dotter som hade tagits med av polisen och att mannen som var död var dotterns sambo.

3

Enligt läkaren som kallades till platsen hade den döda kroppen likfläckar. Men hur skulle den ha hunnit få det? Det hade ju inte gått ens en timme sen Hanna ringde SOS, och på så kort tid hinner inga likfläckar uppstå. Inte stämde det med ambulanspersonalens uppgifter heller, tyckte jag. För säkerhets skull tog jag kontakt med läkaren för att få klarhet i det hela. Det visade sig att han bodde i närheten av brottsplatsen och hade tagit sig dit på cykel.

Hans Boström

Jag blev uppringd och kallad till en fastighet på Kamomillvägen med anledning av ett dödsfall. Jag är själv bosatt i trakten och är väl bekant med omgivningarna, så jag visste på en gång vilken fastighet det gällde och vilka som bodde där. Den tidigare fastighetsägaren Birger Holmberg är en gammal bekant till mig, och jag visste att det var ett av hans barnbarn som äger huset nu, och att hon bor där tillsammans med en man. Jag är inte bekant med vare sig honom eller henne, men jag blev naturligtvis bestört och hoppade upp på cykeln i en hast och trampade dit.

När jag kom fram var polisen där, och jag informerades om läget och uppmanades att varken röra kroppen eller några föremål i huset. Jag är gammal i gården och väl förtrogen med procedurerna, så den uppmaningen hade jag klarat mig lika bra utan, men jag tog utan knot emot skoskydden som en av poliserna gav mig och gick in i huset.

Mannen låg död i en blodpöl på köksgolvet. Jag konsta-

terade snabbt att kroppen hade utsatts för övervåld. Jag
såg en skada i huvudet, men mannen behövde inte undersökas eftersom det var helt uppenbart att han var avliden.
Det både såg och kände jag. När jag tog tag i hans högra
handled för att märka upp den med ett band var handen
som fastklibbad vid golvet och kändes kall.

Jag undersökte inte kroppen närmare. Jag följde polisens instruktioner och rörde den inte mer än nödvändigt
för att kunna fastställa att döden inträtt. Därför kontrollerade jag varken kroppstemperatur eller likstelhet. Men
jag tyckte mig se att det fanns likfläckar.

Det jag rent allmänt tittar efter när jag ska avgöra om en
person är död, är först och främst om andningsverksamheten har upphört och om hjärtat har slutat slå. Strax efter
döden inträder också blekhet, och ansiktet blir infallet på
ett karaktäristiskt sätt. Nästippen, fingrarna och tårna, och
så småningom hela kroppen, blir kall. Ögonen mister sin
glans, därför att hornhinnan torkar och blir matt och ogenomskinlig, och ögongloberna sjunker in. Pupillerna är vida och drar inte ihop sig om man lyser med en lampa. Om
man trycker på ögongloben vid sidan av pupillen förändras pupillens form på en död men inte på en medvetslös.

Så småningom kommer likstelheten, som är en stelhet i
musklerna, och den kan göra sig gällande redan efter två
timmar, men ibland först efter åtta till tio timmar. Den börjar i underkäkens och halsens muskler, fortsätter i kroppsmusklerna och når slutligen armar och ben. Likfläckarna,
som är blåvioletta till färgen, uppträder på den sida av
kroppen som ligger lägst. Det beror på att blodet av sin
egen tyngd samlas där. Likfläckarna visar sig ibland efter
några timmar, men i allmänhet först efter tolv timmar.

Jag tyckte mig se likfläckar på Magnus Lagers kropp,
men när jag tänker efter är jag inte alls säker på att jag såg

några. Jag kände mig stressad och irriterad vid tillfället ifråga och ville få alltihop överstökat så fort som möjligt. När jag satte mig i fåtöljen i vardagsrummet med mina papper var jag nog inte hundraprocentigt skärpt. I efterhand har jag bett polisen bortse från uppgiften om likfläckarna, för den kan jag inte gå ed på.

Det som gjorde mig irriterad var att jag inte bemöttes med vanlig enkel respekt av polismännen på plats. Jag är inte van vid att bli kommenderad och nonchalant behandlad. Men det glömmer vi nu. Det enda jag kan säga är att det troligtvis var min irritation som gjorde att mina uppgifter i det här fallet från början inte blev helt korrekta.

4

Nu har jag träffat Hanna. Hon är trettiotvå år och arbetar på ett försäkringsbolag. I början var hon lite kort och avvisande, men efter en stund släppte det och vi fick ganska bra kontakt. Det underliga var att hon inte en enda gång bedyrade sin oskuld. Hon berättade bara om sin upplevelse av att sitta häktad och om Holths otrevliga beteende under förhören.

Att sitta häktad under lång tid med fulla restriktioner är plågsamt för så gott som alla. Det är en form av tortyr som inte borde vara tillåten eftersom rent fysisk tortyr inte är det. Det finns oskyldiga som har erkänt brott bara för att slippa ifrån isoleringen. Men det tror jag inte att Hanna kommer att göra. Hon är säker på att det inte finns några bevis mot henne och att vi snart måste släppa henne.

Jag fick ett övervägande positivt intryck av henne. Hon är lite som jag, tror jag. Återhållsam, reserverad och på sin vakt innan hon har gjort läget klart för sig. Men är hon som jag kan hon hålla inne med mycket, och det har jag en stark känsla av att hon gör. Frågan är bara vad det är.

Förhör med Hanna Holmberg
FL: Förhörsledare Ann-Catrin Friberg
HH: Hanna Holmberg

FL: Hur mår du?
  HH: Jag klarar mig.
  FL: Du har suttit häktad länge nu, och häktningstiden

kommer troligtvis att förlängas ytterligare.

HH: Ja, jag har förstått det.

FL: Har du några frågor?

HH: Ja, jag undrar varför tiden förlängs gång på gång.

FL: För att vi ska få tid att utreda det hela så grundligt som möjligt.

HH: Jag trodde att det måste finnas bevis redan från början mot en person som häktas. Men så är det alltså inte?

FL: I lagen står det att det måste föreligga risk för flykt, försvårande av utredning eller fortsatt brottslig verksamhet för att en misstänkt ska häktas.

HH: Ja, men det stämmer inte på mig.

FL: Nej. Men man brukar säga att minimikraven är att den misstänkte har befunnit sig på brottsplatsen, att han eller hon har haft möjlighet att utföra gärningen och att man kan utesluta andra gärningsmän.

HH: Jaha. Då uppfyller jag minikraven då.

FL: Ja, det gör du.

HH: Men jag är inte häktad på sannolika skäl.

FL: Nej, i vissa fall kan häktning ske vid den lägre misstankegraden också, om det finns "synnerliga skäl" som det heter.

HH: Jaha. Och vad innebär det då?

FL: Det framgår inte närmare av lagtexten. Om det finns anledning att tro att en fortsatt utredning kommer att leda till en högre misstankegrad, kan man kanske säga.

HH: Och det gör det i mitt fall?

FL: Ja, det är så det har bedömts.

HH: Av vem då?

FL: Av åklagaren och domstolen.

HH: Som har fått all information av polisen?

FL: Ja, så är det. Har inte din advokat förklarat det här för dig?

HH: Jag har inte frågat.

FL: Varför inte?

HH: För att hon verkar stressad och oengagerad. Är det domstolen som bestämmer om restriktioner också?

FL: Ja, på åklagarens begäran. Och som regel litar domstolen på åklagaren och gör ingen egen bedömning.

HH: Varför inte?

FL: Av bekvämlighetsskäl, antar jag. Domstolen har ju ingen inblick i förundersökningen och har svårt att värdera behovet av restriktioner. Därför gör man det lätt för sig och bifaller nästan alltid åklagarens yrkanden.

HH: Jaha. Och att det finns ett behov får åklagaren veta av polisen?

FL: Ja.

HH: Så vad tror ni alltså att mamma skulle göra för skada om jag fick prata med henne? Gå in i huset och undanröja bevis?

FL: Nej, huset är fortfarande avspärrat. Ingen får gå in där eftersom det kan bli aktuellt med nya undersökningar.

HH: Stackars Tusse som inte får komma in… Vet du om mamma tar hand om honom? Men det gör hon väl.

FL: Det kan jag ta reda på.

HH: Ja tack. Har du pratat med henne? Vet du hur hon mår?

FL: Ja, jag har pratat med henne, och både hon och din bror mår efter omständigheterna bra.

HH: Varför fick jag inte vara med på Magnus begravning?

FL: Har ingen berättat det för dig?

HH: Jag har inte frågat.

FL: Det var Magnus pappa som motsatte sig det.

HH: Torsten? Han tror att jag är skyldig, alltså? Ja, det tror väl alla, eftersom jag sitter här och inte släpps ut.

FL: (tystnad)

HH: Det är så overkligt alltihop.

FL: Mm?

HH: Dom sa att jag skulle följa med till förhör. Jag förstod inte att jag var misstänkt. Men när jag måste ta av mig mina kläder och sätta på mig häktets kläder istället, fattade jag det. Jag blev inlåst i en cell, och där fick jag sitta i fyra timmar utan att veta vad som skulle hända. Till slut kom en vakt in med en matbricka, men jag kunde inte äta. Jag bara tänkte på att Magnus var död. Sen blev jag hämtad och förhörd.

FL: Mm.

HH: Det första som sas var att jag var misstänkt för mord. Jag frågade om jag behövde en advokat, och en av poliserna sa att det tyckte han absolut att jag behövde. Så jag bad att få en. Jag fick veta att det skulle komma en, men jag fick inte veta när, och förhöret bara fortsatte. När advokaten till slut kom verkade hon jäktad och satt tyst under hela förhöret. Jag kände att en av poliserna som förhörde mig redan hade bestämt sig för att jag var skyldig och att han inte brydde sig om vad jag sa. Advokaten verkade hålla med honom, för hon avbröt honom inte en enda gång. Sen fick jag sitta i cellen i flera dagar utan att några nya förhör hölls. Jag kunde inte äta och blev så svag att jag knappt kunde stå på benen. När jag hade blivit häktad fördes jag fram och tillbaka mellan cellen och förhörsrummet, och dagarna flöt bara ihop. Jag kunde inte hålla reda på tiden längre. Jag fick inte läsa tidningar, inte lyssna på radio, inte se på teve, och jag träffade inga andra än poliser och min advokat. När jag satt ensam i cellen kände jag mig totalt avskuren och isolerad. Ibland fick jag lust att dunka huvudet i väggen i ren desperation. Som du säkert vet är handdukskrokarna i cellen gjorda av gummi, och vattnet kommer från ett hål i handfatet istället för från en vanlig kran som man skulle kunna skada sig på. Inte för att jag funderade på att skada mig, men ibland kände jag att jag ville framkalla fysisk smärta för att minska den psykiska smärtan.

FL: Mm. Hur är det nu då?

HH: Nu är det bättre. Jag lånar böcker och läser. Och att jag slipper din kollega Holth är en stor lättnad. När jag inte svarade som han ville hetsade han upp sig och blev aggressiv. Frågorna kom huller om buller utan sammanhang så att jag hade svårt att hänga med. Till slut var det inte ens några frågor längre utan bara påståenden och anklagelser. Ibland stängde han av bandspelaren och skrek och hotade mig. Ibland lät han mig sitta i cellen och vänta tills jag trodde att jag skulle bli tokig. Ju längre jag fick vänta desto oroligare blev jag. Han sa att min väntan berodde på att utredarna var ute och jagade efter mer information, men det trodde jag inte på. Hur många gånger han än upprepade det så trodde jag inte på det. Jag förstod att det bara var ett spel som gick ut på att jag skulle få sitta där tills jag blev mör. Sen skulle han komma och tvinga ur mig det som han menade var sanningen. Men det lyckades han inte med. Jag blir obstinat när nån behandlar mig så. Passivt obstinat, så att jag ger minimalt gensvar. Förstår du hur jag menar?

FL: Ja, det gör jag.

HH: Bättre ligga lågt än illa fäkta, är mitt motto.

FL: Ja, det är ingen dum inställning.

HH: Förlåt att jag pratar så mycket, men jag har inte haft nån att vända mig till som har lyssnat ordentligt. Men om du tror att du ska få fram ett erkännande genom att lyssna förstående på mig, så kan jag säga på en gång att det inte kommer att hända. Så att du inte slösar bort tiden i onödan, menar jag.

FL: Nej, det behöver du inte oroa dig för.

HH: Och din kollega tänker jag aldrig mer prata med.

FL: Nej. Men om du orkar en stund till nu, så skulle jag gärna vilja veta lite om din familj.

HH: Jaha. Ja, det är morfar, som är åttiotre år, och min mamma som är femtiosex år, och min syster Josefin som är trettio, och min bror Jonas som är sjutton. Pappa stack iväg när Josefin och jag var tonåringar, och några år senare föddes Jonas, som har en annan pappa som ingen av oss barn har träffat. Morfar bor för sig själv i en lägenhet i stan och klarar sig med hemtjänst och lite stöd från mamma och Jonas. Josefin bor tjugo mil härifrån och har en pojke på åtta år, som hon har delad vårdnad om.

FL: Själv har du inga barn?

HH: Nej. Men nu orkar jag inte mer.

FL: Nej, då får det räcka för den här gången. Vi kommer ju att träffas snart igen. Tack för att du tog dig tid, höll jag på att säga, men det passar ju inte riktigt här.

HH: Nej. Men det var skönt att få prata, så det är jag som ska tacka.

FL: Okej. Då avslutar vi här klockan 14.38.

5

Det är Eva Thorén som är förundersökningsledare den här gången också. ET kallar Holth henne, med engelskt uttal som i den lilla filmrymdvarelsens namn. Hon låter det passera utan kommentar, men jag tror inte att hon gillar det.

Eva har det övergripande ansvaret och Widén är spaningschef. Det passar honom fint att ha koll på alla uppslag och att fördela arbetet mellan oss. Som tur är har vi också en välfungerande registrator som håller ordning på alla inkomna uppgifter och omedelbart diarieför alla tips så att allt är sökbart och inte blir liggande och glöms bort.

Som du vet är jag inte särskilt imponerad av Widén som förhörsledare, men som spaningschef fungerar han bra. Varje dag kallar han till ett gemensamt morgonmöte för att hålla gruppen informerad om vad som är på gång. Personal från tekniken brukar också vara med ibland.

Och Eva uppskattar jag. Hon vill att det ska vara högt i tak så att alla vågar lägga fram egna teorier eller peka på fel och brister som kan uppstå. Hon tycker att det är bra att vi har olika synpunkter och åsikter om spaningsuppslagen och att vi ifrågasätter och är lite skeptiska så att inte alla kör efter samma spår och riskerar att andra spår försummas. Det synsättet anammar vi allihop utom Holth, som envist håller fast vid att Hanna är den skyldiga och att fallet är polisiärt uppklarat. Att det saknas teknisk bevisning och ett erkännande rubbar honom inte i hans övertygelse. Och trots sin mångåriga erfarenhet tror han fortfarande att en misstänkt kan nötas ner med ren viljestyrka och tvingas till underkastelse med ord. Han har inte fattat att vissa människor blir mer motsträviga ju mer man pressar på, blir allt tystare ju mer man ryter och domderar, för att till slut tiga helt. När jag blev inkopplad på det här fallet var det dit han hade drivit Hanna. Hon hade slutat svara på hans frågor och vägrade att över huvud taget prata med honom mer.

Efter mitt första förhör med henne var han sur. *Har du smörat in dig hos mörderskan nu?* sa han när jag mötte honom i korridoren. Din inskränkta lilla skit, tänkte jag och log glatt mot honom. Jag vet att jag retar gallfeber på honom när jag inte låter mig provoceras, och det är alltid uppiggande.

Han förstår att jag kommer att lyckas bättre med Hanna än han själv har gjort. Han känner på sig att jag är inne på en helt annan linje än han och troligtvis kommer att skjuta hans slagskepp i sank. Men grunden till sitt misslyckande har han själv lagt genom att så envist hålla fast vid en enda teori och stänga alla möjligheter till fortsatt kommunikation med Hanna. Han har helt enkelt tappat ett värdefullt vittne, och det misstaget tänker inte jag göra.

Jag har gått igenom förhören han har hållit med henne, och det var ingen rolig läsning, kan jag säga. Ibland undrar jag om han är riktigt klok.

Förhör med Hanna Holmberg
FL: Förhörsledare Ivar Holth
HH: Hanna Holmberg

HH: Varför sitter jag här?

FL: Du är misstänkt för mord. Den misstanken har du blivit delgiven.

HH: Ja, men på vilka grunder?

FL: Vem brukar man först titta på i en mordutredning? Jo, den som såg offret sist. Att syna sista vittnet är en gyllene regel. Vem har gjort den sista iakttagelsen? Vid ett mord är det a och o att det är den personen man granskar. Och av erfarenhet vet man att vid åttio procent av alla grova brott så finns det en relation mellan offer och gärningsman.

HH: (tystnad)

FL: Sen har vi den så kallade kollusionsfaran. Om det finns risk för att en misstänkt undanröjer bevis eller på annat sätt förstör en brottsutredning blir det häktning.

HH: (tystnad)

FL: Har du nåt mer du vill ha svar på?

HH: Nej.

FL: Berätta vad som hände då.

HH: Det har jag redan gjort.

FL: Berätta det en gång till. Vad hade ni för er, du och Lager, den här dan? Var ni ute nånting eller? Vad gjorde ni? Åt ni nån mat eller drack ni nån sprit eller?

HH: (tystnad)

FL: Sover ni i samma rum?

HH: Ja.

FL: I samma säng?

HH: I en dubbelsäng.

FL: Har ni bråkat nån gång, du och Lager?

HH: Ja.

FL: Vad bråkade ni om då då?

HH: (tystnad)

FL: Hade ni ekonomiska bekymmer?

HH: Nej.

FL: Hade ni bråkat nånting just den här dan?

HH: Nej.

FL: Har du problem med alkohol eller tabletter?

HH: Nej.

FL: Du sa att ytterdörren var låst. Hade Lager låst den eller var det du som hade låst den? För nån måste ju ha låst den.

HH: Jag vet inte. Men jag är inte säker på att…

FL: Hade Lager några ovänner som skulle kunna ligga bakom det här?

HH: Inte vad jag vet.

FL: Och ni hade inte bråkat nånting på kvällen?

HH: Nej.

FL: Har du några funderingar kring hur ni hamnade i köket, du och Lager? Varför det blev just köket?

HH: Han var ensam i köket.

FL: Tills du kom, ja.

HH: (tystnad)

FL: Och där låg han, sen du hade pucklat på honom med hammaren. Blodig och dan. Kan du beskriva ställningen? Hur låg han? Rörde han på sig? Va?

HH: (tystnad)

FL: I telefonsamtalet till SOS säger du: "Vad har jag gjort".

HH: Nej, det sa jag inte.

FL: Vi har det på band. Vi har det inspelat på band.

HH: Men jag sa inte så.

FL: Vad sa du då?

HH: Jag vet inte.

FL: Vår erfarenhet säger oss att dom flesta mord begås av en nära anhörig till offret. I det här fallet verkar det uppenbart att det är du som har slagit ihjäl din sambo, för att sen ringa till SOS och påstå att du hittade honom. Det finns många omständigheter som stöder den teorin. En är att alla dörrar var låsta och att det var bara du och Lager som befann er i huset.

HH: Men jag är inte säker på att dörren var låst.

FL: En annan är att du sa i SOS-samtalet: "Vad har jag gjort?"

HH: Nej, det sa jag inte.

FL: En tredje är att dina fingeravtryck fanns på mordvapnet. En fjärde är att offret hade likfläckar. Vet du hur lång tid det tar för likfläckar att uppstå? Jo, det tar åtskilliga timmar. Alltså larmade du inte polisen på stubinen som du har försökt göra gällande.

HH: Jo, jag ringde på en gång.

FL: Ljug inte! Sitt inte här och ljug!

HH: Det gör jag inte.

FL: Vem tror du skulle vilja göra en sån här sak mot honom då?

HH: Jag vet inte.

FL: Och du har ingen tanke om vad som kan ligga bakom?

HH: Nej.

FL: Du sa att du dammsög på vinden.

HH: Inte på vinden. På övervåningen.

FL: Jaså på övervåningen. Men där fanns det ingen dammsugare.

HH: Nej, jag ställde undan den innan jag gick ner.

FL: Jag har några foton här. Titta på dom här. Där ligger han. Berätta vad som verkligen hände nu. Det var ju bara du som var där.

HH: (tystnad)

FL: Berätta hur det var. Bråkade ni eller?

HH: Nej.

FL: Vad var det som hände då? Du vet det.

HH: Nej.

FL: Säg sanningen!

HH: Det har jag gjort.

FL: Det du *vill* ska vara sanningen, ja. Du har sagt hur du *vill* att det ska vara. Men det du säger är inte sant. Det du säger är inte med sanningen överensstämmande.

HH: Jo.

FL: Han dör ganska snabbt, va? På några sekunder eller minuter? Några kraftiga slag i skallen och så är han död?

HH: (tystnad)

FL: Det finns ingen annan. Det var bara du och han som var där.

HH: (tystnad)

FL: Du hade hammaren i handen. Den fanns där i huset hela tiden. Titta på bilden här. Där ligger han, blodig och sönderslagen med blod överallt. Det här behöver du inte skygga för. Det här har du sett tidigare. Du var ju där. Du har sett det. Du är den som var på plats. Titta, säger jag! Så här såg det ut. Du har ju sett honom ligga där på golvet. Sett att han såg ut så här. Ingen annan har varit där. Säg nu som det är så att du kan komma vidare sen.

HH: Jag har sagt som det är.

FL: Nej, det har du inte! Titta på bilden! Erkänn att det är du som har gjort det här! Erkänn att det var du! Inbilla dig inte att du ska komma undan med det här!

HH: (tystnad)

FL: Berätta nu varför du slog ihjäl honom. Hade han varit dum mot dig? Hade han slagit dig? Hade han våldtagit dig? Hade han varit otrogen? Va?

HH: Nej.

FL: Hade du tröttnat på honom? Ville du bli av med honom? Hade han tröttnat på dig?

HH: Nej.

FL: Vad hade den stackars saten gjort då, för att behöva

bli ihjälslagen?

HH: Ingenting.

FL: Så du slog ihjäl honom helt utan anledning då?

HH: Nej.

FL: Varför slog du ihjäl honom då?

HH: Det gjorde jag inte.

FL: Vem var det som gjorde det då?

HH: Det vet jag inte.

FL: Men det vet jag! Det var du och ingen annan än du!

HH: Nej, det var det inte.

FL: Sitt inte och ljug mig rakt upp i ansiktet!

HH: Det gör jag inte.

FL: Jo, det gör du! Du ljuger så du tror dig själv!

HH: Nej, det gör jag inte.

FL: Men hur mycket du än lurar dig själv så lurar du inte mig!

HH: (tystnad)

FL: Berätta nu, för fan! Sitt inte här och konstra mer!

HH: Jag konstrar inte.

FL: Du säger att du inte vet. Det är klart du vet! Det var du som var där. Det var du som handlade. Det var du som agerade vid det här tillfället.

HH: (tystnad)

FL: Eller hur?!

HH: Nej, så var det inte.

FL: Hur fan var det då?!

6

Herregud, Mårtensson, så Holth har gått på! Man får ju skämmas å kårens vägnar. Tur att jag inte var med. Hannas ombud var inte heller närvarande, men det gjorde nog ingen större skillnad, för Engwall är känd för att ligga lågt och vara passiv när hennes klienter förhörs. Jag tror inte att Hanna skulle ha haft nån större nytta av henne.

För en person som sitter häktad med restriktioner under lång tid är försvararens uppträdande viktigt. Att advokaten kommer regelbundet, undviker att ställa in besök och alltid passar tiden är viktigt, men det allra viktigaste är att han eller hon inte har för bråttom vid besöket. En del advokater tittar bara in som hastigast och tar ibland inte ens av sig rocken.

För advokaten kan det vara svårt med balansgången att å ena sidan inte inge falska förhoppningar om att förundersökningen snart är klar eller att klienten kommer att släppas inom kort, och att å andra sidan ingjuta en viss optimism om utgången, men det får ju inte leda till att besöken uteblir.

För Holth passade det säkert utmärkt att få vara ensam med Hanna när han försökte mangla henne platt. Själv beter jag mig som du vet humant och civiliserat när jag förhör folk, även om jag har lite svårt att dölja mina aversioner ibland. Jag har blivit bättre på det med åren, och att skapa förtroende är en fan så mycket bättre väg att gå för att nå resultat än att kränka och förolämpa.

Förhör med Hanna Holmberg
FL: Förhörsledare Ann-Catrin Friberg
HH: Hanna Holmberg

FL: Berätta vad som hände.

HH: Det har jag redan gjort massor med gånger.

FL: Ja, det vet jag, men jag vill gärna höra det direkt från dig, om jag kanske har några egna frågor att ställa.

HH: Jaha. Ja, det var en lördag, och vi var lediga och hemma båda två.

FL: Mm.

HH: Magnus skulle byta ut golvlisterna i köket och jag skulle städa på övervåningen. Det var på kvällen, vid sextiden. Jag gick ner en gång vid halvsjutiden och ringde till mamma och frågade om hon ville ta en promenad när jag hade städat färdigt. Vi brukar göra det ibland på kvällarna när det är fint väder.

FL: Mm.

HH: Sen gick jag upp igen och fortsatte med städningen.

FL: Hur många rum har ni däruppe?

HH: Det är hall, badrum och två ganska stora rum.

FL: Hur mycket var klockan när du började dammsuga, tror du? För jag antar att du tog dammsugningen sist?

HH: Ja, det gjorde jag, och klockan var lite före sju då, gissar jag.

FL: Kunde du höra ljud nerifrån när dammsugaren var på?

HH: Nej, inte alls. Innan jag satte på den hörde jag Magnus hamrande, men sen hörde jag ingenting.

FL: Och hur var det när du var färdig och stängde av dammsugaren? Hörde du några ljud nerifrån då?

HH: Det tänkte jag inte på. Jag gick bara ner. Och när jag kom ner i hallen såg jag att Magnus hammare låg där på golvet.

FL: Vad tänkte du då?

HH: Jag tog upp den och ropade till honom i köket. *Varför ligger hammaren här?* ropade jag. När han inte svarade la jag ifrån mig den på byrån i hallen och gick in till honom. Och då låg han där.

FL: Mm.

HH: Jag såg att det var blod på golvet, och jag rusade fram till honom och såg att han var skadad, och det enda jag kunde tänka var att jag måste ringa efter hjälp, och det gjorde jag på en gång.

FL: Varifrån ringde du?

HH: Från hallen. Min mobil låg på byrån i hallen där jag hade lagt hammaren, och det hade jag ett synminne av, så jag gick direkt dit och ringde.

FL: Mm.

HH: Jag darrade i hela kroppen och hade svårt att prata, men jag var kvar i telefonen hela tiden tills den första ambulansen kom. Jag trodde att vi skulle få hjälp då, men ambulansen bara stod där, och ingen kom in till oss. Jag ville gå ut och fråga varför, men samtidigt hade jag en stark känsla av att jag inte skulle lämna Magnus, så jag stannade kvar inne. Jag gick fram till honom och förstod att han var död, och då var det ju inte bråttom längre och gjorde inget att vi fick vänta, kände jag. Jag såg genom fönstret att det kom en ambulans till, och sen en polisbil, och efter en stund hörde jag att ytterdörren öppnades. Jag var i vardagsrummet då, och skulle precis gå ut i hallen, när jag hörde en röst ropa "polis" och att jag sakta skulle komma ut och visa händerna. Det kändes helt absurt, och när jag kom ut i hallen fick jag se en stor polis stå i ytterdörren med en pistol riktad mot mig. Jag höll upp händerna, och han sa åt mig att vända mig om och långsamt backa mot

honom. När jag kom fram till dörren klev han åt sidan och
gav plats åt en annan polis som stod bakom honom, och
den polisen grep tag i mig och tog med mig bort till polis-
bilen som stod på gården. Jag blev inlåst i bilen, och däri-
från såg jag att mamma och Jonas hade kommit, men jag
fick inte prata med dom, och jag var så uppskakad att jag
inte skulle ha kunnat det heller. Polisen med pistolen kom
och försökte prata med mig, men jag fick inte ur mig ett
vettigt ord. Just då tänkte jag bara på att jag hade fått ett
vapen riktat mot mig och blivit behandlad som en farlig
brottsling, och den chocken lät jag täcka över chocken jag
hade fått när jag hittade Magnus. Jag vet att det låter kons-
tigt, men jag blev lugn av att vara gripen och inte ha några
valmöjligheter.

FL: Mm.

HH: Men varför berättar jag allt det här för dig?

FL: För att du gillar mig och känner förtroende för mig?
… Jag skämtar lite.

HH: Jo, för i jämförelse med din manliga kollega är du
rena drömmen.

FL: Du menar Holth?

HH: Ja.

FL: Ja, jag har läst förhörsutskrifterna. I ett av förhören
såg jag att han påstår att du sa "Vad har jag gjort?" i larm-
samtalet som du ringde.

HH: Ja, men det gjorde jag inte.

FL: Vad sa du då?

HH: Kanske "Vad har han gjort?" som i betydelsen
"Vad har hänt?", som när man ser att nån har skadat sig
och man förskräckt säger: "Vad har du gjort?"

FL: Mm. I själva verket hörs det inte på bandet vad du
säger. Jag har lyssnat på det, och ordet mellan "vad" och
"gjort" går inte att uppfatta. Det stämmer med utskriften

också, där det står "ohörbart" på just det stället.

HH: Då ljög din kollega när han sa att det finns inspelat?

FL: Ja.

HH: Nice.

FL: Ja, så får det naturligtvis inte gå till. En annan sak som jag såg att Holth påstår i ett förhör med dig är att Magnus kropp hade utvecklat likfläckar när den undersöktes av en läkare på brottsplatsen. Jag har pratat med läkaren, och den uppgiften tog han tillbaka eftersom han inte alls var säker på att den var korrekt.

HH: Jaha. Visste inte din kollega det när han förhörde mig då?

FL: Nej, jag tror inte det. Men han är informerad nu.

HH: Ja, för jag ringde så fort jag hittade honom, och innan jag började dammsuga vid sjutiden levde han.

FL: Du sa att du var nere vid halvsjutiden och ringde till din mamma. Pratade du med Magnus då?

HH: Ja, jag tittade in till honom i köket och sa att jag tänkte ringa till mamma och fråga om hon ville ta en promenad lite senare. *Ja, gör det,* sa han, och det var det sista jag nånsin hörde honom säga. Ahhh…

FL: (tystnad)

HH: Du kan fortsätta nu.

FL: Om du inte orkar kan vi ta en paus.

HH: Nej då, jag klarar mig.

FL: Okej. I ett tidigare förhör har du sagt att du kanske misstog dig när du sa under larmsamtalet att du gick och låste upp ytterdörren.

HH: Ja, jag är inte alls säker på att den var låst innan. Jag fumlade med knoppen och vred den hit och dit flera gånger innan jag kände att dörren var öppen. Och det måste den ha varit hela tiden, för annars skulle ju ingen ha kunnat komma in och attackera Magnus.

FL: Om han inte själv gick och låste upp för en besökare.

HH: Ja, det förstås. Får jag fråga en sak?

FL: Ja, självklart.

HH: Tror du att det var jag som gjorde det?

FL: Nej, det gör jag inte.

HH: Varför inte?

FL: Därför att alla omständigheter som från början tydde på att det var du inte gör det längre. Inte enligt min mening i alla fall. Det finns plats för rimligt tvivel, och det kan man inte bortse ifrån.

HH: Men du kan inte *veta*.

FL: Nej, det kan jag naturligtvis inte göra.

7

Om ett par timmar ska jag träffa Hannas mamma. Jag har pratat med henne i telefon ett par gånger, och hon är väldigt orolig för hur Hanna mår och hur hon har det i häktet. Samtalen med henne har fått mig att tänka på min egen mamma, vilket jag för det mesta brukar försöka undvika.

Nu när jag är tillsammans med Tom har det blivit så tydligt vilken ojämlik relation mamma och jag har. Hon pratar, och jag ställer frågor och visar intresse, men vad får jag tillbaka? När jag minst anar det kläcker hon ur sig en bitter kommentar som får mig att reagera som på en snyting. Det är så det känns för mig när hon stänger av kommunikationen mellan oss genom att mitt i alltihop ge uttryck för sitt missnöje med tillvaron.

Jag står inte ut med bitterhet och gnäll, Mårtensson! Om man inte är nöjd får man försöka göra nånting åt saken istället för att bara gå omkring och gnälla. Jag har tröttnat på hennes beteende och vill inte utsätta mig för hennes klagolåtar mer. Hon avspisar mig och tvingar in mig i en sinnesstämning som jag absolut inte vill befinna mig i. Det är som om hon hellre umgås med sitt missnöje än med mig, och då är det ju bara löjligt av mig att försöka närma mig henne. Det spelar ingen roll att hon är min mamma, för om det bara är min egen idiotiska välvilja som får vårt förhållande att bestå kan vi lika gärna lägga ner det.

Sen pappa dog och jag flyttade hemifrån tio år senare har hon levt ensam, men det hade hon ju inte behövt göra om hon inte ville. Hon har ett fint radhus att bo i, pengar så att det räcker och blir över och vänner och bekanta som hon kan umgås med. Hon är inte sjuk, och hon saknar inte sitt jobb efter pensioneringen, säger hon. Hon borde vara nöjd, men det är hon inte, och jag fattar inte varför.

Hennes sätt får mig hur som helst att tappa lusten att träffa henne. Om hon väljer att uppföra sig så att andra känner sig bortstötta får hon faktiskt skylla sig själv om hon blir ensam. Jag har försökt ha överseende, men nu klarar jag det inte längre. Det är inte rätt mot mig själv att låta henne dra ner mig. Det låter jag ju ingen annan göra.

Alice Holmberg

Att Hanna är misstänkt för att ha dödad Magnus går nästan inte att fatta. Varför skulle hon döda den hon älskade och som älskade henne tillbaka? När hon greps var jag säker på att hon snart skulle släppas igen, eftersom det inte kunde finnas några bevis mot henne. Jag litade på att rättssystemet skulle fungera som det ska. Nu är jag inte alls lika säker längre. Alla som känner henne vet att hon inte har gjort det, så varför släpps hon inte? Hon var där när det hände, men hon gjorde det inte.

Jag kommer så väl ihåg den där kvällen. Jonas och jag åt middag vid sextiden och sen stängde han in sig på sitt rum med sina apparater, och där satt han till halv åtta ungefär. Vid halvsjutiden ringde Hanna och frågade om jag hade lust att ta en promenad när hon hade städat färdigt, och det sa jag att jag ville, så vi bestämde att hon skulle komma förbi efter sju nån gång.

Det var sista gången jag pratade med henne. Hon kom ju aldrig, och vid halvåttatiden när jag skulle gå och lägga in tvätt i tvättmaskinen fick jag se en ambulans köra in framför hennes hus. Jag såg den från köksfönstret, och jag blev orolig på en gång och tänkte att nån av dom måste ha skadat sig eller blivit hastigt sjuk. Jag hade inte hört några sirener, och jag förstod inte vad det kunde vara, så jag lämnade tvätten och ropade till Jonas att jag tänkte gå ut. När han inte svarade gick jag till hans rum och berättade att ambulansen hade kommit till Hanna och Magnus och att jag tänkte gå dit och ta reda på vad som hade hänt. Han sa att han ville följa med, och när vi kom ut såg vi att det hade kommit ytterligare en ambulans plus en polisbil som stod på gården utanför deras hus.

8

När jag träffade Hannas mamma pratade jag lite med sonen också, tills han försvann in i sin smartphone och inte lyssnade på mig längre. Det var sina "apparater" han ägnade sig åt inne på sitt rum när mordet skedde, så han visste ingenting om det, sa hans mamma. Han är ofta helt uppslukad av det som händer på nätet och glömmer både tid och rum, berättade hon.

Det är hemskt egentligen hur det har blivit. Effekten som den digitala tekniken har på människan är extrem, har jag läst. Den pressar oss att medverka i sociala sammanhang all vår vakna tid. Vi kan inte låta bli att kolla uppdateringar för att inte missa vad som är på gång. Vi jämför oss med andra och tävlar om att vara bäst inom alla möjliga områden.

Är det därför folk har blivit så egotrippade? Är det därför vuxna människor beter sig som bortskämda barn som tar för givet att genast få alla sina önskningar och behov tillfredsställda? Är det därför det bara finns egoism och självupptagenhet nu för tiden och ingen solidaritet och medkänsla? Har vi blivit robotar som inte bestämmer över oss själva längre utan låter oss styras av andra krafter?

Själv har jag lite svårt att förstå hur man kan bli beroende av sociala medier. Om det är nånting jag inte står ut med så är det att känna mig bunden, beroende och ofri. "Frihet är det bästa ting som sökas kan all världen kring", som mormor brukade säga. Jag skulle aldrig kunna låta en telefon styra mitt liv. Funktionerna den har kan vara till nytta och hjälp i vissa situationer, men annars ger den mig ingenting. Privat måste jag inte alltid vara nåbar och svara i telefon, och lika lite som jag måste acceptera spontanbesök eller vara med på fester eller umgås med mina grannar måste jag svara på sms och mejl om jag inte vill. Jag måste ingenting som jag inte själv har valt. Varför har folk gett upp den friheten?

Hannas bror är sjutton år, men han verkade yngre, tyckte jag. Jag undrar om han inte är lite sen i utvecklingen. Men jag jämför med Toms dotter Ida, som är femton och ovanligt skärpt för sin ålder, och det är kanske inte riktigt rättvist.

Jonas Holmberg

Först åkte mamma och jag till morfar och städade. Hon kan ju inte göra allting själv eftersom hon är ensam, så jag ställer upp för henne. Men vi kan inte tvätta alla väggar och göra rent allt kakel. Det kan vi inte, tycker jag. Jag vill att nån mer ska hjälpa till, men det är bara jag som ställer upp. Jag får alltid ta på mig plasthandskar när jag ska städa där, för vi använder väldigt starka medel som kan fräta sönder huden om man får det på händerna.

När det luktar så där illa vill man helst inte vara där, men mamma var på mig om att göra det liksom, för hon tycker att jag är bra på att städa. Hon har alltid tyckt att jag är en bra kille. Och hon kan ju inte göra allting själv när det är så smutsigt i hans lägenhet.

Förra gången jag var där var det sopor i köket som ingen hade slängt på länge, och då blev det ju snusk och började lukta illa eftersom ingen gick ut med dom. Morfar spiller kaffe på golvet så man halkar, och det är fläckar och hål i väggen, och det ser inte så fräscht ut för mig.

Sen att det kommer mögel och sånt tycker jag inte heller

om. Det är därför jag helst inte vill vara där. Jag kollar liksom på allt det där smutsiga och tycker att det är äckligt.

Det ligger kläder huller om buller och luktar en massa mögel, och därför vill jag inte vara där. Det blir en sån känsla. Han vädrar aldrig och det luktar så illa, och när det luktar snuskigt och äckligt i hans lägenhet blir jag illamående och mår jag dåligt och vill bara komma därifrån.

Och att han kissar på golvet är inte så fräscht för mig. Det började lukta äckligt i toaletten när han hade kissat utanför liksom och det kändes inte bra för mig, så jag ville inte kissa där.

Folk kunde hjälpa till lite tycker jag, i hans lägenhet, så mamma inte får en hjärtattack. Om ingen hjälper henne kommer hon att få en hjärtattack och dö, som syrran har sagt, och det vill jag inte att hon ska göra.

Syrran sitter i en cell nu, för att hennes kille har blivit mördad. Polisen tror att det var syrran som gjorde det, men det tror inte mamma och jag. Hon har ingenting med det att göra, och det vet alla som känner henne.

På kvällen efter maten gick jag in i mitt rum och satte mig på sängen och kollade runt på mobilen. Eller om det var på iPaden jag kollade. Jag var inne på YouTube och Insta och Twitter och Facebook och sånt. Jag kommer inte ihåg exakt vad jag kollade på, men jag tror att jag kollade på nån film eller serie.

Sen kom mamma och sa att hon skulle gå och fråga varför ambulansen hade kommit till syrran, och då följde jag med. Det var en polisbil och två ambulanser där, och dom körde ganska snabbt, för det är ju väldigt bråttom att försöka rädda liv liksom. Då hade mamma och jag kommit dit precis, och så pratade dom med mamma. Sen fick jag vänta ganska länge och så pratade dom med mig. Eller inte pratade direkt, för dom ställde bara några frågor.

Och efter att dom hade tagit syrran var det en massa po-liser som spärrade av och sånt. Efter ett tag kom katten och ville gå in i huset, men det kunde den inte, för det var blod överallt. När dom hade avspärrat allt, sa dom att Magnus skulle vara kvar där inne ett tag till. Sen tog dom ut han till ambulansen, och så dröjde det ganska länge innan dom körde bort han. Mamma berättade det för mig, och jag brydde mig ganska mycket och ville få mer information om vad som hade hänt, men det var inte mycket vi fick veta liksom, och sen var den dagen slut.

9

Hannas syster Josefin bor tjugo mil härifrån så henne har jag bara pratat med i telefon. Hon har inte haft så bra kontakt med Hanna på senare år och vet inte så mycket om hennes nuvarande liv, uppgav hon. Det hon känner till har hon till största delen fått veta genom mamman. Men att Hanna skulle ha dödat sin sambo kan hon absolut inte tro, sa hon.

Josefin Holmberg

Jag fick en chock när mamma ringde och berättade vad som hade hänt. Jag kunde inte ta in det. Och hur kan polisen tro att det är Hanna som har gjort det?

Hanna och jag har inte träffats så mycket sen hennes pojke dog. Hon började undvika mig då, och jag förstod inte varför. Det gör jag fortfarande inte. Vi har bara träffats hemma hos mamma ibland. Jag blev ledsen när hon drog sig undan, för jag ville ju hjälpa henne när hon hade det svårt, men det lät hon mig inte göra. Jag hade förstått redan innan att Tobias och hon inte hade det så bra ihop, men det erkände hon aldrig, och jag ville inte tvinga henne att berätta om hon inte ville det själv.

Hon lät ofta Rasmus vara hos mamma, och det trodde jag berodde på att hon inte orkade med honom riktigt, och kanske för att mamma så gärna ville ha honom. Eftersom mamma och Hanna bor grannar var det lätt för henne att bara gå över med honom ibland.

Det är Hanna som äger villan, och först bodde hon där

tillsammans med Rasmus pappa Bill, som lämnade henne innan Rasmus föddes, sen med Tobias och nu med Magnus. Man kan nästan tro att det vilar en förbannelse över huset, eftersom det har hänt så mycket hemskt där.

Allra först var det mormor och morfar som bodde i villan. Det var morfar som lät bygga den när vi var små. Sen när mormor dog, och morfar flyttade till en lägenhet, fick Hanna och Bill hyra den. Morfar frågade mig också om jag ville bo där, men det ville jag absolut inte, för jag hade så många dåliga minnen därifrån. Så var det inte för Hanna. Inte vad jag vet i alla fall. Det var bara mig den dumma gubben tafsade på.

Det började när jag var fyra år. När det hade hänt några gånger berättade jag det för mormor, och hon blev jättearg och skällde på honom så att jag hörde det, och sen skällde han på mig för att jag hade berättat det och inte hade hållit tyst om det som jag hade lovat honom och skrämde upp mig så att jag inte vågade protestera nästa gång det hände.

Han brukade gnida fram och tillbaka med sin hand mellan mina ben, och ibland tryckte han så hårt att det gjorde ont. Det var innanför trosorna och när jag var naken när jag var yngre, och utanpå när jag blev äldre. Jag var ledsen och hade ofta en klump i magen när morfar skulle vara barnvakt och jag måste gå över till honom. Han var förtidspensionerad och hemma hela dagarna när mormor jobbade. Jag visste inte vad han hade för sjukdom, mer än att han hade dålig syn, och jag har inte tagit reda på det senare heller.

Vid ett tillfälle, när jag var kanske fem år, berättade jag för mamma att morfar hade tagit mig på stjärten både framtill och baktill, och när hon frågade honom om det sa han att vi hade lekt en lek när vi badade och att han kanske hade råkat komma åt min stjärt då. Mamma godtog hans förklaring och trodde att jag hade missuppfattat alltihop, och efter det försökte jag aldrig mer berätta vad han brukade göra. När han var barnvakt åt Hanna och mig samtidigt hände det ingenting, och det är därför jag tror att han aldrig rörde henne.

Sen, när vi var stora nog att klara oss själva och inte behövde bli vaktade mer, tog det slut för mig också, men då hade det pågått i nästan sju år.

Som vuxen har jag många gånger tänkt att jag borde ställa honom till svars, för det känns inte rätt att han ska få gå omkring och tro att allt är glömt. Jag vet inte riktigt hur det gick till, men när en kvinnlig polis ringde till mig och frågade om Hanna och vår familj, råkade jag berätta det för henne. Jag kom att tänka på det då och blev plötsligt så arg. Det var kanske chocken över det som precis hade hänt Magnus och Hanna som gjorde att det for ur mig. Jag gjorde ingen polisanmälan, och det är väl ingen som bryr sig om vad som hände för tjugofem år sen, men jag skickade i alla fall ett mejl till morfar och skrev: "Nu har jag berättat för polisen att du begick sexuella övergrepp mot mig när jag var liten." Och så beskrev jag vad det var, ifall han skulle ha glömt. Jag tänkte att jag skulle skrämma honom lite som straff, för mycket annat kan jag ju inte göra. Och efter några dagar fick jag svar, och det svaret talar tydligt för sig självt. Så här skrev han:

Kära lilla vän, det där har du fått alldeles om bakfoten! Jag har aldrig berört dig i något sexuellt syfte! Vad är det för dumheter?

På grund av min dåliga syn har jag alltid sökt kontakt med andra människor genom beröring. Under lek eller på grund av min nedsatta syn råkade jag kanske beröra din kropp, men aldrig dina könsorgan. Jag är oerhört chockad och ledsen över anklagelserna som du riktar mot mig.

Du och jag hade en speciell lek som gick ut på att jag spatserade med fingrarna över din kropp och kittlade dig. Jag klädde aldrig av dig eller hade händerna innanför dina trosor. Jag kanske tog dig på magen någon gång, men det är allt. Du hade en sträv och lite besvärlig hud, men ner mot ljumskarna var huden mjukare, och där kanske jag någon gång tog på dig, vilket var skönt även för dig.

En gång då du var naken och vände upp stjärten mot mig pussade jag dig där. Stjärten var så söt och gullig att jag föll för frestelsen.

En annan gång visade du mig ditt underliv och frågade om du hade fått någon könsbehåring. Jag svarade att jag inte kunde se någon sådan och hänvisade dig till din syster, som tittade och sa att det inte fanns något hår.

Du brukade också dansa för mig och uppträdde så utmanade att jag också då föll för frestelsen att röra vid dig. Du kunde uppträda väldigt provocerande, varför jag antog att du ville att jag skulle göra något med dig. Jag uppfattade dig som sexuellt medveten, men detta utnyttjade jag aldrig på bekostnad av ditt välbefinnande.

Du var en mycket intelligent flicka men fick en hel del om bakfoten. Du hade det besvärligt i skolan och var mobbad. Du kunde hitta på saker som inte var sanna. Av någon anledning hyste du agg till mig och drev då en linje som innebar att du förstorade upp händelser. Men att du nu, efter så många år, fortfarande håller fast vid den linjen gör mig outsägligt sorgsen och bedrövad.

Din Morfar

10

Det har framkommit uppgifter som visar att Hanna har haft ett barn. Det var en pojke som hette Rasmus. När Rasmus var två år blev han dödad av Hannas dåvarande sambo, som inte är pojkens biologiska pappa, och sambon dömdes för mord. Ungefär en månad innan Magnus mördades hade han avtjänat sitt straff och kommit ut ur fängelset.

Detta har Hanna underlåtit att berätta för oss. Vad mer är det hon inte har berättat? Jag blev faktiskt arg när jag fick veta det. Fattar hon inte att vi behöver kolla upp sambon och att hon har hindrat oss i vårt arbete genom att hålla tyst om honom? Och varför har inte utredningsgruppen fått fram uppgifterna om barnet och sambon för länge sen?

Jag har läst några av förhören som gjordes med sambon den gången. Förhörsledaren heter Harald Isaksson och är ingen som jag är bekant med eller har hört talas om tidigare.

Förhör med Tobias Hansson
FL: Förhörsledare Harald Isaksson
TH: Tobias Hansson

FL: Kan du berätta om söndagen. Från det du vaknar och framåt.

TH: På söndagen när jag vaknade hade min sambo redan åkt till jobbet. Jag tog upp Rasmus, och då märkte jag att han hade ont i magen.

FL: Låg han och sov då när du…

TH: Ja, jag gick in i rummet och då var han vaken.

FL: Ja, och då låg han i sängen?

TH: Han låg i sängen, ja. Och så tar jag upp honom, och så går vi ut i köket och gör frukost.

FL: Okej. Vad käkade ni till frukost då?

TH: Vi käkade macka och yoghurt.

FL: Du bredde mackan åt honom?

TH: Ja.

FL: Du sa att han hade ont i magen.

TH: Ja.

FL: När märkte du det då?

TH: Jag märkte det ganska så fort att han hade ont i magen.

FL: Hur upptäckte du det?

TH: Han gick lite konstigt, alltså. Lite framåtböjd. Och då märkte jag det.

FL: Kunde han prata och så där?

TH: Vad sa du?

FL: Hur var han språkligt utvecklad, Rasmus?

TH: Det var han inte mycket.

FL: Han pratade dåligt, alltså.

TH: Ja.

FL: Vad kunde han säga när han pratade då?

TH: Han sa mamma och pappa.

FL: Mamma, pappa? Kallade han dig för pappa? Okej. Sa han nånting mer?

TH: Han kunde säga tittut.

FL: Tittut?

TH: Ja, och så där.

FL: Säger han nånting då när du märker att han har ont i magen?

TH: Nej, det gör han inte. Han har väldigt sällan sagt nånting när han har ramlat och så. Han är väldigt tålig och har väldigt sällan blivit ledsen. Man märkte egentligen väldigt sällan på honom att han hade ont förutom att man såg det dom gånger han ändrade gångstilen. Jag kände igen det från när han hade haft ont innan.

FL: Hur är det när ni käkar frukost då?

TH: Hur han är eller? Han är inte så sugen på frukost, det är han inte. Man märker att han inte är så hungrig. Han får i sig sin yoghurt men han äter bara halva mackan.

FL: Vad händer sen då?

TH: Sen kollar vi på teve. Och då under tiden när vi kollar på teve så märker jag att han inte är riktigt sig själv. Han har som sagt var det där med magen. Han har ju haft dom syndromen förut också.

FL: Vad är det för symtom då?

TH: Han sitter liksom lite framåtböjd. Och sen då när jag ser det, så känner jag på magen på honom, och då liksom spänner han magen utåt och grymtar till liksom att det gör ont i magen. Så har han haft förut också. Och sen efter det blev han trött. När han satt och kollade på teve och så.

FL: Satt han i soffan och somnade, eller vadå?

TH: Ja, han satt och nickade till i soffan.

FL: Vad gör du då då?

TH: Då ta jag med honom in till hans rum.

FL: Går han själv eller bär du honom?

TH: Jag bär honom. Sen lägger jag honom där i sängen för att sova.

FL: Somnar han då? Direkt?

TH: Inte direkt, men ganska så fort.

FL: Säger han nånting då?

TH: Nej, han vinkar hejdå.

FL: Han vinkar hejdå till dig.

TH: Ja, och sen sover han cirka en timme. Och då går jag in och kollar honom, och då är han vaken.

FL: Då ligger han vaken i sängen. Säger han nånting?

TH: Han vinkar.

FL: Han vinkar igen?

TH: Ja.

FL: Sen då?

TH: Sen när jag har tagit upp honom så kryper han till mig från sängen, och det är ju ganska långt.

FL: Han klagar inte? Han har inte ont?

TH: Nä, inte som jag märker av.

FL: Sen då?

TH: Sen när han kommer fram till mig så sträcker jag ut armarna, och han vill komma upp. Och då när jag ska ställa honom upp så är benen som kokt spaghetti på honom. Då märker jag att nåt är fel.

FL: Vad gör du då då?

TH: Då lägger jag honom på sängen, och så ringer jag till min sambo och säger att nånting är fel. Jag säger att jag tror att nåt är fel med Rasmus och att jag tror att jag måste ringa efter en ambulans.

FL: Ja.

TH: Och då börjar hans ögon gå uppåt så här. Man ser att ögonen…

FL: Ögonen rullar runt?

TH: Ja.

FL: Jaha, och vad gör du då då?

TH: Och bröstkorgen hoppar. Den hoppar jättefort, hela magen och allting.

FL: Bröstkorgen pumpar. Kan vi säga så?

TH: Ja. Sen ringer jag 112, och det hela går väldigt fort sen efter det.

FL: Du ringer 112. Vad säger dom då?

TH: Dom frågar vad som har hänt och jag kan inte säga nånting till dom. Jag bara… jag är handlingsförlamad.

FL: Mm. Men då håller bröstkorgen fortfarande på och pumpar på honom?

TH: Ja. Och så stoppar jag in ett finger i munnen på honom, och då känner jag att han biter i mitt finger.

FL: Jaha. Och då pratar du fortfarande med 112?

TH: Ja. Och så försöker jag liksom ruska honom för att han ska vakna till. Jag knäpper med fingrarna och sånt för att han ska reagera.

FL: Märker du nånting då?

TH: Ja, då rullar ögonen ner. Men han bara stirrar. Han kollar inte på mig utan det är liksom en tom blick.

FL: När kom ambulansen då? Hur länge fick du vänta?

TH: Ja, efter fem, tio minuter kom ambulansen, och då sprang jag ut med honom.

FL: Du sprang ut med Rasmus och mötte ambulansen?

TH: Ja, han är helt livlös då i mina händer.

FL: Då är han livlös. Åker du med i ambulansen?

TH: Jag och min sambo åkte med i den andra ambulansen. Det kom två ambulanser.

FL: När kom din sambo då?

TH: Hon kom precis då. Hon var på väg hem från sitt jobb.

FL: Så sambon kom samtidigt som ambulansen?

TH: Ja, hon hörde sirenerna när hon klev av bussen.

Jenny Larsson

Jag arbetar som anestesisjuksköterska på ambulansen och den här dagen åkte jag tillsammans med min kollega Tommy i ambulans 752. På eftermiddagen fick vi ett larm om ett medvetslöst barn. Det var ett automatiskt textlarm, och på displayen stod det ungefär: "Livlös pojke två år, okontaktbar, fara för liv." Det var ett prio ett-larm, och ambulans 751 med Lars och Ola åkte också på det.

Jag sprang ut till bilen och kvitterade ut larmet, och så rullade vi iväg. På vägen dit fick vi uppdateringar som sa att pojken hade vaknat till och rörde på sig. Han hade bitit lite i styvpappans finger, och det var bra, tänkte vi, för då andades han och hade puls. Föräldrarna skulle komma ut med honom och möta oss vid ambulansen.

Vi var framme efter cirka fyra minuter, och då såg vi hur mamman och styvpappan kom utspringande från en villa en bit bort. Styvpappan höll barnet i famnen. Jag satt på passagerarsidan i bilen och hoppade ur, och styvpappan kom fram och överlämnade barnet i min famn.

Pojken hade bara en blöja på sig och var helt vit med blåa läppar, och han saknade alla tecken på liv. Jag såg också att han hade blånader i pannan och på höger sida av halsen. Det syntes tydligt eftersom han var så blek. Jag frågade vad som hade hänt, men jag minns inte vad styvpappan svarade. Mamman sprang bara omkring och grät och gav inga klara besked över huvud taget.

Jag placerade pojken på båren, som Tommy hade tagit ut, för att stabilisera honom innan vi gav oss av. Vi började med HLR och Tommy gjorde kompressioner och inblåsningar. Han sa åt mig att hämta syrgasen, vilket jag gjorde, och så sköt vi in båren, och jag hoppade in i bilen tillsammans med Tommy. Vid det laget hade också den andra ambulansen med Lars och Ola anlänt.

Tommy placerade sig vid huvudändan av båren och fixade fria luftvägar. Sen satte han en svalgtub och intuberade. Samtidigt satte vi dit defibrillatorn och startade den. Tommy fortsatte med kompressionerna. Vi försökte också sätta en nål och lyckades till slut få en intraosseös infart i pojkens ben för att kunna ge adrenalin.

När vi hade gett honom adrenalinet bestämdes det att vi skulle rulla, och att vi skulle åka 3:1 i bilarna. Mamman satt på marken vid sidan av ambulansen och väntade, och styvpappan fanns också i närheten. Tommy och jag stannade kvar där vi var och fortsatte att arbeta med pojken medan Lars körde in. Ola tog den andra ambulansen med föräldrarna i.

Vi körde så fort vi kunde, och på akuten bar jag in pojken och placerade honom på en brits i akutrummet. Han var då fortfarande uppkopplad på defibrillatorn.

Vi fick inga livstecken från honom på hela tiden. Han hade ingen hjärtaktivitet över huvud taget från det att vi kom till platsen och till dess att vi anlände till akuten efter tjugoåtta minuter. Vi tyckte att det var konstigt att vi inte kunde få igång hjärtat med tanke på att han hade varit vid liv så kort stund innan. Normalt sett borde vi ha fått igång det. Vi tyckte också att det var konstigt med blåmärkena på hans kropp.

Förhör med Tobias Hansson
FL: Förhörsledare Harald Isaksson
TH: Tobias Hansson

FL: Han har ju skador, pojken. Hur har han fått dom då?

TH: Vad är det för skador? Jag förstår inte. Jag har inte gjort nånting.

FL: Det framkommer av obduktionen att han har skador som han inte kan ha fått annat än genom våld.

TH: Jag har aldrig utfört nåt våld på honom.

FL: Jag kan bara säga vad obduktionen visar, och det är att han har skador som har orsakats av våld mot magen.

TH: Mot magen?

FL: Mm. Hur har han fått dom då?

TH: Jag vet inte. Jag har inte lagt en hand på honom.

FL: Med dom svåra skadorna som han hade, måste han ha haft väldigt, väldigt ont.

TH: Alltså, jag försökte få honom att leka med en liten vagn som han tycker om att gå med, men han ville inte gå med den. Han har inte velat leka med grejerna förut heller när han har haft ont i magen.

FL: Rasmus har svåra skador som har orsakats av yttre våld. Du har varit ensam med honom. Det finns inga andra som har kommit på besök?

TH: Jag har varit ensam med honom.

FL: Kan du berätta vad som hände i söndags då.

TH: Under en längre tid…

FL: Ja?

TH: …så har Rasmus verkat vara rädd för mig. Han har alltid velat ha sin mamma.

FL: Ja.

TH: Och han har alltid börjat gråta och så där när hans mamma har gått. Och när jag har kommit så har han varit ledsen hela tiden och verkat rädd för mig fast jag inte har gjort nånting. Jag pallade inte det längre.

FL: Nej, vad hände då då?

TH: Och då när han verkade ha ont i magen tog jag hårt i honom och tryckte i magen för att jag inte ville att han skulle ha ont längre. Han har haft det så lång tid och jag orkade inte med det längre.

FL: Hur gjorde du då?

TH: Höll ner honom och tryckte.

FL: Ja.

TH: Och alltid så är han ledsen varje gång jag kommer, och han ser alltid rädd ut för mig. Men jag har inte gjort honom nånting.

FL: (tystnad)

TH: Jag kunde inte leva med det trycket längre, att han alltid verkade vara rädd för mig.

FL: Nej, för det hade han ju ingen anledning till.

TH: Nä.

FL: När du tar honom på magen då? Var händer det nånstans?

TH: I hans rum.

FL: Hur känner du dig just då?

TH: Jag blev irriterad när han inte ville äta ordentligt.

FL: Hur visade du det då?

TH: Skällde på honom och sa att han måste äta.

FL: Hur reagerar han på det då?

TH: Jag tror att han blir rädd.

FL: Sen då?

TH: Sen efter det är han väl rädd hela tiden.

FL: Har du skällt på honom tidigare?

TH: Nån gång. Men inte så, inte så.

FL: Vad säger du till honom då, när du blir förbannad?

TH: Att han ska lyssna.

FL: På vilket sätt säger du det då?

TH: Jag säger det väl med ganska hög röst.

FL: Ja.

TH: Nästan som skrik eller vad jag ska säga.

FL: (tystnad)

TH: Och sen när jag har lagt ner honom i sängen är han fortfarande rädd.

FL: På vilket sätt visar han det då? Att han är rädd för dig?

TH: Jag ser det i hans ögon.

FL: Ja.

TH: Han liksom tittar bort lite, och jag vet inte om han tror att jag ska göra nåt.

FL: Och vad händer då då?

TH: Då blir jag arg.

FL: Hur känner du det då? Hur känns det i dig?

TH: Det svartnar bara. Jag blir galen.

FL: Och vad… Säger du nånting till honom?

TH: Att jag är så trött på det här.

FL: Och vad händer när du blir så trött på honom?

TH: Då höjer jag näven.

FL: Ja.

TH: Och slår i magen.

FL: Ligger Rasmus ner då eller sitter han upp eller står han upp? Var händer det?

TH: Han ligger i sängen.

FL: Ja.

TH: Sen slår jag honom. I magen.

FL: Säger du nånting då?

TH: Jag skriker först att jag är så trött på det här och sen slår jag.

FL: Hur reagerar Rasmus på det då?

TH: Han… Man hör ett ljud bara. Ööö, liksom. Han tjuter inte eller nånting.

FL: Vad händer efteråt då?

TH: Då lugnar jag ner mig. Och det verkar inte vara nån fara med honom, för han sover sen.

FL: Somnar han? Visar han inte att han har ont?

TH: Ingenting visar han.

FL: Efter att du har slagit honom i magen, är han vaken då?

TH: Han är vaken, ja. Men han visar ingen smärta. Det gör han inte. Ingenting.

FL: Varför tror du att han inte gör det då?

TH: Jag vet inte.

FL: Vad gör du efter det här då?

TH: Då sover han en stund. Sen när jag går in och kollar till honom så vinkar han till mig som jag sa. Och så kröp han till mig som jag sa.

FL: Ja.

TH: Och då när jag skulle ställa honom upp så var benen som spaghetti. Han kunde inte stå upp. Och då la jag honom i sängen igen och då gick ögonen uppåt som jag berättade för dig.

FL: Ja. Så allt annat som du har berättat tidigare har stämt?

TH: (tystnad)

FL: När ambulansen kommer, visar Rasmus några livstecken då?

TH: (tystnad)

FL: Biter han dig i fingret, som du säger?

TH: Ja, det gjorde han. Det var då i samband med ögonen, som jag sa till dig.

FL: Ja. Så medan du pratar med SOS i väntan på ambulansen så dör han?

TH: Ja.

11

Hanna har varit sambo med en mördare och det underlåter hon att berätta för oss. Jag förstår inte hur hon tänker, Mårtensson! Det irriterar mig att jag inte får grepp om henne. Hur skulle du tolka hennes tystnad? Försöker hon undvika att riva upp gamla sår eller är hon rädd för honom eller försöker hon skydda honom? Nej, skydda honom kan hon väl ändå inte vilja göra. Han har ju dödat hennes barn. Men nånting är det som inte stämmer. Vi får se vad jag kan få fram.

Förhör med Hanna Holmberg
FL: Förhörsledare Ann-Catrin Friberg
HH: Hanna Holmberg

FL: Varför har du inte berättat om Tobias och Rasmus?

HH: Jag vet inte. Jag tyckte inte att det hörde hit.

FL: Visste du, när Magnus dog, att Tobias hade avtjänat sitt straff och var ute ur fängelset?

HH: Nej, det hade jag ingen koll på.

FL: Och du har inte tänkt på senare att han kan ha haft med Magnus död att göra?

HH: Nej, jag visste ju inte att han var ute.

FL: Och vad tänker du nu?

HH: Om vadå?

FL: Om möjligheten att Tobias är inblandad i mordet på Magnus.

HH: Jag tänker ingenting om det.

FL: Nej, okej. Hur länge var Tobias och du ihop?

HH: Ett halvår ungefär.

FL: Hade ni det bra tillsammans?

HH: Så där.

FL: Vad var det som inte var så bra?

HH: Varför måste vi prata om honom?

FL: Tycker du att det är jobbigt?

HH: Nej, men jag har inget att säga om honom.

FL: Tyckte Rasmus om honom?

HH: Bara i början.

FL: Hur blev det sen då?

HH: Jag vill inte prata om det.

FL: Varför inte?

HH: Det var så länge sen, och jag tycker inte att det hör hit.

FL: Var Tobias svartsjuk?

HH: Ja, men inte överdrivet.

FL: Har han hört av sig till dig sen han kom ut ur fängelset?

HH: Nej, det har han inte.

FL: Så du vet inte om han kände till ditt nya förhållande?

HH: Nej.

FL: Men tanken att han skulle kunna ha nånting med Magnus död att göra måste ha slagit dig?

HH: Ja, det har den, men jag vill inte kasta misstankar på nån som kanske är oskyldig.

FL: Det kan ju också vara så att han är skyldig, och att vi behöver kontrollera hur det förhåller sig med den saken.

HH: (tystnad)

FL: Eller vet du nånting om det här som du inte har berättat för mig?

HH: Nej, vad skulle det vara? Det är bara det att jag inte tycker att jag har så mycket att komma med.

FL: Hade Tobias bra hand med Rasmus?

HH: Nu är du där igen.

FL: Ja, jag vill gärna veta hur ni hade det innan Rasmus dog.

HH: Okej då! Rasmus tyckte inte om Tobias, och det tyckte Tobias var jobbigt.

FL: Varför tyckte han inte om honom?

HH: Jag vet inte. Det berodde kanske på hans sätt. Han var ganska högljudd, och det kan kanske upplevas som obehagligt för ett litet barn.

FL: Mm. Var Tobias ofta ensam med Rasmus?

HH: Ja, när jag jobbade kväll var det alltid han som tog hand om honom, och när jag jobbade helg. Annars var han på dagis.

FL: Hade du samma arbete då som nu?

HH: Nej, jag jobbade på ett äldreboende då.

FL: Okej. Men du märkte aldrig att Tobias var hård mot Rasmus?

HH: Vad menar du med hård?

FL: Sträng och hårdhänt?

HH: Ganska sträng var han, men inte hårdhänt.

FL: På vilket sätt var han sträng?

HH: Han kunde bli irriterad när Rasmus inte gjorde som han sa och ryta i lite.

FL: Vad tyckte du om det?

HH: Att det inte var bra. Och Tobias och jag hade det inte heller bra, så jag hade faktiskt bestämt mig för att avsluta förhållandet med honom.

FL: Hade du berättat det för honom?

HH: Jag hade sagt det flera gånger när vi bråkade men inte lagt fram det som ett definitivt beslut.

FL: Hur reagerade du när du fick veta vad Tobias hade gjort mot Rasmus?

HH: Jag trodde inte att det var sant.

FL: Men du måste han anat nånting innan? Han hade ju äldre skador också?

HH: Nej, det gjorde jag inte.

FL: Du såg honom aldrig slå Rasmus?

HH: Nej, det gjorde jag inte.

FL: Jag har läst förhören med Tobias, och han erkänner ju att han…

HH: Ja, jag vet vad han erkände. Men jag såg det aldrig och misstänkte det aldrig.

FL: Hur är det möjligt?

HH: Jag var väl naiv och dum.

FL: (tystnad)

HH: Jag visste inte.

FL: Nej… Vad minns du av Rasmus sista dag i livet?

HH: Jag var på väg hem från jobbet, och då ringde Tobias och sa att Rasmus inte mådde bra och att jag måste skynda mig hem. Jag hade gått tidigare för att jag hade fått så hemskt ont i huvudet.

FL: Mm. Vad tänkte du när Tobias ringde?

HH: Jag blev orolig och sa att han skulle gå och hämta mamma, men det ville han inte. Det vägrade han, eftersom dom inte kom så bra överens. Men jag tänkte att hon kunde hjälpa honom om Rasmus hade blivit hastigt sjuk. Jag trodde att det var nåt med magen igen, som han hade haft ont i till och från, och som han åt medicin för. Jag tänkte också att det kunde vara blindtarmsinflammation.

FL: Så vad gjorde du?

HH: Jag hade precis klivit av bussen och sprang från hållplatsen och hem. Då hade Tobias redan ringt efter ambulans. Jag mötte honom på gården med Rasmus i famnen, och vi sprang bort till ambulansen båda två och lämnade över honom till en sjukvårdare. Jag var helt inställd på att ambulansen skulle åka iväg på en gång med fulla sirener, men det gjorde den inte, och då trodde jag först att Rasmus var död, men sen fattade jag att dom hade saker i ambulansen som dom kunde hjälpa honom med, ge första hjälpen med, och att det var det dom gjorde innan dom körde iväg med honom. Det hade kommit två ambulanser, som om det var flera skadade, och jag tänkte att det var som vid en trafikolycka, och att det kanske hade blivit ett missförstånd, för jag visste inte då hur det brukar gå till.

FL: Vad kände du?

HH: Jag var panikslagen och befann mig som i en dimma. Det enda jag kunde tänka var att det var bråttom, och att dom måste skynda sig så att Rasmus fick hjälp på sjukhuset om han kanske hade brusten blindtarm.

FL: Mm.

HH: Så nu vet du hur dum jag var när jag var yngre.

FL: Vad har du för tankar om det som hände Rasmus idag? Vad känner du?

HH: Jag vet inte. Det är så avlägset.

FL: Vilka känslor har du för Tobias då?

HH: Inga alls.

FL: Har du förlåtit honom?

HH: Nej, en sån sak kan man aldrig förlåta. Men jag tänker aldrig på det. Jag har inte förlåtit mig själv heller, för att jag inte fattade vad han höll på med.

Lisette Karlsson

Det var Tobias som bestämde i deras förhållande. Hanna sa aldrig emot honom, även om det fanns tillfällen när hon borde ha gjort det. Jag hade en känsla av att hon tyckte att det var lika bra att lyda. Jag vet inte vad som skulle ha hänt annars, men jag såg ju hur han behandlade hennes pojke. Om den stackars ungen inte ögonblickligen gjorde som han blev tillsagd fick han skäll eller blev tagen i hampan och omskakad. Jag stod nästan inte ut med att se det. Vid ett par tillfällen sa jag åt Tobias att lägga av, men då blev jag genast kallad fitta och hora och beordrad att inte lägga mig i det som inte angick mig.

Han var otrevlig mot Hanna också och behandlade henne kränkande. Det verkade som om hon hade vant sig vid det, för hon reagerade nästan inte. Det hade väl blivit vardagsmat för henne, kan jag tro.

När Tobias drack blev det ännu värre. Då kunde han balla ur totalt. En gång kastade han ett glas i golvet, och en gång slog han söder deras teve. Jag vet inte vad han blev så förbannad på, men det var säkert bara nån liten skitsak.

En annan gång hörde jag honom säga att han var skittrött på Hanna och skulle "ta bort" henne. Han var alldeles iskall när han sa det, och det kändes så otäckt, för jag tror att andemeningen var att han ville döda henne. Han såg helt galen ut och stirrade på henne ungefär som Jack Nicholson i The Shining.

När han var full blev hon kallad hora, slyna och pissfitta och en gång skrek han att han skulle banka skiten ur henne och skicka Hells Angels på henne. En annan gång hotade han med att "plocka" hennes anhöriga en efter en och snackade om att han kände folk i undre världen.

Jag tyckte så synd om henne. Hon gick omkring som en skugga i sitt eget hem och verkade helt kuvad. Jag visste inte vad jag skulle göra för att få henne att lämna honom. *Vill du verkligen ha det så här?* sa jag. *Det är ju inte bra för vare sig dig eller Rasmus. Varför lämnar du honom inte?* Men det var inte så enkelt, sa hon. Tobias hade hotat henne till livet och sagt att om hon lämnade honom skulle han leta upp henne och slå ihjäl både henne och Rasmus. *Men tror du på det?* sa jag. *Du har ju sagt att han aldrig har varit våldsam mot dig? Du har ju sagt att allt han häver ur sig bara är tomma ord?* Ja, men om hon bad honom flytta skulle han bara vägra, sa hon, och allting skulle bli ännu värre. Jag föreslog att hon skulle ta polisen till hjälp i så fall, men det ville hon inte.

Jag tyckte att det var konstigt att hon valde att stanna hos honom när det enda hon fick var en massa skit. Vem vill ha det så? Och det var inte av rädsla hon stannade, fast det var det hon sa. Det var nästan som om hon ville straffa och plåga sig själv, tyckte jag. Som om hon inte tyckte att hon var värd bättre. Men varför skulle hon känna så? Och varför tänkte hon inte på Rasmus? Hon måste ha blivit helt förkrossad av skuldkänslor när han dog.

Förhör med Tobias Hansson
FL: Förhörsledare Harald Isaksson
TH: Tobias Hansson

FL: Du går med på att vi håller det här förhöret utan att advokat närvarar?
    TH: Ja.
    FL: Nu spelar vi in det, och då måste vi prata så det hörs.
    TH: Ja.
    FL: Så att dom ska kunna skriva ut det sen.
    TH: Mm.
    FL: Då ska jag delge dig att du är misstänkt för mord.
    TH: (tystnad)
    FL: Hur ställer du dig till det?
    TH: Jag ställer mig att jag inte är misstänkt och inte har gjort nånting.

FL: Du har inte gjort nånting?

TH: Nä.

FL: Alla som lyssnar på vad du har sagt till mig kommer ju att undra varför Rasmus var så rädd för dig. Ni hade inte haft nåt vidare bra förhållande?

TH: Nej. Inte när vi var själva och inte annars heller. När min sambo var med ville han hellre vara hos henne hela tiden.

FL: Men vad är det som gör att han är rädd för dig då?

TH: Skäll. Jag har skällt på honom och så där.

FL: När du har varit ensam med honom?

TH: Ja, inte bara då.

FL: Vad är det som gör att du blir arg och skäller på honom då?

TH: När han gör saker som han inte får.

FL: Vad är det för saker som han inte får göra då?

TH: Bland annat stoppat in en korvbit i bandspelaren.

FL: Det är spännande med små luckor och hål för ett litet barn. Alla öppningar är som gjorda för att lägga kolapapper och pengar och allt möjligt i.

TH: (tystnad)

FL: Har du nån gång blivit så arg på Rasmus att du har slagit honom?

TH: Nej.

FL: Det här är enda gången?

TH: Det här är enda gången.

FL: Dom som tar del av det här förhöret kommer nog att tycka att du har haft en väldig otur. Du har ju blivit förbannad tidigare på Rasmus och skällt på honom men aldrig… Så du har ju en väldig, väldig otur som slår det här enda slaget, och att just det slaget, när du förlorar kontrollen en enda gång, ger honom så svåra skador att han dör.

TH: Jag har aldrig, aldrig slagit honom innan. Aldrig.

FL: Nej? Rättsläkaren säger vid obduktionen att Rasmus har både färska och gamla skador.

TH: Stämmer inte.

FL: Det stämmer inte?

TH: Han har ju ramlat rätt mycket, för han har haft dålig balans, och vi har frågat på dagis och sånt om han har ramlat nån gång och slagit sig nånstans på kroppen. Jag har aldrig slagit honom förut. Det har jag inte.

FL: Det har du inte.

TH: Jag har verkligen inte det. Det har jag inte.

FL: Nej. Som du förstår kommer det att bli en omfattande utredning. Vi kommer att prata med vänner och bekanta, barnvakter och dagis och så vidare. Så jag vill verkligen att du funderar på om du på nåt sätt har tagit hårt i honom tidigare. För han har ju haft många blåmärken alltså, många fler än vad som är normalt.

TH: Det beror…

FL: Och så är det det här med magproblemen. Jag tycker att det är lite för mycket av en slump att du slår till honom just i magen som han har haft ont i redan innan.

TH: Ja, jag har aldrig slagit honom innan. Det har jag inte.

FL: Kan det vara så att du har tryckt honom i magen?

TH: Ja, men inte så hårt. Jag har ju alltid känt på magen på honom när han har haft ont. Det gjorde vi ju redan första gången det hände, då när vi märkte att han hade ont i magen. Då kände vi på magen på honom. Det gjorde både jag och min sambo. Då har jag kanske tryckt lite för hårt nån gång.

FL: Det kan ju vara så att du har varit så arg att du…

TH: …att man inte känner hur hårt man gör. Det är möjligt faktiskt, det kan jag inte förneka.

FL: Det kan du inte.

TH: Nej. Det är ju så att… vad ska jag säga? Många gånger försöker jag undvika honom liksom, så att han får vara mycket för sig själv när jag är med honom.

FL: Du försöker…?

TH: Undvika honom. Han får klara sig själv. Får vara för sig själv och kolla på teve och så.

FL: Okej. Du tar teven som barnvakt, och så får du sköta ditt.

TH: Ja.

FL: Varför gör du så då? Är det för att…

TH: För att jag märker att han inte vill att jag ska vara med honom. Att jag inte ska vara där.

FL: Berätta om nåt tillfälle när du har blivit arg på honom. När blir du arg?

TH: När han gör saker som han inte får göra. Det har hänt flera gånger att han har lagt in grejer i bandspelaren till exempel.

FL: Ja. Och vad händer då? Vad gör du? Du blir jättearg?

TH: Mm.

FL: Vad händer då då?

TH: Då har jag tagit honom hårt i armen, typ, eller lyft bort honom och sagt att man inte får göra så.

FL: Och när du tar tag i honom och lyfter bort honom, vad gör du då?

TH: Lyfter och sätter honom i soffan.

FL: Vad säger du till honom då?

TH: Att han måste lära sig lyssna och att han inte får göra så.

FL: Och sen blir du arg när han tittar på dig och är rädd. Varför blir du arg av det?

TH: Jag känner mig så dålig när han tittar på mig på det sättet. Jag vill inte att det ska vara så.

FL: Nej. Du har förstått varför han är rädd för dig, och

då får du lite dåligt samvete för det. Är det så?

TH: Ja. Det är ju när jag har blivit arg på honom om han har gjort nånting som jag har sagt att han inte får.

FL: Har du slagit honom nån gång?

TH: Jag har aldrig slagit honom. Det har jag inte.

FL: Nej? Du har slagit honom en enda gång, och det var det här knytnävsslaget nu i söndags?

TH: Mm.

12

Jag är glad att det inte var jag som förhörde Hansson. Jag är glad att jag inte ens har behövt *se* honom eller *höra* honom. Att läsa förhörsutskrifterna räcker mer än väl.

Det finns fall av barnmisshandel som jag aldrig glömmer. Jag minns till exempel den lilla flickan som inte var mer än två veckor gammal när hennes pappa hanterade hennes kropp så våldsamt att hon fick livshotande skador.

Han klämde hennes bröstkorg så hårt mellan sina händer att flera av hennes revben knäcktes.

Han vek ihop henne på mitten genom att med stor kraft böja hennes underkropp uppåt mot bröstkorgen, vilket resulterade i att hon fick en kompressionsfraktur på en ryggkota.

Han tilldelade henne två ytterst hårda slag mot huvudet så att skallfrakturer uppstod.

Han skadade benen på henne genom att rycka, bända och bryta så att det knakade och benen gick av.

Allt detta gjorde han för att få henne att sluta gråta. *Jag blev så jävla förbannad när ungen bara låg där och sprattlade och skrek när jag skulle byta blöja på henne*, sa han.

Och jag minns den lilla treåringen som fick frakturer på revbenen och perforerad tjocktarm av sin pappas sparkar och slag, och som dog i bukhinneinflammation och inre blödningar därför att hans mamma, som visste vad som hade hänt, intalade sig att pojken hade drabbats av maginfluensa när han fick feber och började kräkas och gav honom en Alvedon för att få ner febern och la honom att sova istället för att se till så att han kom under läkarvård.

Och jag glömmer aldrig pojken som var ensam hemma med sin pappa på kvällen. Klockan åtta larmades polisen. Grannen som öppnade åt oss berättade att hon hade hört dunsar i väggen och skrik och gråt från ett barn som ropade på mamma. När hon till slut gick och ringde på hos grannen kom fadern utfarande och försvann nerför trapporna.

När jag och min kollega kom in i lägenheten hittade vi en pojke i sjuårsåldern liggande i sin säng med kläderna på. Han var blodig runt näsan och munnen och ovanför vänster öga hade han en kraftig underhudsblödning. Han var svettig och andades svagt, och han reagerade inte på tilltal och låg som i dvala. Vi kallade på ambulans, och grannfrun följde med honom till sjukhuset. Senare berättade pojken att hans pappa hade gett honom örfilar och lyft upp honom i håret och kastat honom i golvet flera gånger. *Pappa blev arg och slog mig på kinderna för att jag inte kunde skriva bokstäver.*

Och jag tänker på alla barn som dagligen blir sparkade, knuffade, kastade, skakade, luggade, nypta, rivna, bitna, trampade, stampade, klämda, brända, strypta, förgiftade, skållade, nästan dränkta och slagna med eller utan tillhygge och förlöjligade, kritiserade, hånade, avvisade, nonchalerade, osynliggjorda, bestraffade, nedvärderade, utfrysta och utsatta för sexuella övergrepp av sina föräldrar eller andra vuxna.

Jag borde inte belasta dig med det här, Mårtensson. Men jag tänker att du kanske vet vad det är för mening med alltihop. Själv kan jag inte räkna ut det. Vad är det för mening med all kärlekslöshet och ondska? Vad är det för mening med allt våld? Vad är det för mening med liv och död? Finns det ett svar på det, där du är nu? Är det efter döden vi får uppleva meningen, Mårtensson, eller finns den inte där heller?

Förhör med Hanna Holmberg
FL: Förhörsledare Ann-Catrin Friberg
HH: Hanna Holmberg

FL: Jag har pratat med Lisette Karlsson som du umgicks med när du och Tobias bodde ihop.

HH: Jaha.

FL: Träffar du henne fortfarande?

HH: Nej, det är längesen jag förlorade kontakten med henne. Hon flyttade, tror jag.

FL: Men på den tiden umgicks ni?

HH: Ja.

FL: Träffade Tobias henne också?

HH: Ja.

FL: Nu säger hon bland annat att hon försökte övertala dig att lämna Tobias för att han behandlade dig och Rasmus illa.

HH: Gör hon? Det har jag inget minne av.

FL: Hon har beskrivit ditt och Tobias förhållande som väldigt destruktivt.

HH: Jaså?

FL: Hon säger att du inte vågade lämna honom av rädsla för att han skulle döda dig och Rasmus.

HH: Men herregud, det var ju vad *hon* sa till *mig*!

FL: Hur menar du?

HH: Det var ju hon som inte vågade lämna *sin* kille! Och det förstod jag, för han kunde bli helt vansinnig när han var arg. En gång när jag var hemma hos henne tog han struptag på henne och skrek att han skulle banka skiten ur henne. En annan gång sa han att han skulle skicka Hells

Angels på henne så att dom fick "ta bort" henne från jordens yta så att han slapp se hennes "fula tryne" mer. Han var full då, men han var nästan lika hemsk mot henne när han var nykter. För minsta lilla grej fick hon höra vilken ful jävla subba, fitta och hora hon var. Och jag vet att han misshandlade henne, fast hon aldrig erkände det för mig. Det var ju inte bara en gång som jag såg henne med fläskläpp och blåtiror.

FL: Men så hade inte du och Tobias det?

HH: Nej, verkligen inte! Har hon sagt det? För i så fall ljuger hon. Det var hon som levde i ett destruktivt förhållande, inte jag. Inte på det sättet i alla fall. Tobias och jag bråkade ibland, men annars behandlade han mig inte illa.

FL: Vad brukade ni bli osams om?

HH: För det mesta var det faktiskt sex. Han gillade dominanssex, och det gjorde – eller gör – inte jag.

FL: Vad var det han ville få med dig på då?

HH: Att få binda mig, bita mig och dra mig i håret och såna saker. Men jag tyckte inte om det och sa nej eller bad honom sluta.

FL: Hur reagerade han på det då?

HH: Han blev sur, och då blev jag också sur, och så började vi tjafsa och bråka.

Lisette Karlsson

Ja, jag blandade kanske ihop en del med hur jag själv hade det just då. Det är svårt att minnas så här långt efteråt. Jag visste att hon inte hade det lika hemskt som jag. Det var jag som hade det värst. Jag rådde henne till saker som jag borde ha gjort själv och försökte hjälpa henne istället för att hjälpa mig själv. Jag tyckte att hon kunde ha stått upp för mig tillbaka, men det gjorde hon aldrig. Ingen har stått upp för mig, men att hon, som visste så mycket om vad som pågick hemma hos mig, blundade och svek gjorde mig extra besviken.

Han misshandlade mig både fysiskt och psykiskt i sju års tid. Mina två barn fick tyvärr bevittna mycket och lider än idag av mardrömmar.

Att finna styrkan att våga anmäla honom var mitt livs största bedrift. Jag var helt övertygad om att han skulle döda mig och barnen om jag gick till polisen. Jag minns hur jag kröp in på polisstationen efter att än en gång ha blivit sparkad och slagen. En polis höll om mig i flera timmar innan jag vågade berätta. Det är mer än tre år sen nu men jag får fortfarande flashbacks av hur det var.

Den följande tiden bestod av väntan, polisförhör och möten med socialen. Jag blev slussad mellan kvinnojouren och kommunen. Jag var ett vrak. Jag skämdes och vågade inte möta andras blickar. Det var jag som fick förklara för släktingar, vänner, bekanta, vården, socialen, skolan, dagis, BVC, min arbetsplats och Försäkringskassan varför mina barn mådde dåligt, varför barnen inte träffade sin pappa och varför jag anmält honom. Jag var så trött på att behöva förklara omständigheterna vart jag än gick medan han, som var orsak till alltihop, inte behövde göra det alls.

Det jag har haft svårast att komma över, förutom hur han behandlade mig, är att mina så kallade vänner och bekanta inte vågade eller ville lägga sig i. Människor som såg mina blåmärken, människor som såg honom slå mig, människor som kände honom och hade kontakt med honom och hans familj. Jag vet inte hur många gånger efteråt jag fick höra "jag ville inte lägga mig i" eller "han har alltid varit snäll mot mig".

Till alla som svek mig skulle jag vilja säga: Vet ni hur det kändes i mitt hjärta när ni valde att se förbi det som hände, när ni accepterade vad han gjorde mot mig genom att blunda, när ni tystade min röst och la ansvaret och skulden på mig som blev utsatt? I just den stunden, när jag behövde er hjälp, er röst, ert mod att våga stå upp och säga ifrån, övergav ni mig och lämnade mig totalt ensam i helvetet.

13

I förundersökningen om mordet på Hannas son finns det
en sammanfattning av det som framkom under förhören
med sambon Tobias, och när jag läser den är det helt obe-
gripligt för mig hur Hanna kunde undgå att se och förstå
vad Tobias gjorde mot Rasmus månaderna innan han dog.
Hon måste ljuga, Mårtensson, för ingen kan vara så blind!
Och ljuger hon om det, kan hon ljuga om annat också.

I sammanfattningen står det:

Förhörsledaren berättar för Tobias varför han är misstänkt
för grov fridskränkning. Tobias berättar att greppen mot
Rasmus har pågått till och från under cirka tre månaders
tid. Det startade när förhållandet mellan Tobias och hans
sambo blev dåligt efter att hon upptäckt att han porrsurfat.
Tobias uppskattar att han har tagit de hårda greppen vid
cirka 10 tillfällen under den tiden. Han har också slagit
Rasmus i magen vid 4–5 tillfällen. Slagen har kommit i lik-
nande situationer som när det dödande slaget utdelades.
Han sätter Rasmus magonda i samband med de slag som
han utsatte Rasmus för. Tobias har svårt att berätta hur
han kände när han slog Rasmus. Han säger att han har
svårt att svara på varför det har hänt. Situationerna upp-
stod när Rasmus inte ville äta, gjorde saker som han inte
fick och tittade på Tobias med skrämd blick. Morddagen,
när Rasmus inte ville äta upp sin frukost, blev Tobias så
irriterad att det brast för honom. Han slet upp Rasmus ur
barnstolen och bar in honom i hans rum. Där kastade han

ner honom i hans säng. Rasmus tittade på honom med skrämd blick, och då slog Tobias till honom med ett hårt knytnävsslag i magen. Rasmus utstötte ett ljud, som om han tappade luften. Han vred sedan kroppen och lade sig på höger sida i fosterställning. Tobias ångrade vad han gjort och stannade kvar inne hos Rasmus. Han satte sig vid sängen och strök honom över huvudet tills han somnade. Efter att Rasmus somnat gick Tobias in i vardagsrummet och tittade på teve. Han loggade även in på sin dator, men det var ingen kompis ute på nätet som han kunde chatta med. Efter någon timme gick han och tittade till Rasmus, som då låg i fosterställning och vred kroppen från sida till sida. När han uppfattade att Tobias kom in i rummet vinkade han åt honom. På eftermiddagen ringde Tobias upp sin sambo och sa att han trodde att något var väldigt fel med Rasmus. De pratade om det några minuter. Under samtalet kunde Tobias se att Rasmus blev sämre. Han andades häftigare och bröstkorgen hävde sig upp och ner i ett snabbt tempo och ögonen började flacka. Tobias avbröt då samtalet med sin sambo och sa att han skulle ringa efter ambulans. Han ringde därefter omgående till SOS. Tobias uppfattade det som att Rasmus visade livstecken under hela samtalet med SOS. Det är först alldeles i slutet av samtalet som han märker att Rasmus försvinner bort. Han springer ut med Rasmus i sina armar när han uppfattar att ambulansen snart är där. På gården möter han sin sambo som vänder och springer med bort till ambulansen.

Det är ingen ordning på händelseförloppet, Mårtensson. Om Rasmus fick slaget i magen redan i samband med frukosten, och Tobias inte ringde till SOS förrän vid tvåtiden, så fattar jag inte vad som försiggick hela tiden däremellan. Rasmus åt frukost, nickade till i soffan, sov i sängen, vin-

kade och kröp men kunde inte stå på benen… Det kan ju
inte ha tagit fem, sex timmar.

Och när dog han? Inte tror jag att det var under SOS-
samtalet i alla fall. Tobias ljuger när han säger att Rasmus
bet honom i fingret. Han var redan död när Tobias ringde.
Det var därför ambulanspersonalen inte lyckades få igång
hans hjärta. Han var redan död. Men hade Tobias ringt på
en gång efter slaget hade han överlevt.

Istället fick han ligga och plågas i kanske fem timmar.
Tobias var där, men han gav ingen hjälp. Tobias var där
och satt och tittade på teve medan Rasmus låg ensam i sin
säng och långsamt plågades ihjäl av skadorna som Tobias
hade tillfogat honom. I den medicinska utredningen fram-
går det tydligt hur svårt skadad han var. Så här står det:

Vid den gärning som resulterade i mordet har styvpappan
utdelat ett hårt slag mot pojkens mage. Den rättsmedi-
cinska utredningen visar att våldet mot bålen har förorsa-
kat frakturer på fyra av de högra revbenen och på två av
de vänstra revbenen, fraktur på blygdbenet, slitskador i
tunntarm och tarmkäx med blödning och läckage av tarm-
innehåll till bukhålan med åtföljande inflammation i buk-
hinnan, ytlig blödning och svullnad i bukspottkörteln,
blödning i mjukdelarna nedom höger njure och överhuds-
avskrapningar på bröstkorgen.

Vid hjärtmassage kan det uppstå revbensfrakturer. Det är
emellertid väldigt ovanligt när det gäller barn eftersom
deras revben är mycket elastiska. I detta fall är det helt
osannolikt att revbensfrakturerna är en följd av hjärtmas-
sage i samband med transporten till sjukhuset eftersom
det fanns blödningar kring frakturerna. Blödningar kan
uppstå endast medan personen är vid liv eller strax efter

dödsfallet. När hjärtmassagen gjordes på pojken hade han enligt vad som framkommit varit död en längre tid.

Våldet framifrån mot bäckenet måste ha varit understött, d.v.s. kroppen måste ha vilat mot ett hårt underlag. Därtill måste våld ha riktats mot revbenen dels mot höger sida, dels mot vänster sida. De knäckta revbenen gjorde att pojken fick mycket ont när han andades, något som kan ha gjort att han andades med korta andetag. Frakturen på blygdbenet innebar att han inte kunde gå och inte heller röra sig obehindrat. Tillståndet för honom måste ha varit utomordentligt smärtsamt. Att bli lyft måste ha inneburit en mycket stor smärta för honom. Det är dock inte säkert att han gråtit, eftersom gråten skulle ha framkallat ytterligare smärta.

Till följd av det aktuella våldet utvecklade pojken en bukhinneinflammation. Svårigheten att andas bidrog till ett sämre läge för honom när inflammationen utvecklades. Det kan vara svårt att konstatera att ett barn har bukhinneinflammation. Ett barn med sådana skador som konstaterats här har mycket ont, mår illa, undviker att röra sig, andas ytligt och har spänd, öm buk. Även på sjukhus görs felbedömningar av sådana tillstånd. Det går att förstå på barnet att något gör ont men inte var det onda sitter. Barnet kan inte lyftas under armarna eller stå upp. Ett barn med pojkens skador undviker att gråta och att röra sig eftersom det då gör mera ont. Det har förmodligen gått att bära honom eftersom ett mycket sjukt barn inte protesterar särskilt våldsamt. Dödsorsaken är slitskadorna i tunntarmen och tarmkäxet med därpå följande komplikationer. Om pojken hade fått vård en kort tid efter skadornas uppkomst hade han överlevt.

14

Nu har vi hört Tobias Hansson om mordet på Magnus. Det var Nygren som tog sig an honom, efter att ha skummat igenom förhören i den gamla förundersökningen för att skapa sig en bild av honom och av det som hade hänt tidigare. Efter förhöret var han upprörd och sa att han hade haft svårt att hålla tillbaka ilskan och avskyn han kände för Hansson.

Och det förstår jag. Pojken hade livshotande skador, och det är fruktansvärt att tänka på hur ont han måste ha haft timmarna innan han dog. Och jag tänker som Nygren, att hur i helvete är man funtad om man kan göra så mot ett hjälplöst litet barn? Så här skriver tingsrätten i sin bedömning:

Tingsrätten lägger Tobias Hanssons berättelse till grund för bedömningen i förening med den skriftliga bevisningen, främst rapport från obduktionen. Några särskilda avsikter eller motiv bakom Tobias Hanssons handlande har inte framkommit. Angreppet förefaller snarast vara resultatet av ett vredesutbrott orsakat av en händelse av alldagligt slag. En särskilt försvårande omständighet är att våldet har riktats mot ett litet och skyddslöst barn och har utövats i hemmet av den person som skulle stå för barnets trygghet. För Tobias Hansson måste det ha stått klart att de skador som han tillfogade pojken var livshotande. Även om Tobias Hansson, som han själv uppgett, varit irriterad på pojken är inte detta någon förmildrande omständighet. Det får anses stå utom allt tvivel att Tobias Hansson måste ha insett att det våld som han utövade mot pojken skulle orsaka denne mycket svåra smärtor och föranleda synnerligen allvarliga skador.

Den misshandel som Tobias Hansson utövade föranledde inte pojkens omedelbara död. Även om Tobias Hansson under själva misshandeln inte avsett att hans angrepp på pojken skulle leda till pojkens död måste han senare under dagen ha uppfattat att pojkens tillstånd blev kraftigt försämrat och satt detta i samband med den misshandel han utsatt honom för. Det måste anses särskilt försvårande att Tobias Hansson under de förhållanden som rådde inte agerade för att pojken kom under vård. Som ytterligare försvårande omständighet måste beaktas att Tobias Hansson vid misshandeln utnyttjade det ännu inte två år fyllda barnets skyddslösa ställning och särskilda svårigheter att värja sig. Det saknas anledning utgå ifrån annat än att misshandeln i sin helhet utövades i bostaden medan pojken var ensam med Tobias Hansson. Med sitt handlande missbrukade Tobias Hansson också det särskilda förtroende som hans sambo visat honom genom att anförtro barnet i hans vård.

Skadorna talar för ett uppsåtligt våldsangrepp som måste antas ha satt pojken ur stånd att över huvud taget röra sig utan mycket starka smärtor. Pojken kom som redan sagts heller inte under läkarvård. Vid likgiltighetsbedömningen ses som försvårande omständighet för Tobias Hansson att han lät ett antal timmar förflyta innan han larmade SOS. Tingsrätten anser att gärningen på de av åklagaren angivna skälen – offrets låga ålder, gärningens inträffande i bostaden, Tobias Hanssons utövande av ensam tillsyn över pojken, pojkens uppenbara hjälplöshet utan möjlighet att komma undan eller söka hjälp – är att bedöma som mord.

Förhör med Tobias Hansson
FL: Förhörsledare Lars-Åke Nygren
TH: Tobias Hansson

FL: Berätta om ditt förhållande med Hanna Holmberg.

TH: Du, det kommer jag knappt ihåg. Det är ju åratal sen.

FL: Gör så gott du kan.

TH: Tja, vi träffades på en fest, och sen var det lite till och från under ett halvår innan vi bestämde oss för att flytta ihop. Hon hade en egen kåk, och där flyttade jag in, till henne och hennes grabb.

FL: Rasmus, ja. Hur gammal var han då?

TH: Ett och ett halvt nånting.

FL: Hur länge bodde du med dom då?

TH: Ett halvår.

FL: Mm. Och sen tog det slut?

TH: (tystnad)

FL: Men nu gäller det hennes nya sambo Magnus Lager här. Du känner kanske till att han har blivit mördad?

TH: Ja, men när jag läste om mordet visste jag inte att han hade connection med Hanna.

FL: Och en månad innan det hände hade du försatts på fri fot efter att ha avtjänat ett långt fängelsestraff för mord.

TH: Och?

FL: Tog du kontakt med Hanna när du kom ut?

TH: Nej, vafan skulle jag göra det för?

FL: Du ville kanske kolla upp hur hon hade det eller återknyta kontakten.

TH: Nej, det kan du glömma. Hon är ett avslutat kapitel för min del.

FL: Och så stötte du på en ny snubbe som bodde där i ditt ställe och…

TH: Lägg av, för fan.

FL: Så du åkte inte dit och kollade läget då?

TH: Nej, det hade jag som sagt var inget intresse av.

FL: Berätta vad du hade för dig mordkvällen.

TH: Det har jag redan gjort.

FL: Ta det igen.

TH: Jag var hemma hela kvällen. Eller inte hela kvällen, för först var jag ute på stan och käkade middag med en polare. Men efter sju var jag hemma.

FL: Finns det nån som kan intyga det?

TH: Inte att jag var inne hela kvällen, men att jag kom hem vid sjutiden finns det en som vet.

FL: Och vem är det?

TH: En brud som jag mötte i trappan.

FL: Och vad var det för en brud?

TH: En som jag har förstått är bekant med paret i lägenheten under min. Det kan eventuellt vara hennes föräldrar. Jag har i alla fall stött på henne några gånger när hon har varit på väg dit.

FL: Och henne mötte du i trappan vid sjutiden den här kvällen?

TH: Exakt.

FL: Hur får vi tag på henne då?

TH: Ja, det är väl bara att fråga mina grannar vem hon är. Annars kan jag lätt fixa fram namnet åt er. Det är ju bara att fråga, som sagt.

FL: Är du bekant med paret som bor under dig?

TH: Nej, men fråga kan man ju alltid. Eller hur? Jag kan fixa det åt er om det nu är så jävla viktigt att jag kan bevisa var jag var.

FL: Att det är viktigt beror på att du har en "connection" med Hanna här. Och att du har begått ett mord tidigare.

TH: Det kan ni väl för fan inte komma dragande med i det här sammanhanget!

FL: Det bevisar i vilket fall som helst att du är kapabel att döda en människa. Eller är det bara små hjälplösa barn du vågar ge dig på?

TH: Det var ju för fan en olyckshändelse.

FL: Jaså? Hur kan det då komma sig att det bedömdes som mord?

TH: Ja, fråga inte mig.

FL: Bara att läsa den bedömningen får mig att må illa och undra hur i helvete du är funtad! Men plocka fram namnet på den där bruden du, så får vi se sen. Det skulle inte förvåna mig det minsta om du är skyldig till det här också.

DEL TVÅ

15

Här kommer en rapport från utredningsgruppens senaste
möte.

Till en början var det Nygren som förde ordet. Han hade
fått fram namnet på en tjej som Hansson påstod att han
mötte i trappan när han var på väg upp till sin lägenhet
mordkvällen. Hon är hörd, och tråkigt nog för Hansson
hävdar hon bestämt att hon inte såg honom den kvällen.
Hon beskrev hans utseende, och hon bekräftade att hon
hade stött på honom vid tidigare tillfällen men absolut inte
den kvällen. En kompis som han sa att han hade ätit mid-
dag med är också hörd, och han var inte heller så pigg på
att ge Hansson alibi. Det var inte den dagen, utan dagen
innan man hade varit ute på stan och ätit middag, uppgav
han. Och några ytterligare alibivittnen har inte Hansson
lyckats skaka fram, så han är definitivt inte avskriven.
Men det finns ingenting som binder honom vid mordplat-
sen, och det är tveksamt om han kände till Hannas nya
förhållande.

Under Nygrens genomgång satt Holth och tittade i taket
för att riktigt demonstrera hur ointresserad han var av det
Nygren sa, och hur lite han tror att Hansson har med mor-
det att göra.

Och vi har inget konkret på honom. Han står fast vid att
han mötte tjejen i trappan vid sjutiden men erkänner att
han kan ha blandat ihop dagarna när det gäller middagen
med kompisen. Vad han istället hade för sig tidigare un-
der kvällen har han inte kunnat redogöra för.

Under hela mötet satt jag och retade upp mig på Holth. Varför sitter en man med benen så brett isär att han riskerar att spräcka byxorna i grenen? Vill han ha en spark på kuken eller? Det är i alla fall den impulsen det väcker hos mig.

Holth är ett arsel. När man är ensam med honom kan han prata hur länge som helst utan att ställa en enda fråga till en, och visar man tecken på ointresse uppfattar han det inte eller skiter i det. För honom är andra människor bara passiva statister som han kan utnyttja för att tillfredsställa sina egna själviska behov.

Deltar han i ett möte eller i en diskussion är det inte för att interagera utan för att dominera. Tystnar han är det inte för att lyssna på det andra säger och begrunda deras ord och synpunkter utan för att invänta första bästa tillfälle att återkomma själv.

Jag har ytterligt svårt att stå ut med honom, men jag visar aldrig med ett ord eller en min vad jag anser om hans översittarfasoner. Han kommer aldrig åt mig, och det vet jag att han märker och retar sig på. Han försöker provocera mig så att jag ska tappa kontrollen och ge honom anledning att klaga på mig, men det lyckas han aldrig med. Det slutar ofta med att det är han själv som gör bort sig istället.

Som den gången när jag råkade hamna bredvid honom på ett möte och han tog ett fast grepp om mitt högra lår i skydd av bordsskivan. Det var bara han och jag som satt på den sidan bordet, så ingen annan såg det. Han höll fingrarna utspärrade över mitt byxben och tryckte in lillfingret i ljumsken på mig. Tummen låg fri åt sidan, men det var inte den jag riktade in mig på. Istället högg jag tag i hans långfinger och knyckte det snabbt uppåt och bakåt. Han lyckades med nöd och näppe hålla tillbaka ett skrik och

handen försvann från mitt lår. *Din jävla snutfitta!* väste
han. Flera vid bordet hörde vad han sa och vände blicken
åt hans håll. Det gjorde jag också, med ett förvånat uttryck
i ansiktet.

Så han har det inte lätt, Holth, och aldrig tycks han lära
sig heller.

Mina förhör med Hanna fortsätter. Jag har förklarat för
henne att utredningen har tagit en ny vändning och att vi
fokuserar på att kartlägga Magnus bekantskapskrets nu
för att om möjligt hitta nya uppslagsändar. Egentligen är
det väl bara jag som är inne på den linjen än så länge, men
det är ju så vi måste arbeta för att komma vidare.

Förhör med Hanna Holmberg
FL: Förhörsledare Ann-Catrin Friberg
HH: Hanna Holmberg

FL: Som du säkert vet begås majoriteten av alla mord av
en person i offrets närhet. Det kan vara en familjemedlem,
en vän, en före detta make eller maka, en affärsbekant, en
skolkamrat…
   HH: Mm.
   FL: Därför börjar varje utredning normalt med att kart-
lägga offret och hans umgänge. Man tar reda på var han
arbetade, vilka han umgicks med, om han var skyldig
pengar, om han vistades i kriminella kretsar, om det fanns
några gamla ovänner eller fiender som har velat hämnas…
Det är det vi ska göra nu, eftersom det inte har gjorts tidi-
gare i det här fallet.
   HH: Jaha.
   FL: Men gärningspersonen kan också vara en utomstå-
ende som inte var bekant med Magnus. En inbrottstjuv, en

rånare, en galning…

HH: Ja, det måste det vara, för ingen som kände Magnus kan ha gjort det här mot honom.

FL: Han arbetade som högstadielärare?

HH: Ja.

FL: Vilka ämnen undervisade han i?

HH: Han var SO-lärare.

FL: Trivdes han med sitt jobb?

HH: Ja, han trivdes med att vara lärare, men det var mycket i skolan som inte fungerade som det skulle, tyckte han. Han försökte ofta påminna sig själv om att han inte skulle vara så ambitiös. *Ingen tackar en för att man jobbar ihjäl sig,* sa han. *Inte skolan, inte eleverna, inte föräldrarna.* Och han kände sig aldrig riktigt ledig. Han hade en arbetsbörda som aldrig understeg sextio timmar i veckan. Inte ens på loven kände han sig riktigt fri. *Och vad får man för det?* sa han. *En skitlön och dåligt samvete.* Han hade konstant dåligt samvete. Varje kväll tänkte han tillbaka på vad som hade blivit gjort under dagen och vad som inte hade hunnits med och vad han borde ha gjort. Han tyckte att dom duktiga eleverna fick för lite utrymme. All tid och uppmärksamhet gick åt till det lilla fåtal som inte hängde med och bara störde ordningen, sa han. Han fick tjata på dom hela tiden om sena ankomster och annat. Men det hjälpte inte. Ibland sa han: *Nu skiter jag i det här, nu har jag fått nog.* Han var så trött på allt tjat. *Jag är lärare och vill göra det som jag är utbildad för,* sa han, *men istället får jag fungera som en ordningsvakt eller en tjatig morsa.* Och av föräldrarna fanns det inget stöd att få. Ibland fick han mejl som var rena rama hoten.

FL: Minns du nåt särskilt?

HH: Nej, han visade mig aldrig och tog bort alla så fort han hade läst.

FL: Berättade han vad det kunde handla om?

HH: Det var mest klagomål och missnöje med betygssättningen, tror jag. Det verkar som att en del föräldrar tror att det bara är att beställa ett visst betyg, så får man det, oberoende av vad eleven har presterat. Folk är så knäppa!

FL: Mm. Trivdes han med sina kolleger?

HH: Ja, det tror jag.

FL: Kan du nämna nån som han hade särskilt bra kontakt med?

HH: Ja, det skulle vara Finn då, för honom pratade han ganska mycket med.

Finn Broman

I den här skolan orkar man inte jobba om man inte har stöd av andra eller en egen strategi för att klara av arbetsdagarna. Lösningen kan vara att stänga av. Man går hit och gör sina lektioner utan att engagera sig, för det är just engagemanget som gör att man slits ut.

Det är vår uppgift att få alla elever att förstå att skolan är viktig. Vi måste få dom att förstå att dom går här för sin egen skull och inget annat. Men om dom inte inser det själva och aktivt väljer att delta i undervisningen och vill kämpa för att lyckas spelar det ingen roll vad vi säger. Hur mycket vi lärare än ligger på och övervakar och tjatar på dom elever som säger att dom inte orkar och att allt i skolan är tråkigt, så hjälper det inte.

Vissa är redan förlorade. Vi har elever i åttan och nian som kommer till skolan men aldrig går på några lektioner. Dom är där på grund av skolplikten och inget annat. Dom tillbringar sina dagar i korridorer och uppehållsrum och verkar trivas hjälpligt så länge dom slipper delta i undervisningen. Man kan undra om dom nånsin under sin skoltid har fått känna sig duktiga, eller om dom aldrig har fått det stöd och den uppmuntran dom har behövt och därför har misslyckats och helt tappat motivationen.

För övrigt tvingas vi lägga ner en massa tid på dom utåtagerande eleverna som stör eller inte gör det dom ska på lektionerna. Det är både stressande och frustrerande, eftersom man vet att den tiden egentligen borde användas till undervisningen eller till dom tysta eleverna som man ofta har dåligt samvete för. Dom har kanske samma problem som sina stökiga kamrater men vänder det inåt istället, och det är svårt att nå dom även om man försöker, för dom vill sällan prata om det, och ofta har man inte ens tid att fråga.

En del är mobbade, utan att vi lärare har direkt kännedom om det, och många berättar ingenting hemma heller, så att informationen kan nå oss den vägen. Vi som jobbar inom skolan gör naturligtvis allt vi kan för att förhindra och stoppa mobbning, men ibland är det helt enkelt inte möjligt. Orsakerna kan vara många, men om inte föräldrarna till ungdomarna som mobbar arbetar aktivt kring problemet med sina barn, utan bara försöker släta över och hitta på ursäkter, når man inte fram till mobbarna. En del ungdomar är rent ut sagt för jävliga och har stora problem samtidigt som föräldrarna blundar eller har gett upp. Det är väldigt svårt för skolan att lösa problemet utan stöd från föräldrarna. Om vi föreslår BUP-kontakt säger man ofta nej även om det kan ge väldigt goda resultat.

Ibland utgör föräldrarna själva en stor belastning. Deras ringande och mejlande till skolan har nästan blivit ett arbetsmiljöproblem. Vi kan bli uppringda hemma också, på kvällar och helger, av arga vårdnadshavare som har synpunkter på verksamheten i klassrummet och kräver att vi ska ompröva betygssättningen för deras barn. Det har förekommit påtryckningar och hot om våld eller anmälan till skolinspektionen om ett visst betyg inte har satts. Det är ett helt oacceptabelt beteende som i värsta fall kan leda till att vissa lärare inte vågar stå upp för sin undervisning och betygssättning. Vi har haft kolleger som till och med har blivit sjukskrivna på grund av påtryckningar och hot från föräldrarna, och så ska det fan i mig inte behöva vara.

Magnus låg också illa till ett tag, när han hade kört ut en elev i korridoren därför att hon hade stört lektionen och han hade sagt till henne att hon uppförde sig som ett dagisbarn. Han hade också upprepat för henne att hon måste komma i tid till lektionerna, vilket hon ytterst sällan gjorde. Att alla ska komma i tid är ju inte en regel som skolan har för att eleverna ska lära sig att passa tider, utan för att det är i stort sett omöjligt att genomföra en lektion när alla dräller in en efter en och dörren hela tiden öppnas och stängs.

Annars tror jag att Magnus var ganska bra på att släppa taget om vissa saker för att undvika onödiga konflikter och diskussioner som enligt min erfarenhet kan pågå i det oändliga om man inte sätter stopp i tid. Fortsätter man att tjata utan att lyckas få sin vilja igenom kan det dessutom undergräva ens auktoritet totalt, och det är det inte värt.

Lärarrollens auktoritet har förändrats genom tiderna. Från att ha varit strängt auktoritär har den övergått till att vara demokratisk. Man började tycka att eleverna skulle vara mer delaktiga, initiativtagande och ansvariga. Den dominerande läraren försvann, och istället fick man en lärare som var demokratisk och förhandlingsvillig. Auktoriteten är inte längre automatiskt kopplad till lärarrollen, utan idag måste man som lärare erövra den personligen.

Flickan som Magnus körde ut i korridoren gick hem och rapporterade till sina föräldrar, som säkert fick sig en betydligt överdriven version till livs, och det ledde till att Magnus fick klagomål på sig. Efter ett möte med föräldrarna, där det framgick att det var dottern själv som hade insisterat på att ett klagomål skulle lämnas in, kom man fram till att inget formellt fel hade begåtts av vare sig Magnus eller skolan. Det visade sig att föräldrarna tog avstånd från dotterns beteende och krävde att hon skulle be Magnus om ursäkt. Det förvånade oss, minns jag, för det är inte den ståndpunkten föräldrar vanligtvis brukar inta när deras barn kommer med anklagelser mot en lärare.

Men det tog inte slut där. Det spelar kanske ingen roll nu när han är borta, men lite senare tog det en vändning som vi inte alls hade väntat oss. Eller också spelar det visst roll, eftersom det tydligen inte är riktigt klarlagt än vem det var som dödade honom.

16

Att vara lärare kan inte vara lätt. Inte att vara förälder heller, så jag borde kanske ha lite större förståelse för mamma, som har uppfostrat och tagit hand om mig under hela min uppväxt.

Men det är inte lätt att vara barn heller. Även om man är vuxen och lever sitt eget liv har man kanske inte frigjort sig känslomässigt från sina föräldrar på alla punkter. Det vet jag av egen erfarenhet.

Men det går bättre med mamma nu. Jag har insett att det var mitt kontaktsökande småprat som gjorde att jag hamnade i utsatta lägen, för nu när jag håller inne med pratet, känner jag mig inte alls lika sårbar. Jag tror att det känns bättre för henne också att jag håller mig mer på min kant. Vi kommer inte ihop oss lika ofta längre och jag känner mig lugnare och friare. Varje gång hon lät sitt dåliga humör gå ut över mig fick jag ett behov av att försvara mig, och så blev det bråk.

Men särskilt givande kan jag inte påstå att det är att träffa en person som oftast fokuserar på det negativa i tillvaron och lätt stressar upp dig för småsaker och oroar sig för allt hemskt som eventuellt skulle kunna hända i framtiden. Jag har aldrig förstått mig på den inställningen och ofta retat upp mig på den och försökt få henne att överge den. Men nu inser jag att det helt enkelt är så hon är, och det borde jag ha förstått för länge sen.

Men bättre sent än aldrig, som mormor brukade säga. Hur kunde förresten mormor, som var så positivt lagd, få en unge som mamma som är så negativ? Därför att ens personlighet till stor del är inkodad i ens DNA och inte går att ändra på genom uppfostran?

Sanna Sjöwall

Det började redan i förskolan, och nu går hon i nian. I snart tio år har min dotter Sara blivit mobbad till och från utan att skolan har kunnat få stopp på det. Pratet om att dom gör allt för att förhindra mobbning är bara skitsnack. Jag har varit på möten med lärarna, rektorn, specialpedagoger och mobbarnas föräldrar, men ingenting har hjälpt. Ibland har det tvärtom blivit värre efteråt. Jag trodde att det skulle bli bättre efter alla samtal med mobbningteamet, men nu har jag gett upp. Det känns som att lärarna och rektorn också har insett det hopplösa i alltihop och inte orkar bry sig längre.

Nu vägrar Sara gå till skolan och har varit hemma i två veckor. Rektorn har ringt och påpekat att vi har skolplikt i det här landet, och det är jag fullt medveten om, men så länge skolan inte kan se till så att hon kan känna sig lugn och trygg där, skiter jag fullständigt i skolplikten.

Det som händer i skolan är att hennes klasskamrater säger att hon är ful och äcklig, och när man ska välja en kompis att arbeta med blir hon alltid sist vald, och den som "måste" vara med henne suckar högt och ljudligt och gör äckelgrimaser. Och dom puttar på henne, knuffar henne, smutsar ner hennes kläder, slår henne, sparkar henne, spottar på henne och förföljer henne när hon ska gå hem. Dom har slagit henne med käppar och linjaler, och en gång slet dom upp dörren när hon satt på toaletten och hånskrattade åt henne.

Det är bara en liten grupp på tre, fyra stycken som mobbar henne, men det räcker mer än väl. Och ingen av dom andra tar henne nånsin i försvar eller hjälper henne. Det är särskilt en tjej som heter Ada som triggar igång dom övriga. Hon är känd för att vara stökig och har naturligtvis själv problem, men det ursäktar ingenting och ger henne ingen rätt att ge sig på andra.

Sara är ingen bråkstake. Hon är lugn och stillsam och trivs bäst med att vara lite för sig själv. Är det kanske därför dom ger sig på henne? Känner dom sig hotade av att hon inte är lika ytlig, flamsig och elak mot andra som dom själva är?

Det är så svårt att förstå vad mobbningen beror på. Själv gråter hon och frågar mig vad jag tror att det är för fel på henne, och det enda jag kan säga, om och om igen, är att det inte är henne utan dom som mobbar henne det är fel på. Oftast berättar hon inte vad som har hänt förrän flera veckor efteråt och går och lider i tysthet.

När hon gick till skolan grät hon varje kväll. Hon hade ont i magen hela tiden och kunde inte äta och sova ordentligt. Nu när hon är hemma mår hon bättre, men vi vet ju båda två att hon förr eller senare måste tillbaka till helvetet. Hon kan ju inte gå hemma hur länge som helst och missa all undervisning. Varför finns det ingen som kan hjälpa henne? Hon har ju lika stor rätt som alla andra att vara i skolan utan att behöva vara rädd.

Jag har funderat på om hon ska få börja i en annan skola, men jag tycker att det är fel att hon, som inte alls har misskött sig, ska flytta när det egentligen är mobbarna som borde göra det. Jag vågar inte hoppas att det ska bli bättre i gymnasiet heller. Men om hon bara slipper just dom där tre, fyra tjejerna kanske det finns en chans.

Jag tycker så synd om henne som måste ha det så här, och har haft det så länge, och jag känner mig så otroligt skyldig över att jag inte har kunnat hjälpa henne och inte har lyckats få samhället att hjälpa henne heller. Alltihop är mitt fel, känns det som. Ibland tänker jag att det är jag som har uppfostrat henne fel, så att hon har blivit på ett sätt som gör att mobbare dras till henne. Ibland tänker jag att mobbarna, som kanske har varit oälskade och aldrig har blivit riktigt respekterade av sina föräldrar, känner på sig att Sara har fått allt som dom själva har saknat och vill försöka "ta ur" henne det. Och i så fall är det ju mitt fel, eftersom jag alltid har älskat henne och kommer att göra det så länge jag lever.

Sara Sjöwall

Jag hatar skolan och vill inte gå dit. Dom skriker glåpord efter mig som hörs över hela skolgården, och dom knuffar och slår mig när ingen ser. En gång bad jag vår SO-lärare att hålla ett öga på dom, och han följde med ut, men istället för att vakta stod han och pratade med en annan lärare och såg ändå inte vad som hände. *Kolla där är hon, nu kommer hon, vi drar innan hon kommer hit!*

Jag hatar raster och håltimmar, för mina så kallade kompisar sticker alltid ifrån mig utan att säga till medan jag lämnar böcker i mitt skåp. Jag går sällan till matsalen, eftersom jag tycker att det är jobbigt att gå dit själv och inte ha nån att sitta med. Det gör ont att ha över hundra skolkamrater omkring sig och ändå känna sig helt ensam. Ingen annan i klassen vågar vara med mig av rädsla för att dom själva ska bli mobbade. Jag blir utfryst av dom andra tjejerna, men min klassföreståndare gör ingenting. Jag försökte berätta en gång, men då sa han att det bara var "tjejgnabb".

Jag mår dåligt och har ont i magen hela tiden. Jag är ofta sjuk, för jag är hellre hemma än går till skolan där jag bara får skit. Mamma har gjort allt som står i hennes makt för att hjälpa mig, men ingenting har hänt. Jag berättar inte så mycket för henne för att inte göra henne ledsen, men det är misshandel, glåpord och dödshot varje dag. *Fy fan vad ful du är, stick innan du får en hammare i skallen, om du inte tar ditt liv så gör vi det åt dig!* Varje dag står dom och väntar på mig, oftast vid mitt skåp eller i korridoren, bara för att berätta för mig hur ful jag är eller för att kolla min reaktion när jag får se mitt skåp helt nerkletat med snus.

En gång låtsades dom vara mina vänner för att få komma hem till mig. Dom gick in i mitt rum och knuffade ut mig och höll fast dörren så att jag inte kunde ta mig in. Sen rotade dom igenom alla mina saker i skåp och lådor för att hitta nånting som dom kunde använda mot mig.

Jag vet inte vad jag gör för fel. Mamma säger att det inte är mig det är fel på, men det är så det känns när ingen vill vara med mig och jag hela tiden får höra hur ful och äcklig jag är.

En gång i sjuan bestämde jag mig för att ta mitt liv. Jag hade skrivit ett avskedsbrev till mamma och bestämt att jag skulle gå iväg på kvällen och lägga mig på tågrälsen. Men innan jag hann sätta mina planer i verket var det nånting som stoppade mig. Dom ska inte få vinna, tänkte jag och bestämde mig för att kämpa på ett tag till.

Jag har inte varit i skolan på flera veckor nu, men jag missar så mycket av undervisningen när jag är hemma, och jag vill faktiskt plugga och lära mig saker så att jag kommer in på gymnasiet. Det är likadant med det, att jag inte vill låta dom vinna. Dom ska inte få hindra mig att gå i skolan och klara mina betyg till gymnasiet. Det är ju för vår egen skull, och för vår egen framtid, vi går i skolan. Det brukade alltid vår SO-lärare säga. Det var honom jag bad om hjälp på skolgården den där gången, men han är död nu så jag har förlåtit honom för att han inte hjälpte mig. Han var den enda av lärarna som försökte få rötäggen att skärpa sig. Ada hatade honom och sa att hon skulle döda honom bara för att han inte lät henne göra som hon ville. Och när han väl var död sa hon att synden straffar sig själv och att han fick vad han förtjänade.

17

Vi har pratat med några av Magnus elever i nian.

Min egen högstadietid minns jag inte så noga. Jag var bra i svenska, matte och gymnastik, men i övriga ämnen låg jag på medel. Och tidsandan var en helt annan då än den är nu. Det fanns ingen betygshets och inga krav på att prestera utöver det vanliga. Vi uppmanades inte att ta för oss och följa våra drömmar, och vi fick inte höra att vi kunde bli precis vad vi ville här i livet. Det fanns inte så många valmöjligheter, och vi utsattes inte för ett ständigt mediebombardemang som gick ut på att vi skulle jämföra oss med andra och tävla om att vara bäst. Det var ju före datorernas, mobiltelefonernas och internets tid.

Jag är glad att jag var ung då och inte nu. Vi märker ju på Ida hur jobbigt hon har det. Hon tar skolan på allvar och vill verkligen förkovra sig, men i klassrummet får man inte en syl i vädret, säger hon, och det går inte att koncentrera sig. Hon läser hemma istället, för att få bra betyg på proven.

Jag förstår inte varför det måste vara så svårt för lärarna att hålla ordning. Deras auktoritet tycks vara helt underminerad. Varför har det blivit så, Mårtensson? Varför är det inte som förr, när eleverna förväntades ha respekt och visa lydnad för läraren och det var otänkbart att kritisera en lärare, hur oduglig han eller hon än var? Men det var väl överdrivet det också, fast åt andra hållet, kan man kanske tycka.

Elsa Rydén

Skolan är bara skit. Det finns ingen disciplin och lärarna är dumma i huvudet och låter alla göra som dom vill. Dom försöker säga till, men dom klarar inte av det för att dom är så mesiga. Man kan inte respektera en lärare som inte klarar av att hålla ordning. Om man inte sköter sig har man inget i skolan att göra, säger dom, men det bara fortsätter. Dom stökiga eleverna får alltid komma in igen och fortsätta att störa, och så blir det bråkigt på lektionerna så att man inte kan hänga med, och så skiter man i det själv och slutar bry sig.

Bråkstakarna måste lära sig lyda, men det finns ingen som kan lära dom det. Magnus är den enda schyssta lärare jag har haft, och då måste han såklart gå och bli mördad, så att jag inte har nån alls nu. Han försökte hjälpa oss som vill plugga, och han var inte rädd för att säga ifrån. Han hade faktiskt lite respekt med sig, till skillnad mot många av dom andra lärarna.

En gång när Ada hade stört på lektionen och han sa åt henne att gå ut vägrade hon. *Nej, jag tänker inte gå ut,* sa hon. *Jag har rätt att vara här. Om du vill att jag ska gå ut får du lyfta ut mig.* Och det kunde han såklart inte göra, så han bara avslutade lektionen mitt i. Vi som vill lära oss började protestera och sa att han inte kunde förstöra för alla bara för att en enda störde, och då sa han att klassen var en grupp, och om nån i gruppen gick in för att sabba för alla andra och inte lyssnade på tillsägelser så hade han inget där att göra. Han var lärare och ingen barnvakt eller ordningsvakt, sa han. Han sa att alla har ett gemensamt ansvar. Varje gång nån kommer för sent eller uppför sig illa eller stör en lektion och vi andra inte markerar att vi tycker att det är fel, så kommer den personen bara att fortsätta. Det är den som stör som är ansvarig, men eftersom alla tillhör samma klass måste vi andra visa att vi inte accepterar ett sånt beteende. Att inte reagera mot det är detsamma som att acceptera, sa han. *Det är bara några få som förstör för er andra, men det är majoriteten som har makten, och det är ni andra som är i majoritet, så varför enar ni er inte och använder den makten?* Det var smart tänkt, men det går inte att ena en klass som till största delen består av idioter. Även dom som sköter sig och vill plugga är idioter. Om vi vore fler tjejer i klassen skulle det kanske gå, men killarna är så barnsliga och dumma i huvudet att man inte kan räkna med dom alls.

Efter den där gången när Ada vägrade lämna klassrummet och Magnus avbröt lektionen, började hon gå omkring och snacka skit om honom. Hon sa att han hade försökt vända hela klassen mot henne, och att hon skulle döda honom. Sen antydde hon att han hade tafsat på henne och sa att hon skulle polisanmäla honom. Det var ingen som trodde på henne, men hon hatade honom, och när hon fick veta att han hade blivit mördad sa hon: *Bra, då slapp jag göra det själv!* Hon är så himla kaxig och tror att hon kan göra vad som helst, fast hon inte ens klarar av en så enkel sak som att komma i tid till lektionerna.

Ada Levin
Det var när jag skulle gå på toaletten utanför gympasalen. Då kom Magnus förbi, och innan jag hann stänga och låsa dörren hade han trängt sig in efter mig. Han låste dörren och sa åt mig att sätta mig på toalocket. Jag tänkte shit, vad händer nu, typ. Han började knäppa upp sina byxor, och sen tog han tag i mitt hår och tryckte mitt huvud mot sin kuk och sa att jag skulle suga av honom. Han stod jättenära mig, och jag tänkte att det var helt sjukt och att han måste skämta. *Nej, det tänker jag inte göra,* sa jag. Jag var

rädd och kände mig hotad, men jag sa det ändå, och han blev arg och tog tag om min haka med den andra handen och klämde till så att det gjorde ont. Samtidigt höll han kvar greppet om mitt hår. *Du ska göra som jag säger, det är jag som bestämmer!* sa han. Jag blev livrädd och kunde inte prata på grund av greppet, men jag skakade på huvudet och höll munnen stängd. Då släppte han mina kinder och gav mig ett slag i ansiktet samtidigt som han höll kvar greppet i håret. Slaget gjorde ont och jag var så rädd att jag darrade. Jag visste inte vad jag skulle göra, typ. Och han bara… Han sträckte den andra handen bakåt och låste upp dörren bakom sig, och så släppte han mitt hår och öppnade dörren och backade ut och slog igen den. Jag kastade mig fram och låste igen, och sen bara satt jag där helt chockad och grät. Det var så jävla hemskt! Jag kunde inte fatta att det hade hänt. Men jag såg i spegeln att jag var alldeles röd på kinderna där han hade klämt, och jag var öm i huvudet där han hade dragit i håret.

Efteråt sa jag ingenting till nån för att jag var så chockad. Jag tror att jag gick hem. Eller inte hem, men ut nånstans. Jag stannade i alla fall inte kvar i skolan.

Och sen var det som att det aldrig hade hänt. Magnus var precis som vanligt på lektionerna, och jag kunde inte fatta att han bara stod där och spelade oskyldig när han visste vad han hade gjort. Jag tänkte att jag måste polisanmäla honom, men jag hade typ inga bevis, och om han nekade skulle det bli hans ord mot mitt, och då skulle alla så klart tro på honom och inte på mig.

18

Jag bad vår registrator Pamela Martinez att ta fram ett par
vittnesförhör som jag ville titta på, och det gjorde hon så
gärna. Jag har lite svårt för hennes översvallande sätt, men
Holth tycks uppskatta det till fullo. Promemorian kallar
han henne, efter hennes initialer, och det skrattar hon glatt
åt när han gör sig onödiga ärenden bort till hennes bord.

När Pamela var ny och några kolleger skulle gå och fika
en dag, kom hon in i mitt rum och sa:

Nu fikar vi! Kommer du?

Nej, jag brukar fika här.

Men varför ska du sitta här alldeles ensam? Kom nu!

Nej, jag fikar här.

Men det är klart att du ska fika med oss andra!

Nej, jag fikar här.

Och i det läget kan man ju tycka att hon borde ha gett
upp och gått sin väg, men det gjorde hon inte. Istället ste-
gade hon fram till mig och högg tag i min arm och försökte
dra upp mig från stolen.

Men för helvete! tänkte jag. Vad sysslar du med? Men
jag sa ingenting. Jag bara satt där och väntade på att hon
skulle släppa. När hon till slut gjorde det var hon sur och
mumlade nånting som jag inte hörde, innan hon dröp av.

Och du ska inte tro att hon nöjde sig med det. Nej, hon
försökte säkert vid tio tillfällen till – om än inte handgrip-
ligen – att få med mig till fikarummet. Jag fattade inte vad
hon höll på med. Vad var det som provocerade henne så
enormt? Det är ju inte som att jag hotar gruppens existens

precis när jag ställer mig utanför den ibland. Den är ju inte beroende av mig. Men hon har fortfarande inte accepterat det. Det händer än idag när hon går förbi mitt rum att hon sticker in huvudet och retsamt frågar om jag inte ska komma med och fika.

Jag begriper mig fan inte på henne. Men hon fick fram vittnesförhören som jag bad om i alla fall, och där hittade jag uppgifter som kan vara värda att följa upp.

Inger Åslund

Den där lördagen klev jag upp klockan sju som vanligt och åt frukost i lugn och ro. Jag var hemma hela förmiddagen och städade, och under den tiden tittade jag inte ut genom fönstret vad jag kan komma ihåg. Jag hade fullt upp med mitt, jag.

Efter lunch gjorde jag mig i ordning för att åka iväg och handla. Då var klockan ungefär halv två. Jag tog min bil och åkte norrut, och jag kan inte minnas att jag såg nån person utanför Hannas hus vid det tillfället.

När jag kom tillbaka vilade jag lite och sen började jag laga middag åt mig själv. Jag bor ensam och har bara mig själv att tänka på. Jag åt i köket som jag brukar, och sen plockade jag undan och gick ut och satte mig i kvällssolen på baksidan av huset. Det var vid sextiden ungefär. Jag var vaken och sov om vartannat när jag satt där på altanen.

Vid sjutiden gick jag in, och efter en stund ringde min dotter på hemtelefonen. När vi hade pratat klart och jag kom ut i köket såg jag att det var ambulanser och polisbilar utanför Hannas hus. Jag stod i fönstret och tittade, för man blir ju lite nyfiken när man inte vet vad det är som försiggår.

Polisen frågade om jag hade lagt märke till nånting under kvällen, men jag tror inte att jag skulle ha hört ifall det hade varit bråk inne hos Hanna när jag satt ute och solade, för inga fönster eller dörrar var öppna i huset. Jag såg inga bilar heller, förutom deras egen som stod parkerad utanför.

Nån gång före klockan sju när jag satt på altanen hörde jag en moped åka fram och tillbaka på vägen. När jag gick in vid sjutiden såg jag mopeden genom fönstret. Föraren hade hjälm på sig, så jag kunde inte se om det var en pojke eller flicka, men jag fick ett bestämt intryck av att det var en tonåring i alla fall. Mopeden var röd, och det var hjälmen också, men annars vet jag inte. Jag tyckte att det var störande att den åkte där, men det är ganska vanligt att ungdomar kör på vägen med sina mopeder, så jag reagerade inte så mycket på det. Medan jag pratade med min dotter var det tyst en lång stund, och lite senare hörde jag att den for iväg och försvann.

När polisen kom och pratade med mig sa jag att jag inte hade sett ett dugg, för det hade jag inte, men han var envis och sa att allmänheten är polisens bästa ögon, och till synes oviktiga iakttagelser kan ibland visa sig bli helt avgörande. Vittnesuppgifter bildar ett pussel, sa han, och det som för det enskilda vittnet kan tyckas betydelselöst kan för utredarna, som har tillgång till samtliga bitar, bli den pusselbit som saknas för att brottet ska lösas. Han övertygade mig om att jag kunde sitta inne med en pusselbit som var guld värd för polisen. Men skeptisk var jag, och det är jag fortfarande, fast dom till och med kom tillbaka och pratade med mig en gång till senare.

Det finns tydligen tvivel om att det är Hanna som har gjort det, fast hon har suttit häktad hela tiden. Jag är inte närmare bekant med henne, fast vi har bott grannar sen Märta dog och Birger lät henne hyra huset. Märta och Birger är alltså hennes morföräldrar, och dom kände jag bra.

Visst minns jag att flickorna kom dit ibland när jag var där på besök, men jag lärde aldrig känna dom. Inte föräldrarna heller, konstigt nog, fast vi bor så nära.

Det finns en bror också, men han är född mycket senare. Honom är jag inte heller bekant med. Jag har ju mitt för mig, jag, och har aldrig varit den som har sprungit runt i stugorna och sladdrat. Jag hade Märta, och det tyckte jag räckte.

Tänk om hon hade vetat vad som skulle komma att hända i hennes och Birgers gamla hus! Tänk om hon hade vetat vad hennes barnbarn skulle dra på sig! Först lillpojken som blev ihjälslagen och nu den nya sambon. Två mord i ett och samma hus, och två mord som har drabbat anhöriga till en och samma kvinna. Så inte är det konstigt att folk pratar, inte.

19

När jag hade jobbat i uniform i fem år var det nära att jag bytte yrke. Jag hade fått se sidor av samhället som jag aldrig hade kommit i beröring med tidigare, och den ändlösa strömmen av fylla, misshandel, lägenhetsbråk, slagsmål, rån och våldtäkter höll på att ta knäcken på mig. Till och med ett enkelt omhändertagande av ett fyllo blev till slut för mycket. Jag minns hur svårt det kunde vara att få med sig en helpackad och fientligt inställd person in i bilen. Jag minns hur man fick kämpa för att hålla honom på fötter när han gjorde sig tung och lealös bara för att jävlas eller för att provocera oss att tillgripa våld som han sen kunde anklaga oss för. Och till slut gjorde man ju det. Till slut tappade man tålamodet och var tvungen att konstatera att vi i uniform i vissa lägen inte var ett dugg bättre än det svårhanterliga klientelet.

Jag minns ett ingripande som vi gjorde vid en busshållplats en gång. Det var ett gäng tonårstjejer som stod där och spelade hög musik, skränade och puttade ut varann mot folk som gick förbi på trottoaren.

Vi stannade polisbussen, och jag och en manlig kollega gick fram till gruppen och bad tjejerna avlägsna sig. Alla gjorde det utom en. Hon ifrågasatte vår uppmaning och vägrade flytta på sig. Vi bad henne flera gånger att lämna platsen, men hon stannade. Hon undrade om vi var rasister eftersom hon själv och några av hennes kompisar hade utländskt ursprung. Hon kallade oss snutjävlar och förklarade att hon hade rätt att stå där hur mycket hon ville.

Vi bestämde oss för att ta med henne till bussen. När vi grep tag i henne skrek hon att vi inte skulle röra henne och satte sig till kraftigt motvärn. Hon svor, skrek och spottade och försökte slita sig loss och kasta sig till marken.

När vi hade fått med henne till bussen ställde vi oss på varsin sida om dörröppningen och tänkte att hon skulle hoppa in själv, men det visade hon inga tecken på att vilja göra. Min kollega knuffade därför in henne, och så fort hon hade hamnat på sätet gjorde hon en kickspark mot honom som träffade honom på axeln. Det var en ganska kraftig spark, och han sa efteråt att det hade gjort ont men att smärtan ganska fort hade gått över.

Kollegan som hade suttit kvar i bussen märkte att det var tumult och kom ut till oss. Tjejen gjorde fortfarande kraftigt motstånd genom att kränga med kroppen och sparka med benen. Vi pressade ner henne mot sätet och försökte få kontroll över hennes armar för att kunna boja henne. I samband med det fick jag ett riktat slag mot ansiktet som träffade mig i ena ögat. Dagen efter var ögat ömt, men det syntes inget blåmärke och ögat var inte skadat. Jag såg slaget komma men hann inte väja undan. Det var ett knytnävsslag och det gjorde så ont att jag reflexmässigt slog tillbaka. Jag är inte säker, men jag tror att jag träffade henne i magen. I det allmänna tumultet var det ingen av mina kolleger som såg det, men tjejen reagerade naturligtvis och började vråla om polisbrutalitet.

Vi fick på henne hand- och fotfängsel och under vägen till stationen sa kollegan som hade blivit sparkad att han var okej. Men jag sa inget om slaget jag hade fått och inget om min reaktion heller. Jag borde ju ha kunnat hejda den där reflexen. Det visste jag, och det hade jag säkert gjort också om jag inte samtidigt hade blivit så blixtrande arg. Den jävla lilla bitchen tiggde ju om stryk! Så egentligen var mitt slag ingen reflex utan ren och skär vedergällning.

I eftermiddag ska jag träffa en av Magnus elever. Det är en tjej som det har uppstått en del frågetecken kring. Hon har rykte om sig att vara kaxig och allmänt stökig, så det var väl därför jag kom att tänka på händelsen i bussen. Men idag kan ingen obstinat tonåring få mig att tappa koncepterna. Hur mycket han eller hon än mopsar upp sig och käftar emot låter jag mig inte provoceras.

Förhör med Ada Levin

FL: Förhörsledare Ann-Catrin Friberg

AL: Ada Levin

FL: Det är några saker som jag skulle vilja reda ut med dig, Ada.

AL: Jaha.

FL: Magnus var din SO-lärare?

AL: Ja, vadå då?

FL: Vad tyckte du om honom?

AL: Hur så?

FL: Svara på frågan bara.

AL: Han var en skit.

FL: Varför tyckte du det?

AL: För att han var det.

FL: På vilket sätt då?

AL: Han försökte få hela klassen emot mig.

FL: Hur då?

AL: Han sa att dom skulle frysa ut mig.

FL: Varför ville han det?

AL: För att han var en skit.

FL: Det här kommer att ta väldigt lång tid om du inte svarar lite mer utförligt på mina frågor, Ada. Och jag antar att du har roligare saker att göra än att sitta här med mig?

AL: Ja, det kan du ge dig fan på.

FL: Du var alltså arg på Magnus för att du tyckte att han försökte vända klassen mot dig.

AL: Ja, han förödmjukade mig inför alla mina kompisar.

FL: Lyckades han med det då?

AL: Lite.

FL: Berättade du för dina föräldrar vad som hade hänt?

AL: Ja, men dom höll med honom och inte mig. Dom ställer sig aldrig på min sida när det är nånting. Dom hatar mig.

FL: Känns det så?

AL: Det *är* så, för fan!

FL: Hur visar det sig?

AL: Att dom kallar mig kränkande saker och säger att jag inte klarar av nånting och att dom inte tror på mig. Dom kritiserar mig och klagar på mitt utseende och på hur jag pratar och säger att jag är dum i huvudet. En gång läste mamma i min dagbok. Dom kör bara över mig eller låtsas att jag inte finns.

FL: Hur får det dig att känna dig?

AL: Jag känner mig ensam och arg och vill hämnas.

FL: Mm.

AL: (tystnad)

FL: Du har sagt att du ville döda Magnus.

AL: Ja, vadå då?

FL: Varför sa du det?

AL: För det han hade gjort. Fatta vad taskigt det var! Det var därför jag sa det. Det är sånt man säger när man är förbannad.

FL: Mm. Och när han var död sa du att han hade fått vad han förtjänade.

AL: Ja, för det hade han!

FL: Du var fortfarande arg på honom då?

AL: Ja, vadå då? Han hade ju gjort annat också.

FL: Vad hade han mer gjort?

AL: En gång låste han in oss på en toalett och försökte tvinga mig att suga av honom.

FL: Magnus försökte tvinga dig att suga av honom?

AL: Mm.

FL: När hände det?

AL: I början av terminen.

FL: Berättade du för nån efteråt vad som hade hänt?

AL: Nej, jag var så jävla chockad då.

FL: Och senare?

AL: Vet inte.

FL: Du berättade det inte för nån?

AL: Nej, jag vågade inte. Jag bara sa till folk att han hade tafsat på mig. Men då med detsamma sa jag ingenting.

FL: Det började du göra först sen han hade förödmjukat dig inför klassen?

AL: Ja, då fick jag nog och tänkte att han skulle bli misstänkt och få dåligt rykte i alla fall.

FL: Du funderade aldrig på att polisanmäla honom?

AL: Skämtar du? Det lönar sig väl för fan inte. När ord står mot ord är det alltid killen dom tror på.

FL: Men det är en väldigt allvarlig anklagelse du riktar mot honom, Ada. Kan du berätta hur det gick till?

AL: Nej, jag vill inte tänka på det mer.

FL: Nej? En helt annan sak då: Har du en moped?

AL: Hurså?

FL: Har du det?

AL: Ja, vadå då?

FL: Vilken färg har den?

AL: Den är röd, om du så gärna vill veta.

FL: Har du en hjälm också?

AL: Ja, det är det ju för fan lag på.

FL: Vilken färg har den då?

AL: Den är också röd.

FL: Vet du var Magnus bodde?

AL: Nej, hurså?

FL: Du har aldrig varit hemma hos honom? Aldrig åkt förbi utanför hans hus?

AL: Hur fan ska jag kunna veta det om jag inte vet var han bor?

FL: Vad gjorde du den kvällen han blev mördad?

AL: Är jag misstänkt eller?

FL: Finns det anledning till det?

AL: Ja, det kanske det gör. Men jag har fan inte mördat han!

FL: Nej, du är inte misstänkt, Ada. Men du kan vara ett viktigt vittne i utredningen.

AL: Kan jag?

FL: Ja. Var brukar du åka när du är ute med din moped?

AL: Lite var som helst.

FL: Du kan alltså ha åkt förbi där Magnus bodde utan att veta om det? Minns du om du var ute den kvällen han dog?

AL: Ingen aning.

FL: Om jag visar dig en bild på huset kanske du minns? Det jag är intresserad av, om du var där, är om du såg några andra människor eller bilar i närheten. Det här huset är det.

AL: Ja, där har jag åkt. Bodde han där?

FL: Mm. Så du skulle kunna vara ett viktigt vittne om du var där just den kvällen.

AL: Om jag säger att jag var där tror du att det var jag som slog ihjäl han.

FL: Det är inte så vanligt att tonårstjejer dödar vuxna män, vet du.

AL: Men det *kan* hända. Och jag hade anledning.

FL: Hade du verkligen det?

AL: Ja, vadå då? Det har jag ju sagt.

FL: Var du där den kvällen eller inte?

AL: Ja, det var där jag for runt.

FL: Kan du säga vid vilken tid det var?

AL: Vid sex, sju nån gång.

FL: Hur länge höll du på då?

AL: Vet inte.

FL: Så länge som en halvtimme?

AL: Vet inte.

FL: Såg du nån då?

AL: Ja, på vägen kom det bilar ibland, men jag tänkte inte på hur dom såg ut eller vilka som körde.

FL: Nej. Några människor som gick, cyklade eller åkte moped eller motorcykel då?

AL: Vet inte. Tror inte det.

FL: Och utanför Magnus hus? Såg du några människor där?

AL: Vet inte. En gång såg jag Jonas där, men det var inte den kvällen.

FL: Jonas Holmberg? Är det honom du menar?

AL: Mm.

FL: Är du bekant med honom?

AL: Nej, jag bara vet vem han är. Han går inte i samma skola som jag.

FL: Och honom såg du utanför Magnus hus?

AL: Ja, men det var nog en annan kväll. Bor han där i närheten eller?

FL: Ja, det gör han. Såg du vad han höll på med då när du fick syn på honom?

AL: Han bara kom och gick. Jag vet inte.

FL: Hur kan det komma sig att du vet vem han är då?

AL: Det gör alla. Alla vet vem Mongopyromanen är.

FL: Vad sa du?

AL: Mongopyromanen. Han kallas så.

FL: Varför det?

AL: För att han har tänt eld på bilar och sånt och är en knäppskalle.

FL: Okej.

AL: Det finns en annan knäppskalle som bor där ute också.

FL: Jaså? Vem är det då?

AL: Ingvar heter han. En gång dödade han sin grannes hund.

FL: Varför gjorde han det? Vet du det? Vad säger ryktet?

AL: Ja, för att hunden hade bitit ihjäl hans katt. Eller flera av hans katter. Han slog ihjäl hunden med en hammare.

FL: Med en hammare, säger du? Vet du vad han heter mer än Ingvar då?

AL: Karlsson, tror jag.

FL: Ingvar Karlsson? Som statsministern då?

AL: Va?

FL: Nej, inte den nuvarande. Det var han som kom direkt efter Palme som hette så. Det var före din tid.

AL: (tystnad)

FL: Ja, då har jag inte mer, Ada. Tack för att jag fick prata med dig. Du har varit till jättestor hjälp.

AL: Har jag?

FL: Ja, det har du. Men det är en sak jag fortfarande undrar över.

AL: Jaha.

FL: (tystnad)

AL: Säg då.

FL: Hände det verkligen nånting inne på toaletten den

där gången?

AL: Ja, det hände! Men det var inte Magnus som gjorde det utan en kille i 9B.

Alice Holmberg

Det har alltid varit problem med Jonas. Han har alltid varit lite speciell. Men det tog sig inga allvarligare uttryck förrän han gick i sjuan. Då stod han vid min säng en natt med ytterkläderna på och sa att det var en bil som brann. *Herregud, har du varit ute mitt i natten?* sa jag. *Ja, det var så varmt inne, så jag gick ut.* Han hade gått ut och upptäckt den brinnande bilen. Senare visade det sig att det var han själv som hade tänt eld på den.

Efter några veckor var det dags igen. Polisen ringde på natten och sa att Jonas var vid en bil som brann borta vid fotbollsplanen och att han var där ensam. När jag kom dit var han förvirrad och kunde inte förklara vad som hade hänt. Polisen frågade mig om det var nåt speciellt med honom, och då sa jag att han har en språkstörning och att det var därför han inte kunde förklara.

Senare, när jag pratade med honom själv, berättade han att han hade träffat en skolkompis som ville ha honom med på det där, och att han hade blivit hotad. Jag tänkte att han hade hamnat i dåligt sällskap och kontaktade både socialtjänsten och polisen och frågade om råd, och då fick jag veta att polisen hade gjort en orosanmälan till soc i samband med bilbranden.

En dag blev jag uppringd på jobbet av Hanna som sa att det hade brunnit i boden hemma. Jag skyndade mig hem och hittade Jonas i hans rum. Han hade suttit ett tag i en polisbil först, men sen hade Hanna kommit och hämtat honom. Han skulle egentligen ha varit i skolan men hade aldrig kommit dit. Han berättade vad som hade hänt, men berättelsen var så förvirrad och osammanhängande att han fick ta om den flera gånger för att jag skulle få ihop bitarna. Det gick ut på att han hade upptäckt att det brann och att han hade sett några killar springa iväg genom skogen.

När han blev förhörd av polisen var jag med. Den ena polisen skrek och uppmanade honom att erkänna, medan den andra var mer lugn och sansad. Jag förstod att det var en förhörsmetod, men den fungerade inte alls på Jonas. Han blev helt hysterisk av deras uppträdande och fick inte fram ett vettigt ord.

Några veckor senare ringde polisen igen och berättade att Jonas hade tänt eld på två toaletter i skolan. Efter den händelsen blev han ordentligt utredd av både läkare och BUP, och man kom fram till att han hade en lindrig utvecklingsstörning.

Ja, det var en jobbig period, men den gick ju över till slut, fast det tog några år. Vi pratade mycket om hur han kände sig och vad det var som oroade honom, och det tror jag hjälpte, för sen dess har det inte varit några problem med eld. Jag vet vad han blir kallad, men det är ju inte den sortens utvecklingsstörning han har. Han är inte mongoloid. Läkarna kan inte riktigt säga vad det är, mer än att han är sen i utvecklingen, och det får vi nöja oss med.

Ingvar Karlsson

Det blev böter och skadestånd. Men inte fan skulle *jag* ha fått nåt skadestånd, om jag hade polisanmält gubbjäveln som ägde hunden. Jag är inte närmare bekant med honom, men jag visste att det inte var nån idé att snacka med honom om jyckens beteende. Han lät den springa lös ute, och den sov utomhus eller i en gammal skrotbil på tomten, så det var ganska tydligt att han gav fan i vad den hade för sig. Den var helt förvildad.

Inte skulle det ha gått att bevisa att det var den som hade bitit ihjäl katterna heller. Men fjärde gången det hände var jag åsyna vittne, och då kände jag att måttet var rågat. Jag blev helt jävla vansinnig när jag såg hur den höll på med katten utan att jag kunde ingripa. Beträffande rasen så liknade den en stor schäfer, fast mer långhårig och raggig. Det var alltså ingen sort som man frivilligt gav sig i närkamp med när den var på hugget.

Ett par timmar senare, när jag såg att gubben hade åkt iväg, gick jag över och satte ett rep om halsen på hunden och ledde iväg den cirka hundra meter ut på en åker. På vägen dit tog jag med mig en slägghammare. Hunden var svår att leda, och den försökte slita sig flera gånger, men den gick inte till angrepp mot mig, eftersom den visste vem jag var.

Ute på åkern slog jag ett slag med slägghammaren i skallen på den, och den sjönk till marken utan ett ljud. Jag såg en skada på skallen, och enligt min uppfattning dog den på fläcken. Som en ren reflex slog jag i snabb följd ytterligare några slag för att vara på den säkra sidan, för nån jävla djurplågare är jag inte. Om det var några som blev utsatta för djurplågeri så var det ju mina katter som långsamt blev slitna i stycken, och inte hundjäveln som dog på en gång när jag slog in skallen på den.

När jag hade försäkrat mig om att den var död högg jag tag i bakbenen på den och släpade iväg den till en skogsdunge i närheten. Där släppte jag den på marken och täckte över den med kvistar och stenar. På kvällen tänkte jag gå tillbaka och gräva ner den, men det hann jag inte förrän gubbjäveln kom farande och anklagade mig för mord.

Läraren Lager var jag inte bekant med. Holmbergs känner jag till men har aldrig umgåtts med. Birger har ju flyttat, och Märta är död, så nu är det bara deras barn och barnbarn som bor där borta. Mordet har jag förstås hört talas om, men det är inget som angår mig. Det får polisen ta hand om. Att jag blev förhörd på grund av tillvägagångssättet när jag tog livet av hundjäveln tar jag med jämnmod. Jag blev trevligt bemött av polisen, och det är bra att dom är noggranna.

20

Ida har kommit på kant med sin mamma Charlotte och vill bo hos Tom istället, säger hon. Det har han ingenting emot, men han tvivlar på att det kommer att bli av. Hon har sagt samma sak flera gånger tidigare men alltid ändrat sig i sista stund.

Ida har blivit engagerad i klimatfrågan och vill att Charlotte ska ändra sin livsstil för att inte förvärra situationen ytterligare. *Men mamma sviker tydligen hellre sitt eget barn än förändrar några av sina vanor*, säger hon.

Jag förstår inte hur Charlotte kan göra så, Mårtensson! Jag förstår inte hur så otroligt många andra kan göra så! Tom och jag har berättat för Ida hur vi tänker och handlar när det gäller klimatförändringarna, och hon tycker som vi, säger hon. Det är bra att hon har tagit ställning, men det är tråkigt om det måste innebära att hon förlorar kontakten med Charlotte.

"Klimatförnekare", "klimataktivist" och "klimatalarmist" är ytterligheterna i den här frågan just nu, och däremellan befinner sig den stora massan som visserligen är medveten och kanske har "klimatångest" men som ändå fortsätter att bete sig precis som förut. En del, som har gett upp, känner "klimatsorg".

Själv har jag ingen ångest. Är det för att jag är deterministisk som jag inte oroar mig för hur det kommer att gå? Jag har aldrig gillat att blunda för verkligheten, och det är inte svårt att se att människan är ett hänsynslöst rovdjur som inte förstår sitt eget bästa och tydligen är förutbestämd att förgöra sig själv.

Det är inte lika gångbart längre att lägga ut sina semesterbilder från flygresor på Facebook, men flygandet har inte minskat. Det är helt jävla obegripligt, Mårtensson! Jag börjar tycka att det är dumheten och den egoistiska livsstilen som stör mest. Jag har nämligen i min enfald gått omkring och trott att folk som har det bra till största delen lever klokt och förståndigt. Men där har jag definitivt misstagit mig. Det ser man varje dag på Facebook. Och protesterna är inte många.

Camilla Torsson är en gammal klasskamrat från gymnasiet. Nu har hon tagit flyget till Thailand, och det tycker hennes Facebookvänner är bra gjort. Så här låter det:

Camilla: Landat på min favvoö. Druckit mangojuice. Sovit. Tar nu en långsam promenad i strandkanten. Barfota. Åh, vad jag har längtat efter barfota! Varm luft, varmt hav. Musik från en restaurang. Och det är första kvällen. Allt börjar nu.

Sofia: Fin bild. Lycka!

Annelie: Åh vad lätt jag skulle kunna byta med dig!

Camilla: Ja, det är helt underbart här.

Mia: Låter ljuvligt!

Camilla: Är tillbaka på hotellet. Just ätit mangosallad med chili. Svider i munnen.

Mia: Härligt att ha allt framför sig. Enjoy!

Olle: Många reser flitigt men våra barnbarn kommer att fråga vad vi tänkte på.

Camilla: Tack Olle, jag är väl medveten om att det är skadligt att flyga. Håller med dig men tycker samtidigt att det inte är lämpligt att påpeka på första dagen av någons semester. Har väntat länge på detta. Lever ett mycket miljövänligt liv på landet resten av tiden men behöver en resa av hälsoskäl.

Olle: Ja, men att vara medveten om detta och ändå lägga upp statusar om resor är mycket tvivelaktigt. En resa till Thailand för en enda person ger lika mycket utsläpp som en genomsnittlig personbil ger under ett helt år. Man har en kvot på max två ton per person och år och den har du förbrukat nu, hur miljövänligt du än lever annars. Läs gärna artikeln om Greta Thunberg nedan. Det är en tjej som har fattat vad det handlar om.

Lisa: Sååå avis! Ha det så skönt!

Camilla: Tack, ska vila stenhårt! Och dricka mangojuice förstås.

Anna: Because u are worth it.

Ann-Britt: Ååå vad jag längtar! Tyvärr ingen resa för oss i år.

Therese: Underbart! NJUUUT!

Lolo: Åh, det där låter underbart!

Camilla: Ja, jag är så lycklig här.

Lolo: Det låter riktigt mysigt! En bra plats att ladda batterierna på.

Carina: Hoppas du får fantastiska dagar vid havet nu! Så glad att du kom iväg. Njut! Kram.

Linda: Var mer orolig för kinesernas ökande resande istället för svenskarnas som bidrar till 2 promille av alla utsläpp. Att hålla på och flygskamma folk känns inte ok. Om Camilla har väntat länge på att få resa så klaga på mig istället som reser 6–9 gånger per år.

Helena: Åååh. Så. Himla. Nice.

Jeanette: Det låter riktigt härligt! Ha det skönt.

Jag: Bra grupp att ansluta sig till: Jag flyger inte för klimatets skull.

Linda: Men sluta klaga på Camilla som reser nu. Jag kan säga att vi svenskar reser ingenting i jämförelse med utsläppen i Kina och USA. Våra flygbolag som vi flyger mest med har toppmoderna flottor och tänker på miljön. Tycker vi är ganska duktiga på miljöfrågor. Vi sopsorterar, kör miljövänliga bilar, äter mindre kött, har bra el mm. Börja hetsa och prata politik i trådar och flygskamma folk o ge dåligt samvete tror jag inte är rätt väg att gå på fb o till sina vänner.

Camilla: Tack Linda! Loggade just in och blir helt fascinerad. Verkligen. Jag är vuxen, har ett starkt miljöengagemang och behöver inga pekpinnar. Och tack alla ni andra som kommit med önskan om skön semester. Nu ska jag dricka mangojuice! Kram på er.

Emma: Ja, njut nu!

Sandra: Ja, ljuvligt!

Marianne: Härligt med stränder man kan gå barfota på. NJUT och bry dig inte om vad moraltanterna snackar om. Ha en skön semester.

Eva: Hoppas du får en härlig semester.

Sussi: Ha det riktigt bra, Camilla!

Och så fortsätter det. Visst verkar alla hennes vänner vara otroligt intelligenta? Hundrafemtio "gilla", "älska" och "wow" har hon fått, plus över hundra positiva kommentarer.

Tycker hon att det känns bra att bli uppskattad för att hon gör fel? Ja, hon gör väl det, för själv har hon satt gillamarkeringar på alla kommentarer utom Olles och min. Det är helt obegripligt för mig hur man helt öppet kan vilja visa sig så dum. Men har man låg intelligens förstår man väl inte bättre.

Varför har det blivit så här, Mårtensson, att dumheten har fått makten? Förklaringen till att det ser ut som det gör i världen beror ju på politikernas och företagsledarnas bristande förmåga att inse och bry sig om mänsklighetens bästa. Det är makthavarna som har resurserna att agera så att vår planet kommer till skada. Vi borde ha protesterat för länge sen. Eller för att citera Bibeln: "Frågen icke efter dem. De äro blinda ledare; och om en blind leder en blind, så falla de båda i gropen."

Varför måste det gå så? Vad är det för mening med det? Förstår man det där uppe i din himmel, Mårtensson, eller bryr man sig inte?

Ida Werner

Jag vill vara som Greta. Jag vill stå upp för det jag tror på och kämpa för vår planet. Jag har läst på och lärt mig att det är världens rikaste länder och några hundra företag som står för nästan alla utsläpp och växthusgaser som just nu håller på att förstöra atmosfären. Och det är några få väldigt rika män som har tjänat tusentals miljarder på att inte bry sig om att det händer.

Jorden har funnits i 4,6 miljarder år, och av alla människor som har befolkat den under 200 000 år, lever 7 % här just nu. Det är på oss ansvaret för planetens framtid ligger. Alla vi människor har ett moraliskt ansvar att göra allt vi kan för att vända utvecklingen och få folk att förstå vad som händer om vi inte förändrar vårt beteende. Vi måste producera mindre, konsumera mindre och resa mindre. Vi måste *flyga* mindre, men det är det inte många som fattar.

Trots all satsning på förnybar energi som till exempel sol- och vindkraft, använder världen mer fossila energikällor idag än för trettio år sen. Koldioxidutsläppen har inte minskat alls utan tvärtom ökat med nästan 70 %. Satsningen på alternativ energi är för liten och går alldeles för långsamt för att vi ska hinna fasa ut det fossila samhället innan det är för sent.

I trettio år har politikerna ägnat sig åt att prata, ljuga och förhala, och fortfarande är det ingen som tycks vara beredd att ta tag i problemet på allvar. Med dagens utsläppstakt beräknas den fungerande atmosfären ta slut om cirka arton år. Andelen koldioxid bör inte överstiga 350 miljondelar, men det gjorde den redan 1987, och idag ligger den på 410.

Så länge makthavarna inte agerar utifrån det faktiska krisläget kommer nästan ingen att förstå hur allvarlig det är. Nu är det väldigt få som bryr sig om att isarna smälter, skogarna skövlas och djurarter dör ut. Vi är på väg mot det sjätte massutdöendet på jorden, men det enda viktiga för nästan alla i västvärlden tycks vara att tjäna pengar, shoppa och resa. Forskning visar att människor som drar ner på överflödig konsumtion, efter att ha fått sina grundläggande behov tillfredsställda, känner sig nöjdare och lyckligare. Trots det slösar den rika delen av befolkningen så mycket med planetens resurser att det kommer att leda till klimatkaos.

Som mamma. Hon fortsätter att leva precis som förut fast hon vet vad som är på väg att hända. Hon verkar tro att krisen pågår nån annanstans och att det inte spelar nån roll vad hon gör. Hon fattar inte att hennes livsstil är ett hot mot hela vår existens. Hon flyger utan att bry sig om att utsläppen förgiftar atmosfären och kommer att förstöra hela vår planet.

Man vill ju inte att ens föräldrar ska vara dumma i huvudet och veta mindre än man själv, men så är det med mamma. Hon fattar inte ett skit. Hon vet, men hon fattar inte och bryr sig inte. Hon tycker att lyx och överflöd är viktigare än hur det kommer att gå för mig och allt liv på jorden. Hon skyller på sitt jobb att hon måste flyga, men hon skulle kunna åka tåg istället eller byta jobb. Och hon

reser på semester till utlandet flera gånger om året. Förut
följde jag med, men det gör jag inte längre.

Varför slutar hon inte? Jag har bett henne lyssna på
Greta, jag har visat henne tidningsartiklar och jag har be-
rättat vad jag själv vet. Jag har sagt att det är hon, och and-
ra vuxna med samma livsstil, som gör så att mänsklig-
heten håller på att gå under. *Men för dig spelar det kanske
ingen roll*, har jag sagt, *för när allt till slut händer är du ändå
död. Du kanske tycker att det är bäst att roffa åt dig allt du kan
medan du lever? Du kanske skiter i hur dina barn och barnbarn
kommer att få det när atmosfären är förstörd och jordens resur-
ser är uttömda? För det är vi som kommer efter er som får ta
hand om det, och skulle det visa sig vara för sent är det i alla fall
inte ditt problem kanske du tycker? "Tråkigt att det hände, men
vad kunde lilla jag ha gjort?", typ?*

Det är så jävla sjukt. Jag har bett pappa försöka prata
med henne, men hon lyssnar inte på honom heller. Hon
tycker att Greta är utvecklingsstörd. Hon fattar inte att det
är hon själv som är störd och efter i utvecklingen. Man
måste inte ha en diagnos för att fatta vad det handlar om.
Det räcker med att ha en normalt fungerande hjärna.

Mamma är en svikare. Jag skäms över henne och vill
inte bo med henne mer. Jag vill bo med pappa istället. Han
fattar i alla fall vad det handlar om, och lever efter det, och
det gör Ann-Catrin, hans nya, också. Det är hon som har
lärt honom, tror jag, för förut tänkte han nog inte så
mycket på sånt. Om jag flyttar till honom får jag längre till
skolan, men det gör inget. Och pappa säger att jag får
komma. Så om inte mamma skärper sig ganska omgående
kommer jag att flytta till honom och skita i henne, för hon
skiter ju ändå i mig.

21

Jag tror att du har det bättre däruppe i din himmel än vi har det här nere på jorden, Mårtensson. Men finns din himmel eller inte? Är födelsen början på ett medvetande som fortsätter efter döden, eller är våra liv bara en kort glimt mellan två stora mörker? Jag vet inte vad jag ska tro.

Apropå mörker så upplyser jag då och då Facebookvänner som flyger om vad det är som gäller. Istället för att ta bort alla oupplysta och ansvarslösa människor för att slippa reta upp mig, har jag bestämt mig för att försöka sprida lite ljus i mörkret. Jag bemöter inga negativa kommentarer, och jag ger mig inte in i några diskussioner, men lite kalla fakta delar jag med mig av ibland till personer som visar tecken på att behöva det.

Borde jag göra mer, tycker du? Men jag vet inte vad det skulle vara. Jag har inga barn, jag äter inte kött, jag kastar ingen ätbar mat, jag äger ingen bil och inga andra bensindrivna fordon, jag flyger inte, jag slösar inte med pengar eller resurser, jag överkonsumerar inte, jag köper ekologiskt och second hand, jag använder inga giftiga kemikalier, jag källsorterar, lagar, reparerar och återvinner.

Jag vet att du och Eva levde ungefär som Tom och jag gör, och att ingen av er förnekade klimatförändringarna. Jag vet att du skulle göra allt du kunde för att inte bidra till den negativa utvecklingen om du levde. Men det är många som fortfarande vägrar inse sanningen och fortsätter att konsumera precis som förut.

Kommer du ihåg kollegan Johnny Bonin? Han är pensionerad nu, och av nån anledning har jag honom som Facebookvän fast jag aldrig har gillat honom. Idag visade han upp en selfie i kvällssolen vid havet på "sköna Teneriffa". Den första som kommenterade var en annan pensionerad kollega.

Christina: Härlig bild på dig! Ser underbart ut! Cypern för oss i slutet av månaden. Ha det bra!

Jag: Bra grupp att gå med i: Jag flyger inte för klimatets skull. Christina, du kan inte mena allvar?

Johnny: Ann-Catrin Friberg, vi är alla saliga på vår tro men ditt inlägg passar bättre i en annan tråd. Denna tråden var verkligen inte menad till politisk propaganda.

Christina: Ann-Catrin Friberg, detta är ingen lätt grej…

Jaså inte det? Vad är det som är svårt då? Att välja om man vill bete sig som en idiot eller inte? Inget svårt val för min del i alla fall, kan jag säga.

Och Bonin har alltid varit en trist typ. Nu har han dessutom blivit gammal och fet och bevisligen inte ett dugg klokare än när han var yngre.

"Tro"? "Politisk propaganda"? Hur dum får man vara?

När jag ändå är inne på dumskallar, kan jag berätta om Lotta också. Hon är kulturjournalist och intervjuade pappa ett par gånger och skrev om honom och hans böcker i tidningen. Jag har träffat henne, och vi har varit vänner på Facebook ganska länge. Jag har alltid betraktat henne som en klok och vidsynt person, men det är det slut med nu. Så här skriver hon på Facebook:

Lotta: Längtar till Toscana, konstens och kulturens Mecka, dit Sture och jag snart ska resa. Vi kommer att bo mitt i den gamla kurorten Montecatini Terme på ett nyrenoverat hotell med swimmingpool. Underbar plats för fria tankar och diskussioner! Renässansens högborg Florens står förstås också på programmet. Det var där Michelangelo växte upp och skapade sina mest berömda skulpturer, som till exempel David i den kritvita marmorn från Carrara.

Gudrun: Härligt, Lotta! Jag önskar er en skön och stimulerande vistelse där!

Lotta: Tack, Gudrun!

Jag: Hoppas ni inte flyger.

Lotta: Jo såklart. Däremot åker vi inte lyxångare i Karibien, slänger plast i haven eller spottar tuggummi i naturen.

Jag: Nej men flygutsläppen förstör ju atmosfären och därmed livsbetingelserna på hela vår planet. Ett tuggummi i naturen är inte alls jämförbart. Tänker ni inte alls på era barns och barnbarns framtid? Är era egna privata nöjen viktigare? Dessutom går det ju utmärkt att åka tåg.

Jag begriper mig inte på hennes svar. Hånar hon mig eller försöker hon göra sig lustig eller är hon verkligen så dum att hon inte förstår vad en flygresa innebär? Jag valde att ta henne på orden och skrev min kommentar utifrån det sistnämnda.

Och där tog det stopp. Hon svarade inte på mina frågor. Så mycket var alltså pratet om "fria tankar och diskussioner" värt. Därför avslutade jag med en liten tecknad gubbe som säger: "Oh, are my 'political' posts annoying you? Sorry, I thought the future of our planet was worth discussing. By all means, show me another picture of your dinner."

22

Ynkryggen är död, Mårtensson. Självmord eller olyckshändelse har inte gått att fastställa. Han föll från sin balkong på nionde våningen med över två promille i blodet.

Vi kommer aldrig att få veta hela sanningen om Annies död eller Alvas försvinnande. Jag hoppas att kollegerna som fick tipset om honom inte hade hunnit väcka hopp hos Alvas föräldrar om att fallet var på väg att lösas, för nu har väl möjligheterna till det minskat betydligt.

Det grämer mig att han tar sina hemligheter med sig i graven. Samtidigt är det skönt att vara av med honom. Breven som han skickade till mig oroade Tom, men själv trodde jag aldrig att han skulle dyka upp, och nu finns den risken inte mer.

Jag fortsätter mina samtal med Hanna. Det är bara mig hon vill prata med nu, sen Holth har straffat ut sig. Och nya frågor uppstår alltid.

Förhör med Hanna Holmberg
FL: Förhörsledare Ann-Catrin Friberg
HH: Hanna Holmberg

FL: Berätta om ditt jobb.
 HH: Vad ska jag säga om det?
 FL: Vad som helst. Du arbetar på ett försäkringsbolag?
 HH: Ja, det gör jag. Jag undrar vad mina kolleger tänker om mig nu...

FL: När Rasmus var liten arbetade du inom äldreomsorgen?

HH: Mm.

FL: När bytte du arbete?

HH: Ett par år efter Rasmus död. Jag stod inte ut med arbetsvillkoren vid äldreboendet längre. Det saknades alltid personal, och gamlingarna blev inte bra omskötta.

FL: Hur har du trivts på det nya jobbet då?

HH: Det har varit helt okej. Men för ett halvår sen flyttade vi till nya lokaler och fick byta våra kontorsrum mot ett stort kontorslandskap, och det blev jobbigt för mig. Vi sitter nästan trettio personer i samma rum med bara låga skärmar emellan. Vi hör och ser allt, till och med kroppsljud som magkurr och liknande, och det tycker jag känns obehagligt. Dom flesta verkar ha funnit sig i det och är bekväma med situationen, men så är det inte för mig. Jag hade redan innan lite svårt att jobba i en så stor grupp som vi är, även om vi mestadels arbetar självständigt och var och en för sig. Jag är lite lågmäld och försiktig av mig i större sammanhang och försvinner lätt i en stor grupp. Det gick bra så länge vi hade egna rum, men sen var det plötsligt en faktor till som gjorde det svårt för mig. Jag försöker skärma av omgivningen genom att ha på mig hörlurar med musik, men jag kan inte sitta så hela dagarna utan får försöka varva lite. Jag stänger av telefonen så ofta jag kan, och jag tar pauser och går omkring och rör på mig för att inte känna mig så låst vid mitt skrivbord. Ett annat problem är att en av dom som jag sitter närmast kommenterar allt och alla hela tiden, utom när han själv vill ha lugn och ro. Han verkar inte fatta att han stör andra i arbetet med sitt evinnerliga prat. Så det har varit jobbigt för mig. Att byta plats i lokalen skulle kanske hjälpa, om jag fick sitta ensam eller i en fyra-grupp, men min plats är bra annars

och det skulle se konstigt ut om jag bytte och säkert fram-
kalla en massa gliringar som jag inte orkar med. Jag kan
lätt föreställa mig hur pratet kommer att gå när jag är till-
baka, eller hur det går redan nu. Ibland hoppas jag nästan
att jag ska bli kvar här och slippa uppleva det.

FL: Berätta om Mikaela.

HH: Mikaela? Vad har hon med det här att göra?

FL: Antagligen ingenting, men enlig uppgift utsatte hon
dig för vissa…

HH: Enligt uppgift? Vem har lämnat den uppgiften?

FL: En av dina arbetskamrater.

HH: Så ni har varit på mitt jobb och snokat också? Nej,
förlåt, jag menade inte snoka. Jag glömde att jag är miss-
tänkt. Det är klart att ni måste kolla upp mig på jobbet ock-
så.

FL: Mm. Vad utsatte Mikaela dig för?

HH: Hon trängde sig på och lät mig inte vara ifred.

FL: Varför gjorde hon det?

HH: Jag vet inte. Hon var konstig bara. Hon hade gjort
likadant mot andra fick jag veta senare.

FL: Berätta vad som hände.

HH: Ja, men det kan ju inte ha nånting med Magnus att
göra.

FL: Men han träffade henne vid ett tillfälle?

HH: Ja, men det var ju bara när han…

FL: Ta det från början som du minns det.

HH: Mikaela mådde inte bra. Det hade varit en konflikt
mellan henne och chefen, och det ledde till en arbetsrätts-
lig process. Eftersom jag ville vara ett bra stöd och en bra
kollega tillät jag Mikaela att höra av sig till mig. Hon fick
"skriva av sig" till mig med det hon upplevde som jobbigt.
Men jag sa till henne att jag inte skulle svara eller bemöta
allt hon tog upp. Jag försökte hela tiden få henne att se

framåt och inte älta det som hade hänt. Under den arbetsrättsliga processen var hon sjukskriven, men vi träffades ändå ibland och åt lunch eller fikade. Innan jag skulle gå på semester frågade hon om hon kunde få mitt privata telefonnummer. Jag ville egentligen inte ge det till henne, men det var inte hemligt, så hon kunde lätt ta reda på det ändå. Samtidigt frågade hon om hon fick ha kontakt med mig under semestern. Efter en viss tvekan sa jag ja till det också. Jag trodde att hennes behov av mig skulle minska när den arbetsrättsliga processen var över, men så blev det inte. Under semestern fick jag en massa meddelanden från henne som gick ut på att jag inte brydde mig om henne. Till slut orkade jag inte svara. Jag blev nervös bara av att höra plinget från telefonen när det kom ett meddelande. När min semester var slut blev det ännu värre. Vissa dagar ringde det oavbrutet, både från dolt nummer och från hennes telefon. På kvällarna kunde det komma tjugofem, trettio samtal. Jag visste att det var hon som ringde med dolt nummer eftersom jag svarade ibland och pratade med henne. När Magnus svarade la hon bara på. Jag försökte få henne att förstå att jag inte ville att hon skulle ringa så mycket och skicka en massa sms, men det hjälpte inte. I början tyckte hon att jag var den enda som förstod henne, men när jag försökte dra mig undan övergick det till att jag hade lurat henne med mitt intresse och svek henne. Jag försökte hela tiden vara lugn, men situationen var väldigt obehaglig, tyckte jag. En dag när jag var på väg hem från jobbet stod hon och väntade på mig bakom några buskar vid en lekpark. Hon hoppade fram och slog armarna om mig och ville inte släppa taget. Jag försökte prata med henne och få henne att åka hem, men hon var envis och tjatade på mig om att vi skulle gå och fika. Hon hade slutat på jobbet då och skulle inte komma tillbaka. Jag tyckte att jag hade fullgjort min plikt som stödjande kollega och ville inte ha mer med henne att göra. Det hade blivit alldeles för intensivt och konstigt, tyckte jag. Några dagar senare kom hon hem till oss. Det var Magnus som öppnade, och han ropade till mig att Mikaela stod utanför dörren och ville träffa mig. Jag bad honom säga åt henne att gå sin väg, och det gjorde hon, men sen var hon plötsligt inne i huset och stod vid trappan till övervåningen. Magnus tog henne i armen och försökte leda ut henne, men hon klamrade sig fast i trappräcket och sa att hon inte skulle gå förrän hon hade fått prata med mig. Magnus sa att han skulle ringa till polisen om hon inte gav sig iväg, men det brydde hon sig inte om. Jag vet inte hur han gjorde, men till slut fick han i alla fall ut henne och låste dörren.

FL: Mm.

HH: Du tror väl inte att det var hon som kom hem till oss och slog ihjäl Magnus?

FL: Det är det vi ska ta reda på.

HH: Men varför skulle hon göra en sån sak? Ska ni förhöra henne?

FL: Ja, så lär det bli.

HH: Men jag tror inte… Hon var inte våldsam av sig. Bara envis och jobbig.

FL: Varför slutade hon höra av sig till dig?

HH: Det vet jag inte. Plötsligt blev det bara tyst. Hon hade sagt att hon skulle resa utomlands, men det vet jag inte om hon gjorde.

FL: Vad var det sista du hörde ifrån henne?

HH: Det var ett sms. Och det var lite konstigt, tyckte jag, för det enda hon skrev var "Hejdå, nu reser jag." Så korta meddelanden brukade hon aldrig skicka.

FL: Okej. Vi får se vad vi kan få fram.

HH: Ja, men jag tror inte alls att det var hon som dödade

Magnus. Om hon var arg för att jag avvisade henne skulle hon väl ha gett sig på mig istället. Men hon skulle aldrig ha gjort så, för hon var inte våldsam av sig.

23

Hanna har varit förföljd av en kvinnlig före detta arbets-
kamrat, vilket kan vara värt att kolla upp. Trakasserierna,
som bestod av telefonsamtal, meddelanden och rent fysisk
förföljelse, upphörde några månader före Magnus död ef-
ter att ha pågått i mer än ett halvår. Det förekom inga di-
rekta hot, men Hanna kände sig väldigt pressad av situa-
tionen. Vid ett tillfälle, när kvinnan trängde sig in i Hannas
hus, fick hon hjälp av Magnus att få iväg henne. Det är den
händelsen som gör henne extra intressant för oss.

Marie Olofsson

Mikaela och jag bodde grannar förut och umgicks ganska
mycket. Vi levde ensamma båda två, så det föll sig natur-
ligt att vi träffades och pratade. I början var det ett ganska
jämlikt förhållande, men när hon fick problem på jobbet
och jag märkte att hon tog för givet att hon kunde komma
och gå hur som helst hemma hos mig, blev jag tvungen att
sätta vissa gränser. Jag lyssnade och försökte stötta och
hjälpa henne, men jag ville inte umgås med henne dygnet
runt, och det fick hon lov att respektera.

Det var inte mycket jag kunde göra heller. Till det yttre
verkad hon bli knäckt av att förlora jobbet, men jag tror att
hon hade djupare problem än så. Trots allt hon berättade
för mig kände jag henne inte så bra. Det gjorde inte hon
själv heller, tror jag. Hon saknade självinsikt och förstod
inte varför hon mådde så dåligt. Hon var framgångsrik i
yrkeslivet, och det höll henne kanske på fötter tills det inte

räckte längre. Jag vet inte vad det var som gjorde att hon blev avskedad, men inte var det yrkesmässig inkompetens i alla fall. Jag tror att det var hennes känslomässiga problem som ställde till det för henne och till slut stjälpte hela lasset.

Jag var den enda som förstod henne, sa hon, och den enda vän hon hade. När jag berättade att jag skulle flytta blev hon knäckt av det också och sa att hon inte skulle överleva utan mig. Jag hade svårt att tycka synd om henne och ta henne på allvar därför att hon var så självupptagen och krävande, men jag sa i alla fall att vi kunde fortsätta att ha kontakt och att hon fick höra av sig till mig om hon kände att hon behövde det. Om jag hade vetat hur det skulle bli hade jag aldrig sagt det, för sen fick jag massor med mejl, sms och telefonsamtal hela tiden. Till slut var jag tvungen att säga ifrån för att det blev för mycket.

Jag trodde att jag hade raderat allt hon skickade, men efter hennes död hittade jag det sista hon skrev till mig. Det kändes svårt att göra mig av med det då, när jag visste hur illa det hade gått. Innan förstod jag ju inte hur allvarligt det var. När en person har ropat "vargen kommer" tillräckligt många gånger utan att nånting händer, slutar man ju tro på det till slut.

När jag läste det där sista mejlet efteråt fick jag dåligt samvete och tänkte att jag borde ha förstått, men vad skulle jag ha kunnat göra som jag inte redan hade försökt? Jag tyckte nog att människor som stod henne närmare hade större ansvar för henne än vad jag hade, men jag visste ingenting om hennes anhöriga eller om hon ens hade några, för det pratade hon aldrig om. Rent allmänt tycker jag att varje människa har rätt att bestämma över både sitt liv och sin död, och hon var ju ändå en vuxen människa, tänkte jag.

När hon dog hade jag inte träffat henne på flera måna-
der. Hon hade varit utomlands, och jag visste inte att hon
hade kommit tillbaka förrän jag fick veta att hon var död.
Det sista mejlet skickade hon bara några veckor innan det
hände. Jag mejlade tillbaka men fick inget svar. Om san-
ningen ska fram var jag lite rädd för att få henne på halsen
igen och försökte inte nå henne på annat sätt heller. Jag
hade ju fått så många liknande meddelanden tidigare och
tyckte inte att det sista var mer alarmerande än andra. Att
hon hade självmordstankar ibland skrev hon redan när
hon precis hade blivit av med jobbet, och när hon bara
fortsatte att upprepa det med jämna mellanrum blev det
ju betydelselöst till slut.

Så här skrev hon i sitt sista mejl:

Hej Mia. När jag blev arbetslös började jag skriva en sorts
dagbok. Jag har den i datorn här. Jag ska radera den nu.
Du får läsa början och slutet så du ser att jag har stått och
stampat på samma fläck hela tiden. Det är ingen mening
med att fortsätta när det är så.
Bifogar fil.
Mikaela

Nu när jag är arbetslös och inte har några tider att passa
har jag ingen tidsuppfattning längre. Jag kan sova bort
hela dagar. Jag flyr in i sömnen för att slippa uppleva att
jag inte duger och inte orkar. Vissa dagar känns en så liten
sak som att borsta tänderna som ett oöverstigligt hinder.
Andra dagar fungerar jag nästan normalt. Jag vet aldrig i
förväg vilken sorts dag det ska bli.

Genom att arbeta hårt och vara duktig förstör man för
sig själv om man inte orkar med det. Stor stresstålighet och
förmågan att ha många bollar i luften samtidigt och tåla

ett högt tempo är det som efterfrågas i platsannonserna. Klarar man inte av det är man chanslös.

Jag kommer aldrig att få ett nytt jobb. Jag oroar mig för hur det ska bli i framtiden och vet inte vad jag ska göra. Jag har försökt berätta för några vänner hur jag mår, men jag har alltid varit så självsäker och behärskad, och därför är det ingen som tror att det är så allvarligt som det är. Jag får ingen hjälp. Jag känner mig bara ensam och isolerad och alienerad från omvärlden. Det är då man börjar leka med självmordstankar.

Jag känner mig helt tom. Jag har ingenting att ta av, som jag kan ge till andra eller ens till mig själv. Det är hemskt. Jag bara låtsas att allt är som det brukar vara, men innerst inne är ingenting som förut. Jag vill bara gråta och försvinna.

Jag är redan försvunnen. Ingenting känns roligt längre. Vad jag än tänker på, som kändes roligt förut, så känns det bara meningslöst och likgiltigt nu. Hur har det kunnat bli så här? Vad ska jag göra? Varifrån ska jag få lust och energi? Vad ska jag ta mig till?

Jag har ingen aptit och är trött hur mycket jag än sover. Jag känner mig liten och rädd och totalt utplånad. Jag har aldrig känt mig så här förut. Tänk om det aldrig går över! Då är det ingen mening med att leva.

Jag har tvingat mig att göra saker, som att resa bort och uppleva nya miljöer, men det har inte hjälpt. Ingenting hjälper. Det är som om jag har förlorat all drivkraft, och jag vet inte vad jag ska göra för att få den tillbaka. Jag tror inte att det går. Jag har liksom gett upp, och skulle jag mot förmodan få ett jobb igen så känns det som att det är för sent. Jag skulle inte kunna glädjas åt det, och jag skulle inte våga tro att det var en bestående förändring.

Allt som har varit, och allt hemskt som jag har gjort som inte går att återställa, har sakta men säkert sugit musten ur mig och nu är jag tom. Jag är förstörd och kan aldrig bli bra igen. Jag har ingenting att ge och kan inte ta emot det jag eventuellt skulle kunna få. Jag orkar inte mer. Sova och försvinna är det enda jag kan tänka mig nu.

24

Kvinnan som förföljde Hanna är död. Hon begick självmord några veckor efter mordet på Magnus. Det fanns inget avskedsbrev, men i mejl som hon hade skickat till några vänner skrev hon att hon var deprimerad och trött på livet.

Nu är frågan om hon åkte hem till Hanna igen, blev avvisad och bortmotad av Magnus igen, och i sin förtvivlan och desperation tappade besinningen och slog ihjäl honom.

Första gången hon var där tog hon sig dit med bil, och den bilen var hon fortfarande ägare till när hon dog. Men vi har inga vittnesuppgifter om en främmande bil i samband med mordet och inte om en okänd kvinna heller. Vi vet helt enkelt inte vad hon hade för sig mordkvällen. Hennes dator och telefon, som vi kunde ha blivit hjälpta av, finns inte kvar. Hennes lägenhet var tömd på alla personliga tillhörigheter när polisen tog sig in i den efter hennes död. Hon hade gjort sig av med allting innan hon gjorde sig av med sig själv.

Döda människor är inte det roligaste att hitta. Det vanligaste är ju att folk dör av naturliga orsaker. Äldre personer som lever ensamma och kanske inte har haft dagliga besök avlider i det tysta. Till slut klagar grannarna på att det luktar illa i trapphuset.

Jag kommer särskilt ihåg en gammal farbror som hade legat död i flera veckor när han påträffades. Lägenheten var igengrodd av smuts, och stanken var vedervärdig. På bänkarna i köket var det höga drivor med odiskade tallrikar, bestick och kastruller. Golvet var grått och klibbigt av damm och fett. Ett berg av stinkande soppåsar tornade upp sig i ett hörn.

Elen hade stängts av, och det hade lett till att alla matvaror i kylen och frysen hade ruttnat. Lukten och synen av den ruttna, mögliga maten var vidrig. Det var en extrem påväxt på allting, och tillsammans med stanken…

Till slut hade mannen tydligen blivit så svag att han inte orkade stå på benen. Han hade börjat uträtta sina behov var som helst i lägenheten och tog inte reda på det efteråt. Han täckte bara över det med tidningspapper och lät det ligga kvar där det var. Man såg var han hade kravlat sig fram, för det var spår av avföring överallt, utkletad på golvet och väggarna.

Han låg död på golvet i vardagsrummet. Det är oerhört motbjudande att stå bredvid en död människa och känna odören från den ruttnande kroppen. Stanken är extremt obehaglig. Jag blir orolig i magen bara jag tänker på det, och jag är inte känslig av mig när det gäller lukter. Efteråt sitter den kvar i näsan i flera dagar. Det hjälper inte att man tvättar sig och byter kläder eller försöker få en mer angenäm doft att fastna i näsan.

Inom loppet av cirka tio dagar efter döden händer följande med en människokropp: En grön missfärgning av bukhudens nedre del uppstår. En smutsbrun vätska sipprar fram ur kroppsöppningarna. Marmorering, som är en missfärgad kärlteckning i huden, inträder. Hår, överhud och naglar lossnar och överhudsblåsor som innehåller förruttnelsevätska bildas. Rötgasbildning leder till att ansikte, manliga yttre könsdelar, tunga och ögon skjuter ut, urin och avföring avgår, livmodern faller fram och ett eventuellt foster pressas ut. Gasbildning spänner ut buken.

När det har gått så långt är vi bara ett stycke rått, ruttnande kött. Var är människan som levde? Var och vad är vi utan våra kroppar? Jag har så svårt att begripa mig på döden, Mårtensson! Det är väl därför jag läser om den och försöker förstå.

Kroppen är själens boning, brukar man ju säga. Men vad händer med själen när kroppen dör? Det enda vi vet är vad som händer med kroppen. Med hjälp av forensisk entomologi kan vi också med ganska stor säkerhet bestämma tidpunkten för ett dödsfall. Det visste jag redan, men jag visste inte så mycket om insekternas beteende i sammanhanget, så jag har läst på lite om det.

Av alla insekter är det spyflugorna som kommer först till en död kropp. Finns det sår kan det handla om minuter innan äggläggningen börjar. Vanligtvis håller larverna till i ansiktets öppningar, i ögonhålan, munnen och näsborrarna, men också i öppna sår. Är det mycket larver i underlivet på en kvinna kan det vara ett tecken på sexualbrott i samband med döden, men det kan också betyda att hon hade mens när hon dog.

En vanligt förekommande missuppfattning är att likmaskar uppstår "av sig själva" i en död kropp eller att "maskäggen" ligger latenta i kroppen och börjar utvecklas först när kroppen är död. Det stämmer inte. Fluglarver uppkommer inte spontant i kött som ruttnar. Larverna kläcks ur ägg som fullvuxna insekter lägger på kroppen.

Efter spyflugorna är det skalbaggarnas tur. Dödgrävare och asbaggar livnär sig både på den döda kroppen och på fluglarverna. Blir liket liggande länge ersätts spyflugorna av insekter som lever på bindväv, senor och torkad hud. Fläskängern, till exempel, tuggar gärna i sig hud i hårbottnen. Det finns också flugor som lever inne i ben när köttet har försvunnit, skalbaggar som är ute efter fluglarverna och steklar som parasiterar på flugorna.

När det gäller självmord minns jag en man som hade skjutit sig i duschen. Han hade skruvat på vattnet innan, kanske för att det inte skulle bli så sörjigt, men det ledde bara till att avloppet sattes igen av hjärnsubstans, benbitar och köttslamsor och orsakade översvämning i badrummet. Ett stort stycke hud hängde över ett rör på väggen, minns jag. Den stickande, sötsliskiga lukten i den duschen kommer jag nog heller aldrig att glömma.

Men Mikaela hade inte gjort det hemma. Hon hittades i baksätet på sin bil, som upptäcktes på en skogsväg av en fotvandrare. Alla som hon brukade ha kontakt med trodde att hon befann sig utomlands, så ingen hade saknat henne, och hon hade troligtvis legat där i flera dygn.

Det finns egentligen ingenting som talar för att Mikaela har haft med mordet på Magnus att göra, mer än att hon var hemma hos Hanna en gång och blev bortmotad av honom. Och var hon skyldig kan man kanske tänka sig att det var skuldkänslor som utlöste självmordet. Men det är bara spekulationer. Vad vi behöver är vittnen som säkert kan intyga var hon befann sig mordkvällen.

Pernilla Westin
Den här natten jobbade jag ensam i min polisbil och var på väg mot stationen efter en insats. Radion ropade ut att ett fordon med en sovande person hade iakttagits i ett skogsområde som jag skulle komma att passera på vägen tillbaka. Jag hade inte ätit på hela natten, klockan var mycket och passet skulle snart vara slut, så jag var ärligt talat inte särskilt pigg på att åka dit och leta, men jag gjorde det ändå eftersom jag visste att alla andra var upptagna och att jag var enda polisbil i närheten.

Efter en stunds sökande hittade jag bilen på en skogsväg. Det satt en kvinna i förarsätet och sov. När jag knackade på rutan reagerade hon inte, och jag såg att hon var helt borta. Som tur var hade hon lämnat dörren olåst, och jag öppnade och kunde konstatera att hon levde. Jag försökte väcka henne, men trots hårdhänt behandling fick jag henne inte att vakna. Jag kallade på hjälp, och i väntan på ambulans arbetade jag för att hålla henne vid liv.

Alla människor har ett livsöde. Alla går igenom glädje och sorg under sin levnad. Som polis möter man ofta människor som har drabbats av olyckor eller våld av olika slag. Många befinner sig i kris och går kanske omkring med självmordstankar. Det är mycket vanligare än man tror med kraftiga depressioner. Det händer ofta att vi får åka ut till människor med självmordstankar för att försöka förhindra det oåterkalleliga steget.

Nästan alla poliser får åka på så kallade lägenhetsundersökningar när en anhörig eller granne, som misstänker att allt inte står rätt till med en person, har hört av sig till oss. Ganska ofta kommer vi tyvärr för sent. Då är det på oss det ankommer att underrätta vederbörandes anhöriga.

Jag har tvingats lämna många dödsbud under min tid som polis. Det är den del av jobbet som jag tycker allra sämst om. Det kan vara påfrestande att se en avliden person, men samtalet med offrets familj är oftast svårare. Hur anhöriga reagerar på beskedet går aldrig att förutse. Vissa förnekar det inträffade och hamnar i chocktillstånd. Vägrar tro på det vi säger, blir arga och aggressiva. Andra blir helt apatiska eller gråter hejdlöst.

Det finns inget bra sätt att säga det på. Det viktiga är att vara så tydlig som möjligt. Det får inte finnas minsta utrymme för hopp. Och man måste låta det ta den tid det tar. Man kan inte bara stövla in och säga det och sen omedelbart gå därifrån igen. Beskedet måste kanske upprepas flera gånger innan det går in. Ibland sitter vi i timmar och pratar med anhöriga.

Gäller det självmord försöker man kanske förklara att den som tagit sitt liv var så trött och uppgiven att han eller hon inte orkade leva längre trots kärlek och omtanke från nära och kära. Det är väldigt svårt att förstå, om man inte själv har befunnit sig i totalt mörker utan minsta känsla av hopp.

Beträffande ordet självmord känner jag mig inte helt bekväm med det. För mig låter det väldigt hårt och dömande. Att ta sitt liv innebär inte att man är en mördare. Att vara djupt deprimerad är som att ha fått en sjukdom, och den sjukdomen kan leda till döden om man inte försöker bota den. Det är en sjukdom som drabbar själen, eller vad man nu väljer att kalla den inre delen av oss människor, och den kan vara livshotande precis som en sjukdom i kroppen kan vara.

I min egenskap av polis har jag många gånger ställts inför fullbordade självmord. Ibland genomförda på ett oerhört våldsamt sätt, ibland på ett mer stillsamt, men alltid med den tragiska utgången att en människa har lämnat oss i förtid. Därför är glädjen alltid stor när man lyckas rädda en person från döden. När jag kom hem frampå lördagsförmiddagen den där dagen tänkte jag fortfarande på den medvetslösa kvinnan i bilen och hoppades att hon hade vaknat upp och skulle orka leva vidare.

25

Vissa människors egoistiska och inskränkta verklighets-
uppfattning och bristande självinsikt upphör aldrig att
förvåna mig, Mårtensson! Om det var jag som hade blivit
offentligt avslöjad för att ha betett mig dumt, skulle jag de-
finitivt inte späda på det intrycket genom att komma med
ytterligare bevis på min dumhet. Men det är precis vad
min Facebookvän Lotta har gjort. Begrep hon inte alls vad
jag skrev i mitt inlägg om hennes flygresors påverkan på
klimatet? Tydligen inte, för idag har hon lagt ut en lång
lista på resmål över hela världen och uppmanar sina vän-
ner att göra följande:

Lotta: Markera med ett flygplan de platser du har varit på.
Ganska kul faktiskt. Genomsnittet är 8, tro det eller ej. Jag
kom upp i 35, är så tacksam att jag sett så mycket av värl-
den och lärt mig om olika kulturer.
    Hillevi: Oj, där slår du mig! Jag fick bara ihop 28.
    Susanne: 22
    Henrik: 60
    Kerstin: 101 får jag det till...
    Sara: 46
    Jag: Jag flyger inte för klimatets skull.
    Mats: 60
    Eva: 65 för mig
    Lars: 73
    Charlotte: Har du aldrig varit utomlands, Ann-Catrin?
Just nu reser jag med buss och tåg i Europa, mycket trev-

ligt. Men har flugit en hel del förr om åren.

Jag: Okej Charlotte, bra att du har ändrat dina vanor.

Charlotte: Jag har bättre vanor än väldigt många andra, anser jag. Jag har hellre varm tröja på mig och fryser än slösar på el, lagar nästan all mat själv och slänger aldrig något, tar vara på bär, svamp och frukt, köper (dyrt) ekologiskt kött och annat, källsorterar, sparar på vattnet, köper väldigt sällan kläder utan sliter många år på de jag har, vi har bara en bil (eftersom maken har ett jobb han inte kan promenera till), behöver jag möbler köper jag begagnat. Om tre veckor flyger jag till Nepal och har inte ett dugg dåligt samvete för det!

Jag: Man har en utsläppskvot på max 2 ton per person och år, och den har du förbrukat med en enda flygresa hur miljövänligt du än lever annars.

Pernilla: 54 om jag räknat rätt.

Anna-Lena: Jag har 46.

Barbro: Tacksam för 62 punkter på listan.

Maria: Hm. 67. Men då blev det ju tex grekiska öar och Santorini. Och Florida och Orlando. Och Riga och Lettland. Hoppade dock över när saker stod två gånger, som Lettland och Kina.

Jag: Grattis Kerstin! Du har tydligen vunnit tävlingen bland dina vänner om den som har bidragit med de största utsläppen och därmed skadat atmosfären mest med ditt flygande. Hoppas du är nöjd!

Nej, det där sista skrev jag inte, men jag hade god lust. Efter mina inlägg om klimatet fortsätter Lottas vänner alltså att obekymrat tävla vidare om vem som är den största miljöboven… Det är helt obegripligt för mig hur folk kan vara, och dessutom vilja visa sig, så dumma.

Jag läste nånstans att om det vi vet (att det blir varmare

på jorden) står i konflikt med det vi gör (äter kött, flyger, kör bil) leder det till förnekelse, och förnekelse får oss att fortsätta att leva som vi alltid har gjort. Det handlar inte om ignorans, låg intelligens eller brist på information utan om självförsvar, enligt artikelförfattaren. Om det kommer ny information som utmanar vår livsstil känns det som ett personligt angrepp på oss. Om fakta står i konflikt med våra värderingar, förlorar fakta och värderingarna vinner.

Men tyder inte det på en enorm egoism, omogenhet och dumhet? Vad ska man annars kalla det? Att över huvud taget *lägga sig till med* en skadlig livsstil är ju helkorkat! Det är ingen tvungen att göra. Det väljer man ju själv. Eller har jag fel?

Nej, det har jag inte.

"A lie doesn't become truth, wrong doesn't become right, and evil doesn't become good, just because it's accepted by a majority."
Booker T. Washington

26

Nu är det klarlagt var Mikaela befann sig när Magnus mördades. Det var en kollega vid ordningen som hörde av sig och berättade att Mikaela fördes till sjukhus tidigt på lördagsmorgonen och blev kvar där i två dygn. Hon hade försökt begå självmord men kom under läkarvård i tid och kunde räddas till livet. Med facit i hand var den insatsen helt bortkastad, eftersom hon ganska snart försökte igen och den gången såg till att parkera på ett ställe där hon inte skulle hittas förrän det var för sent. Hon påträffades död i sin bil, och dödsorsaken var läkemedelsförgiftning. Ingenting som kunde kopplas till mordet på Magnus påträffades i bilen. I "PM kring husrannsakan i offers fordon" kan man läsa:

När undertecknad polisman tillsammans med en kollega går igenom offrets bil är den väldigt ren. Det finns en ryggsäck i bilens framsäte. Ryggsäcken innehåller en toarulle, en tom tablettburk utan etikett, en tom plastflaska och en halvt uppäten förpackning "damsugare". I övrigt finns det ett kvitto på en tankning, en halv chokladkaka samt papper på reparationer som bilen genomgått. På pappret står det ett kvinnligt namn som inte är offrets eget utan troligtvis den tidigare ägarens. Annars är bilen väldigt välstädad och ren. Undertecknad och dennes kollega gjorde bedömningen att inget annat kring husrannsakan i fordonet var av intresse.

I tjänsten, pa K Norén

Det var lite knackigt med stavningen i PM:et om bilen, men vi poliser är ju kända för att inte behärska språket så bra. Det får man ofta bekräftat på jobbet. Och i den lokala annonstidningens "polisruta" läste jag: "A-traktor. Rapport olovlig körning samt tillåtande av olovlig körning på dennes förälder. "

Det slår ju slint i hjärnan när man försöker fatta vad det står! Andra exempel som jag har stött på och kommer ihåg: "Knivslagsmål. En av männen dog senare av de skador han tillfogats på sjukhuset." "Trafikolycka. Mannen hade kört i trettio år när han somnade bakom ratten och orsakade en kollision. "

Jag minns ditt skratt, Mårtensson. Det gör ont att tänka på det nu när du inte finns mer och jag aldrig kommer att få höra det igen. Men det är bara att gråta en skvätt och försöka få det ur sig. Det är så jag brukar göra när saknaden hugger till ibland. Det kan hända när som helst och jag är aldrig beredd, för vad som helst kan väcka den.

Saknaden finns kvar, men sorgen har jag tagit mig igenom. Den var inte avgrundsdjup, som den kanske skulle ha varit om du hade varit en nära anhörig till mig, och den lindrades av att jag hade dig kvar i mina tankar, men den fanns där hela tiden som en mörk tyngd. Det är den som är borta nu. Jag hoppas att det känns lite lättare för Eva och barnen också, som förlorade så mycket mer än jag när du dog.

27

På förekommen anledning skickade jag följande mejl till Postkodlotteriet:

Förutom att Postkodlotteriet starkt uppmuntrar till lyxkonsumtion och miljöskadligt flygande genom alla resevinster som delas ut, får man ett telefonsamtal från er där någon stackars kille sitter och rabblar långa haranger om vinster och annat och flera gånger säger att "ditt postnummer är väldigt fint". Det låter ju helt imbecillt! Och när jag till slut avbryter och frågar vad han egentligen vill, säger han att han har lagt undan fem lotter till mig. När jag säger att jag inte ska ha någon mer lott, drar han en liten harang till och avslutar med att säga: "Nej, det handlar inte om att du ska ha EN lott till, utan att du ska ha FEM."

Ni kan väl inte ens i er vildast fantasi tro att detta löjliga "försäljningssätt" skulle kunna få en vettig människa att vilja köpa fler lotter?

Till svar fick jag följande:

Hej Ann-Catrin.
Tack för att du hör av dig till oss.
Postkodlotteriets klimatavtryck enligt värdekedjeperspektivet kompenseras genom investeringar i utsläppsreducerande projekt som är certifierade av Gold Standard.
De projekt som lotteriet har valt att investera i för vårt klimatavtryck är bland annat ett vattenkraftverk i Laos

samt effektiva vedspisar i Kenya.

Då våra försäljare ringer, har de ett manus att följa, dock vill vi inte att det ska låta som att de rabblar långa haranger. Jag har tagit detta vidare till vår avdelning som sitter med våra telefonförsäljare.

Som tack för att du hör av dig till oss, skickar jag en överraskning till dig som kommer med posten inom några dagar.

Återkom om du har fler funderingar.

Jag önskar dig en fortsatt trevlig måndag!

Med vänlig hälsning Emil

Jaså, jag ska få en överraskning? Ska jag blidkas med en liten present? Det kommer garanterat inte att fungera, kan jag säga.

På mejlet svarade jag:

Hej Emil.

Tack för svaret med den näst intill skrattretande förklaringen till varför ni fortsätter att bortförklara och blunda för er egen dubbelmoral. Några "funderingar" gällande er har jag aldrig haft, så därför kan jag inte återkomma med några heller.

När det gäller telefonsamtalet kan jag bara beklaga era stackars försäljare som måste följa ett så uruselt manus.

För övrigt: Hur kan du veta hur min måndag hittills har varit?

Apropå manus: Har jag berättat för dig om pappas författarskap? Han skrev både fackböcker och romaner. När det gällde romanerna tog han alltid del av recensionerna för att bedöma recensenternas kompetens. Han kunde bli galen på slarviga och nonchalanta kritiker som kanske kommenterade detaljer som inte fanns i hans böcker eller beskrev en ensam huvudperson och berättare när det i själva verket var två personer som berättade. Det senaste hände faktiskt en gång, och jag minns hur upprörd han blev.

Men det mest oproffsiga en kritiker kunde göra, ansåg han, var att reagera personligt på en fiktiv karaktärs åsikter, som kanske stred mot hans egna, och låta den reaktionen påverka bedömningen av boken. Att förlora sin objektivitet och klarsyn på grund av bristande självinsikt och låta den saken inverka menligt både på sitt eget och andras arbete, var ytterst oprofessionellt, tyckte han. All saklig, objektiv kritik kunde han ta, men inte den som var färgad av recensentens omedvetna känslor. *Vem vill bli bedömd av en människa som har blicken skymd av sin egen traumatiska potträning?* sa han. Som tonåring tyckte jag att han överdrev och var löjlig, men nu förstår jag känslan han hade.

Min älskade pappa som bara fick leva tills han var fyrtiotvå år... Jag är äldre nu än han var när havet tog honom. Är det för att han drunknade som jag aldrig har tänkt mig honom där uppe i himlen, som jag gör med dig? Han bara försvann, och det är så länge sen nu att jag nästan aldrig tänker på det. Men jag har hans böcker, och där finns han kvar. Han var ingen särskilt känd eller framgångsrik författare, och ibland tog han extrajobb för att få in pengar, men det var skriva han ville och gjorde under hela min barndom. Nu när jag tänker på honom, känner jag hur mycket han betydde för mig. Det var han som gav mig böcker och uppmuntrade mig att läsa, och att behärska språket och grammatiken, som jag lärde mig genom läsandet, har gett mig en känsla av trygghet och kontroll som jag har haft nytta av hela livet i olika sammanhang.

När jag var hemma hos mamma senast hittade jag en

roman i hennes bokhylla som jag lånade med mig hem. Den är skriven av Kerstin Thorvall och heter "Det mest förbjudna". Jag hade läst den förut, men jag mindes den inte och tog itu med den igen.

När jag kom till slutet, där hon skriver om mannen hon älskar, grät jag lite. "Han, som ger mig himlen och solen, elden och havet, början och slutet." "Det är bara han som vet hur *jag* ser ut." "Varje torsdag tar jag av mig min trötthet, min oro, min ålder och mina kläder och blir bara jag."

Ganska ofta när Tom och jag träffas är det så jag känner. Jag grät av tacksamhet över det jag har nu, som jag inte har haft förut. Det är som ett under att jag har träffat Tom så att jag får uppleva hur det kan vara när allt stämmer och känns absolut rätt.

Innan jag träffade dig hade ingen man som jag hade haft en närmare relation med lyssnat respektfullt och osjälviskt på mig. Mellan dig och mig handlade det visserligen bara om jobbet, men den begränsningen berodde helt och hållet på mig, eftersom jag inte ville riskera att det skulle trassla till sig för oss.

Du var den förste som kunde lyssna, och Tom är den andre. Att kunna berätta det mest intima eller skamliga för en man, som jag till exempel berättade för Tom om våldtäktsmannen som jag råkade ut för när jag var ung, och han lyssnar utan att för en sekund värja sig eller blanda in sig själv, är en ny erfarenhet för mig. Jag har alltid haft väninnor som jag har kunnat prata med, men det är inte riktigt detsamma. Jag har väl inte haft så stort behov av att anförtro mig heller. Men att uppleva att det är fullt möjligt också med en man, är nytt för mig.

Är det i den stora, *allomfattande* kärleken du befinner dig nu, Mårtensson? Den som är så mycket större än kärleken mellan två små människor på jorden? Den som är oändlig

och inte ger plats för världslig dumhet, egoism och ond-
ska? Det hoppas jag. Jag hoppas att den tillvaron finns,
även om den är svår att föreställa sig och tro på.

28

Förhören med Hanna fortsätter. Det är snarare samtal än förhör, och det börjar bli tveksamt om jag kan få fram några ytterligare uppgifter av värde för utredningen genom att prata med henne.

Förhör med Hanna Holmberg
FL: Förhörsledare Ann-Catrin Friberg
HH: Hanna Holmberg

FL: Jag ska hälsa från din mamma.

HH: Har du träffat henne?

FL: Nej, hon ringde till mig. Det är tydligen så att din syster har åkt fast för rattfylleri.

HH: Josefin? Nej, det kan inte stämma. Hon dricker väl inte?

FL: Ni har inte umgåtts så mycket på senare år?

HH: Nej, men förut drack hon i alla fall inte.

FL: Varför har ni kommit ifrån varann?

HH: Det var då när Rasmus dog. Josefins pojke var nyfödd då, och jag orkade inte med att hon hade sitt barn, när inte jag hade mitt. Jag vet att det var svagt, men jag orkade inte. Sen flyttade dom.

FL: Mm. Din mamma berättade också att din syster har förlorat vårdnaden om sin pojke nu.

HH: Har hon? Men varför? Dom har ju haft gemensam vårdnad hela tiden?

FL: Hon försökte tydligen få ensam vårdnad, och det

gick inte domstolen med på.

HH: Men jag fattar inte! Ska Peter ha vårdnaden nu? Det kan väl ändå inte vara möjligt! Han är ju dömd för att ha misshandlat Jesper! Han har ju suttit i fängelse för det! Inte kan väl han få vårdnaden?

FL: Nej, det låter ju märkligt.

HH: Och vad får Josefin för straff för rattfylleriet?

FL: Det blir fängelse om det bedöms som grovt.

HH: Fängelse? Ska vi sitta i fängelse båda två nu? Ska mamma behöva ha båda sina döttrar i fängelse nu? Hon som alltid har hjälpt oss och tagit hand om oss!

FL: Jag är ledsen.

HH: Och hur ska det gå för Jesper? Vill han verkligen bo hos Peter? Mamma har ju berättat att han knappt har träffat Peter sen han kom ut ur fängelset! Inte kan han väl flytta till honom då?

FL: Nej, det låter inte bra.

HH: Kan du ta reda på om det är sant att han måste göra det? Och kan du ta reda på hur det blir för Josefin med rattfylleriet?

FL: Ja, jag ska försöka.

HH: Mamma måste ju vara helt knäckt nu av allt som händer med hennes barn och barnbarn! Det är så hemskt. Och jag som bara sitter här och inte kan hjälpa henne… I folks ögon är jag redan dömd, förstår jag, och det får mamma lida för. Även om jag frias kommer det alltid att finnas tvivel på min oskuld. I alla fall så länge ingen annan erkänner och döms för mordet. Men av två onda ting… så är det i alla fall värst för Josefin som har barn, och för mamma. Att inte kunna skydda och hjälpa sina barn är det värsta en förälder kan vara med om, och nu har vi varit med om det alla tre, och jag fattar inte vad vi har gjort för att förtjäna det!

Johan Neumann

Det gick ut på radion att en person hade ringt in angående en bil som körde väldigt vingligt på en väg en bit utanför stan.

När vi närmade oss den angivna platsen såg vi en personbil som framfördes på fel sida av vägen. Den körde sakta, cirka femton kilometer i timmen och registreringsnumret stämde med den uppgift vi hade till vårt förfogande. Ett mötande fordon tvingades väja undan för den samtidigt som den svängde tillbaka in i rätt körfält.

Vi slog på stoppanordningen, men den åtgärden framkallade ingen synbar reaktion hos föraren. Vi körde då upp jämsides med bilen och slog på sirenerna. Jag såg att det var en kvinna som satt bakom ratten och noterade att det verkade som att hon inte förstod vad vi ville. Hon hängde lite med kroppen, och jag bedömde att hon antingen var berusad eller sjuk.

Vi blinkade och skrek utan resultat. Jag såg att ytterligare ett mötande fordon närmade sig, och i det läget bestämde vi oss för att trycka till den aktuella bilen så att den stannade. När vi hade fått stopp på den konstaterade vi att kvinnan var mycket berusad och att hon hade kastat upp i bilen. Vi tog därför med henne till polisstationen där hon fick blåsa, och utandningsluften visade 0,74 milligram per liter.

Vi pratade lite, men det var svårt att hålla ett sammanhängande samtal med henne eftersom hon på grund av sin berusning var helt borta emellanåt. Det gick alltså inte att hålla förhör med henne, men hon var inte mer berusad än att hon förstod var hon var.

Josefin Holmberg

När jag hade fått veta att Peter skulle få ensam vårdnad om Jesper var jag helt knäckt och tappade lusten för allting. När det skulle bli AW på jobbet tänkte jag först inte vara med, men sen ändrade jag mig, för just den natten skulle Jesper sova över hos en kompis, och jag orkade inte sitta ensam hemma och grubbla hela kvällen.

På morgonen tog jag bilen till jobbet och tänkte att jag skulle ta en taxi hem efter festen och låta bilen stå till dagen därpå. Jag har ungefär en mil till jobbet, och på dagtid går det bussar dit, så det skulle gå bra.

På festen drack jag först en fördrink som bestod av ett glas vitt vin. Sen drack jag en flaska rödvin som jag hade med mig och lite annat som fanns på festen. Jag förstår inte hur jag kunde dricka så mycket, för det brukar jag aldrig göra. Men jag var så nere och förtvivlad och ville väl bara glömma.

Det sista jag minns från festen är att jag dansade. Nästa minnesbild jag har är att jag vaknar hos polisen. Jag hade blivit stoppad när jag var på väg hem. Jag mindes inte att jag hade suttit i bilen och kört, men jag antog att jag hade tagit den vanliga vägen. Det var i alla fall på den vägen jag hade blivit stoppad, fick jag veta. Jag hade aldrig kört berusad tidigare och kunde inte förstå att jag hade gjort det nu. Jag hade ju tänkt lämna bilen och ta en taxi hem. Men det hade jag alltså inte gjort.

På polisstationen var jag helt borta och kunde inte förklara. Senare berättade jag om Hanna och Magnus och att jag precis hade fått veta att jag hade förlorat vårdnaden om min son. Det gjorde jag som en förklaring och inte som en ursäkt, för det jag har gjort är oförlåtligt. Nu kommer jag kanske att hamna i fängelse, och mina chanser att få tillbaka Jesper är borta för alltid. Det lilla som fanns kvar att förstöra sen samhället hade gjort sitt har jag förstört själv nu, och jag vet inte hur jag ska orka leva vidare med den förlusten.

Vad är det för fel på Hanna och mig som båda har fastnat för våldsamma män? Vi har ju inte haft en våldsam pappa själva och ingen styvpappa som har varit taskig mot oss heller. Ändå har vi valt män som inte har varit snälla mot vare sig oss eller våra barn. Varför har vi varit så dumma?

Det är bara elände för oss allihop nu. Magnus är död och Hanna är misstänkt för mord och Peter har fått vårdnaden om Jesper och jag kommer att hamna i fängelse.

Jag undrar hur Hanna har det. Varför har hon inte blivit släppt än? Varför tror polisen att det var hon som dödade Magnus? Måste det inte finnas bevis mot en person som blir häktad? Jag har träffat Magnus, och jag vet att han och Hanna hade det bra, så det är helt omöjligt att det är hon som har dödat honom. Även om vi inte har haft så tät kontakt på senare år så känner jag henne, och jag vet att hon aldrig skulle kunna göra en sån sak.

När Rasmus dog och Hanna inte ville träffa mig mer fattade jag ingenting, men det gör jag nu. Jag tror att hon kände sig skyldig och skämdes. Förutom sorgen över att ha förlorat Rasmus tror jag att hon anklagade sig själv för att ha inlåtit sig med Tobias och för att inte ha lämnat honom så fort hon märkte hur han var. Om jag hade lämnat Peter innan Jesper föddes skulle jag inte ha befunnit mig i den här situationen nu, och ingen liten pojke skulle ha behövt vara rädd och förtvivlad på grund av mig.

29

Jag börjar tvivla på att vi kommer att lösa det här mordet, Mårtensson. Alla uppslag och spår som vi hittills har jobbat med har slutat i tomma intet, och nu har vi ingenting kvar att gå på. Det kryper i mig av frustration när en utredning kör fast så här. Dessutom har jag en gnagande känsla av att det är nånting jag har missat. Nånting jag har hört, som jag borde ha tagit fasta på men bara lät passera. Det är jävligt frustrerande, kan jag säga.

Hanna har suttit häktat i tio veckor nu och ingenting av avgörande betydelse har framkommit. Holth börjar ana vind i seglen igen eftersom misstankarna mot henne inte har kunnat avskrivas. Han är på ett strålande humör och tror att han är på väg att få rätt. När jag stod vid kaffeautomaten och precis skulle lyfta bort min mugg kom han och ställde sig bakom mig. *Oj, här var det hett,* sa han glatt. *Här behöver AC:n sättas på!* Som du kanske minns kallar han mig AC eller air-condition efter mina initialer. Och innan jag hann flytta på mig sträckte han sig förbi mig för att ställa dit sin egen skitiga mugg. Han kom så nära att hans kropp trycktes mot min och jag kände hans andedräkt i nacken.

I nästa ögonblick hade jag spillt ut mitt heta kaffe över hans hand. Han ryckte åt sig handen och svor. *Din satans fitta!* väste han. Din helvetes kuk, tänkte jag och vände mig förskräckt om. *Oj, förlåt!* sa jag. *Det var verkligen inte meningen! Hur gick det?*

Om han inte vore så dumdristig skulle det gå betydligt

bättre för honom, kan jag säga.

Idag kom överraskningen från Postkodlotteriet med pos-
ten. Den har ett värde av hundrafemtio kronor. Ska jag låta
mig blidkas av hundrafemtio kronor, tycker du? Nej, du
känner ju mig. Allvarliga fel blundar jag inte för om jag så
får en miljon.

Överraskningen är en blomstercheck, och egentligen
borde jag skicka tillbaka den, men jag orkar inte lägga ner
tid på det. Däremot ska jag säga upp min lott, för det sista
jag vill är att bidra med pengar till ansvarslösa och bort-
skämda människors nöjesresor. Och vinna storkovan är
jag inte intresserad av. Det var inte därför jag gick med i
Postkodlotteriet en gång i tiden. Jag gick med för att jag
ville skänka pengar till välgörande ändamål. Men det fun-
gerar ju inte, när man bygger upp med den ena handen
och river ner med den andra. Det blir i bästa fall plus mi-
nus noll, plus dumheten det visar. Sen jag skaffade min
lott för tio år sen har alltihop sakta men säkert förvandlats
till ett infantilt, kommersiellt jippo som det är helt under
min värdighet att delta i.

30

När Hannas mamma ringde till mig berättade hon att Hannas syster har kört rattfull, och att hon dessutom nyligen har fråntagits vårdnaden om sin son. Jag känner inte till några närmare omständigheter om sonen, men jag ska ta reda på det. Ibland får jag nämligen en känsla av att det ligger en hund begraven i Hannas familj, och det kan jag inte riktigt släppa.

Josefin Holmberg

Peter och jag separerade när Jesper var fyra år. Sen dess har vi haft gemensam vårdnad. I början bodde Jesper växelvis hos Peter och mig. Men det dröjde inte länge förrän jag märkte att han inte mådde bra av att vara hos Peter. En dag när han kom hem med ett rött märke på halsen och jag frågade vad som hade hänt sa han: *Pappa tog där när jag inte hörde.* Tog? tänkte jag. I helvete heller. Han måste ha klämt till ordentligt för att det skulle bli ett märke som satt kvar och dessutom ömmade när jag rörde vid det.

En annan gång, när jag skulle hämta hem honom från Peter, hörde jag barnskrik ute i trapphuset, och jag förstod på en gång att det var Jesper som skrek. Jag skyndade mig upp, och när jag kom in i lägenheten såg jag hur Peter hade tagit Jesper om nacken och höll fast honom i duschen och sprutade vatten över honom mot hans vilja.

Jag visste hur han behandlade Jesper, och det som till slut fick mig att agera var när han mitt framför ögonen på mig slog till Jesper över näsan så att han började blöda näsblod. Då polisanmälde jag honom. Han hade ju gjort annat också, som att ge örfilar och slå Jesper i huvudet, och det berättade jag, eftersom jag hade sett det. Och det gick till åtal, och han blev dömd till tre månaders fängelse.

Under rättegången förnekade han att han hade misshandlat Jesper. Han sa att jag var mytoman och hade hittat på alltihop. Han sa att han visste att man inte får slå barn och att det enda han hade gjort var att försöka hitta en fungerande uppfostringsmetod som skulle få Jesper att lyssna på honom, för alla andra metoder som han hade testat innan hade inte fungerat.

När Peter satt inne och Jesper inte behövde träffa honom, märkte jag att han mådde mycket bättre, och det fick mig att bestämma mig för att försöka få ensam vårdnad. Jag hade ju mer eller mindre fått tvinga honom varje gång han skulle till Peter, och det var så jobbigt när jag märkte att han var rädd och inte ville. Han hade mardrömmar och vaknade helt kallsvettig på nätterna och bara grät. Flera gånger sa han att han inte ville leva längre, för om han var död skulle han slippa träffa sin pappa.

Det var då jag började med mitt så kallade umgängessabotage. Jag stod inte ut med att jag måste tvinga Jesper att träffa Peter när jag visste att han inte ville. Jag kunde inte förmå mig att tvinga in honom i bilen med våld. Jesper sa att när pappa frågade om han ville träffa honom svarade han alltid ja för att han var rädd för att Peter skulle bli arg annars, men sen sa han sanningen till mig, och så fick jag mejla till Peter och meddela att Jesper hade ändrat sig och inte ville komma. Peter trodde att det var jag som påverkade honom, men det var det aldrig utan det var alltid Jesper själv som inte ville.

Och det kan man ju förstå med tanke på vad som kunde hända och redan hade hänt många gånger. Vem vill umgås med en person som rätt vad det är kan klippa till en eller kasta en i golvet med full kraft? Jag kände att jag inte kunde medverka till det mer, för jag stod inte ut med att se Jesper lida bara för att Peter skulle få sin vilja igenom och för att domstolen, som knappt hade trott på det jag sa när vi separerade, hade bestämt så. Det var ju inte för Jespers skull, fast dom hela tiden försökte få det till att alla beslut som togs var med tanke på Jespers bästa. Men varför ska ett barn behöva stå ut med det som en vuxen inte behöver, och vem ska hjälpa ett barn om inte föräldrarna?

Så jag ansökte om ensam vårdnad och tänkte att jag på så sätt skulle få lite mer att säga till om. Både socialtjänsten, som vi hade kontakt med, och tingsrätten hade skrämt mig innan och sagt att om jag inte följde tingsrättens beslut och lämnade Jesper hos Peter skulle jag få betala höga belopp i vite, och Jesper skulle tas ifrån mig. Så jag tänkte att jag måste få ensam vårdnad för att inte riskera att det blev så.

Istället förlorade jag helt. Bara för att jag inte kunde bevisa vad Peter hade gjort mot Jesper, förutom det han hade blivit dömd för, så avfärdades det jag sa, och det som hade gått att bevisa innan hade tydligen ingen betydelse längre. Nej, för sen dess har han ju gått hos en psykolog och arbetat med sig själv och blivit en helt annan människa, och nu lovade han att han, i motsats till mig, skulle *befrämja umgänget* mellan mig och Jesper om han tillerkändes vårdnaden, medan jag inte hade en chans eftersom jag *aktivt har motverkat umgänget* mellan Jesper och Peter och därmed *brustit i mitt föräldraansvar*, och för att det heller inte fanns minsta hopp om att jag skulle komma att ändra min inställning. Eftersom Jesper hade bott hos mig i hela sitt liv skulle kanske en flytt leda till *vissa problem* för honom, men dessa problem ansågs vara av *övergående natur*, och det var

ändå bäst för honom att Peter fick vårdnaden eftersom han
– som har misshandlat och kränkt honom – *är den som bäst
kan tillgodose Jespers behov av en nära och god relation med
båda föräldrarna.*

Hur får man en nära och god relation med en person
som slår en? Hur har Peter tänkt fixa det? Genom att slå
Jesper ännu mer, så att han äntligen "lyssnar"? Jag gjorde
vad jag kunde för att följa den första domen, och det var
inget umgängessabotage när jag lät Jesper slippa träffa Pe-
ter. Det är min skyldighet som förälder att skydda mitt
barn, och det gjorde jag när jag lät honom slippa utsättas
för risken att bli misshandlad.

Ändå har domstolen gett Peter ensam vårdnad nu. Jag
straffas för att jag har gjort som det är min plikt som föräl-
der att göra. Jag är inte formellt anklagad, och ingen kan
väcka åtal, eftersom umgängessabotage inte är en riktig
brottsrubricering som finns i Brottsbalken, men jag ankla-
gas för att ha motarbetat relationen mellan Jesper och Pe-
ter och därför ska jag straffas, trots att rättsprincipen är att
man är oskyldig tills motsatsen har bevisats, att man inte
ska dömas ohörd och att man har rätt att försvara sig.

Jag fick inte försvara mig alls, och jag ansågs skyldig
utan att det var bevisat. Jag försökte berätta, men ingen
brydde sig om det jag sa, och därför har jag förlorat nu.

Och allt mörkläggs och tystas ner. Myndigheterna tar
besluten i det tysta, och tystnaden är förövarens bästa vän.
Hur kan samhället göra så mot ett hjälplöst litet barn som
är så beroende av pålitliga vuxna, och har ett så stort be-
hov av ömhet, trygghet och kärlek? Hur ska jag kunna
hjälpa Jesper när jag inte har den lagliga rätten? Det kan
jag inte, för jag är lika maktlös som han mot en domstol
som inte bara struntar i, utan till och med *befrämjar* att barn
utsätts för risken att bli misshandlade och kränkta.

31

Jag har läst igenom delar av domen som gäller Hannas syskonbarn och jag blir så jävla upprörd, Mårtensson! Jag förstår inte resonemanget, som är motsägelsefullt rakt igenom. Å ena sidan, å andra sidan… Pappan har fått ensam vårdnad om sin åttaårige son, som han tidigare har misshandlat, därför att mamman inte har försökt tvinga pojken att träffa honom.

Jag citerar: "Det framstår som oerhört viktigt att Jesper får möjlighet att återknyta kontakten med sin far, bearbeta sina upplevelser och skapa sig en egen realistisk bild av honom. Även om verkligheten är obehaglig är den bättre än fantasierna." "Han har vid den åldern ännu inte förmågan att överblicka vad det innebär för honom att han inte träffar sin far." "Jesper kommer förmodligen att ändra uppfattning om sin pappa om han bara får ett normalt umgänge med honom."

Herregud! Består våra domstolar bara av en samling okänsliga robotar som helt saknar förmågan att sätta sig in i hur ett litet barn känner?

För Josefins dom är inte alls är unik. Det är precis så domstolarna resonerar och dömer i vårdnadsmål. När mamman har lyckats ta sig bort från en våldsam man tvingar man barnen att stanna kvar hos honom utan minsta skydd mot våld och övergrepp. Eftersom man verkar utgå från att vilket uteblivet umgänge som helst är till skada för ett barn, betraktas en "umgängessaboterande" förälder automatiskt som mindre lämpad att anförtros vårdnaden. Det gäller även om det så kallade sabotaget grundar sig på misstankar eller vetskap om tidigare våld från den andra förälderns sida. Och för att barnet inte ska opponera sig mot att träffa den ena föräldern, tvingar man det att bo hos den förälder som det absolut inte vill vara hos, och så är umgängesproblemet löst! Åtminstone för domstolens del, vilket verkar vara det enda viktiga.

Man offrar barnen för att följa en lag som inte vet på vilket ben den ska stå. Å ena sidan säger den "att det i vårdnadsmål inte behöver vara ställt utom allt rimligt tvivel att våld förekommit, för att en förälder ska anses som olämplig vårdnadshavare. Det krävs enbart att det föreligger en risk för att så är fallet." Men å andra sidan "bör inte umgänge uteslutas i *alla* situationer där övergrepp har förekommit", och barnets behov av en nära och god relation med båda föräldrarna ska *särskilt* beaktas av domstolen, medan barnets behov av skydd mot våld och övergrepp bara ska *beaktas*. Den lilla språkliga skillnaden kan ju tolkas som att man bör sätta barnets behov av båda sina föräldrar före skyddsbehovet, och det är det man gör, trots att det är åt helvete fel.

Så här står det i domen:

Barnets bästa ska vara avgörande för alla beslut om vårdnad, boende och umgänge (6 kap. 2a § föräldrabalken). Detta innebär att det inte finns några andra intressen som kan gå före, till exempel föräldrarnas behov av kontakt med barnet, rättvisa mellan föräldrarna eller vad som är bekvämast för föräldrarna. Vad som är barnets bästa måste avgöras i varje enskilt fall utifrån en bedömning av de individuella förhållandena. Vid bedömningen av vad som är bäst för barnet ska särskilt beaktas barnets behov av en nära och god kontakt med båda föräldrarna men även risken för att barnet utsätts för övergrepp eller annars far illa. Hänsyn ska tas till barnets vilja med beaktande av dess ålder och mognad.

I detta fall står det klart att Josefin Holmberg genom sitt agerande aktivt och på ett för Jesper skadligt sätt motarbetat hans rätt och möjlighet till en god relation med sin far. Detta är, oaktat vad som tidigare må ha förevarit i familjen, mycket allvarligt. Utredningen visar att Jesper själv har uttryckt att han inte vill träffa Peter Hagelin. Jesper har dock ännu inte uppnått sådan ålder och mognad att hans vilja kan tillmätas en avgörande betydelse i frågan. Jesper kommer förmodligen att ändra uppfattning om sin pappa om han bara får ett normalt umgänge med honom.

Bedömningen av vad som är bäst för ett barn ska göras med beaktande av dess behov av en nära och god kontakt med båda föräldrarna. Enligt tingsrätten är Peter Hagelin den av parterna som har bäst förutsättningar att tillgodose det behovet. Han är lämplig som vårdnadshavare. Det är därför mest förenligt med Jespers bästa att Peter Hagelin anförtros ensam vårdnad om honom. Det är angeläget för Jesper att hans relation till Peter Hagelin återupptas och normaliseras så fort som möjligt. Att vårdnaden nu anförtros Peter Hagelin ensam innebär en stor förändring för Jesper i förhållande till hur han har levt de senaste åren, då han har bott hos Josefin Holmberg och haft en mycket begränsad kontakt med Peter Hagelin. Att byta boende från Josefin Holmberg, där Jesper har bott länge och känner sig trygg, till Peter Hagelin – som han inte har träffat på lång tid – kan förväntas bli påfrestande för honom. De kortsiktiga negativa verkningarna för Jesper får dock vägas mot övriga omständigheter av betydelse för helhetsbedömningen. I den bedömningen ska även de långsiktiga konsekvenserna för honom beaktas.

I detta fall bedömer tingsrätten att Jesper inledningsvis bör få en period då han enbart är med Peter Hagelin, för att han ska ges tillfälle att återknyta till sin pappa utan risk för att hamna i en lojalitetskonflikt mellan föräldrarna. Under den första tiden efter att han har flyttat hem till Peter Hagelin bör därför inget umgänge med Josefin Holmberg äga rum. Så snart umgänge kan äga rum utan att det är till skada för Jespers relation till fadern bör Peter Hagelin i samråd med BUP, socialnämnd eller annan lämplig instans planera på vilket sätt och i vilken omfattning detta bäst ska ske.

Ett starkt skäl för att förordna att Jesper ska bo tillsammans med Peter Hagelin är således Josefin Holmbergs oförmåga att få ett umgänge till stånd mellan Peter Hagelin och deras gemensamma barn Jesper. Josefin Holmberg har gjort sig skyldig till umgängessabotage och har inte framhållit för Jesper vikten av att han träffar sin far och att en sådan kontakt är förenlig med hennes vilja. Hon har inte gjort allt hon kan för att utnyttja sin föräldraauktoritet till att påverka Jesper i den riktningen. Hon har inte levt upp till sitt ansvar som vårdnadshavare och boendeförälder. I sitt förhör har hon om och om igen hänvisat till att Jesper inte vill träffa Peter Hagelin. Hon förefaller sakna insikt om hur hennes tydliga motvilja mot Peter Hagelin direkt eller indirekt påverkar Jesper. Josefin Holmberg har tidigare som ensam vårdnadshavare, och senare som boendeförälder, inte kunnat tillgodose Jespers rätt till sin far och faderns familj. Om Josefin Holmberg tilldelas ensam vårdnad framstår det närmast som helt klart att Jespers kontakt med Peter Hagelin går förlorad. Detta gäller särskilt mot bakgrund av att Josefin Holmberg vid upprepade tillfällen och under lång tid inte följt domstolens beslut att umgänge mellan Jesper och Peter Hagelin ska genomföras. Jesper har idag ingen positiv bild av sin pappa och deras relation är näst intill obefintlig. Mot bakgrund av Jespers ålder gör tingsrätten bedömningen att det finns förutsättningar för honom att återuppbygga relationen till sin pappa. Utifrån Josefin Holmbergs inställning till Peter Hagelin och hans umgänge med Jesper är det enligt tingsrätten näst intill uteslutet att de kan återfå en god relation om Jesper bor kvar hos Josefin Holmberg.

Jespers åsikt ska naturligtvis vägas in men han är så ung, åtta år gammal, att hans vilja inte kan vara avgörande för frågan om umgänge. Han har vid den åldern ännu inte förmågan att överblicka vad det innebär för honom att han inte träffar sin far. Det kan förutses att det under en övergångsperiod kan vara påfrestande för Jesper att börja träffa sin far igen. Detta måste dock ställas mot den skada det skulle innebära att Jesper även fortsatt växer upp med obearbetade upplevelser av incidenter med sin far och en förlorad kontakt med en förälder.

I den avvägning som ska göras lägger tingsrätten i den andra vågskålen att Jesper inte har träffat sin far på fyra år. Han var fyra år då det växelvisa boendet upphörde och sedan dess har han bott tillsammans med sin mor. Det är en allmän utgångspunkt att man bör undvika att flytta ett barn från dess invanda miljö eftersom det kan vara till skada för barnets utveckling, den s.k. kontinuitetsprincipen. Det är ett skäl till att inte överflytta boendet. Till detta kommer också det tyngre vägande särskilda skälet i det här målet att Jesper har blivit utsatt för misshandel av Peter Hagelin som han inte har kunnat bearbeta, vilket både Peter Hagelin och Josefin Holmberg får sägas bära ansvar för. I fråga om risken för att Jesper kommer att utsättas för framtida våld eller kränkande behandling av Peter Hagelin är förhållandet att Peter Hagelin har dömts för misshandel av Jesper en betydelsefull riskfaktor. Vid bedömningen av vad som är bäst för Jesper bör dock den nu mycket begränsade risken inte tillmätas någon avgörande betydelse. Det framstår som oerhört viktigt att Jesper får möjlighet att återknyta kontakten med sin far, bearbeta sina upplevelser och skapa sig en egen realistisk bild av honom. Även om verkligheten är obehaglig är den bättre än fantasierna.

32

Nu är min lott i Postkodlotteriet avslutad. Så här står det i mejlet jag fick:

Hej Ann-Catrin!
Vi har nu avslutat din prenumeration och tackar för tiden som du varit med. Din sista betalning är gjord och självklart deltar du under tiden din lott fortfarande gäller.

Oavsett om du vunnit eller inte har du bidragit till en bättre värld. För du vet väl att överskottet från Postkodlotteriet går till ideella organisationer? Du är alltid varmt välkommen tillbaka.

Och så här svarade jag:

Hej Postkodlotteriet!
Nej, så länge ni delar ut bilar och resevinster kommer jag inte tillbaka, och jag ångrar att jag har varit med så länge som jag har. Jag gick inte med för att jag hoppades vinna medel att fara omkring och förstöra klimatet. Jag gick inte med för att jag hoppades vinna mer pengar än jag behöver för att kunna överkonsumera och tära ytterligare på jordens resurser. Det är bra att en del av pengarna går till miljöorganisationer, men det är helt förkastligt att ni samtidigt lottar ut miljöskadliga bilar och flygresor och därmed också underbygger den felaktiga föreställningen om vad som är det mest eftersträvansvärda här i livet.

Så skrev jag. Jag har använt mig av organisationer som Postkodlotteriet och Kundkraft, som å ena sidan påstår sig värna om miljön och å andra sidan uppmuntrar till flygande, för att få ur mig lite av min frustration över all feghet och dubbelmoral som råder, men jag vet ju att det inte leder till några förändringar. Vinstintresset går före allt. Det enda jag kan göra är att säga vad jag tycker och dra mig ur. Jag tänker inte lägga ner mer tid på att påpeka det uppenbara för blindstyren.

Jag vet inte hur mycket du ser av det som pågår här på jorden, men klimatfrågan har faktiskt börjat debatteras på allvar nu. Det har varit manifestationer över hela världen, och många inser att vi står inför en global katastrof. Särskilt ungdomar, med tonårstjejen Greta Thunberg i spetsen, kräver att makthavarna ska ingripa innan det är för sent.

Men varje enskild individ som försöker påverka i rätt riktning kämpar fortfarande i motvind. Jag har gått med i en Facebookgrupp som heter Klimatklubben, och där beskrivs det bland annat så här:

Marie: Ibland träffar man på människor som tycks vara helt aningslösa, och jag vet inte vad som är värst: människor som tydligt och klart uppvisar att de har noll koll, eller människor som med näst intill klimatförnekande argument motiverar till exempel ett fortsatt flygande med att flyget står för en så liten andel av utsläppen. När det dessutom kommer från människor som man kände förtroende för och trodde mer om känns det tungt.

Doris: En person som jag känner förfasade sig över alla klimatrelaterade oväder och att "ingen gör något". Jag ifrågasatte hennes nyligen företagna weekendresa till en europeisk storstad, frågade hur hon ställde sig till nöjesflyg och tipsade henne om Klimatklubben. Som svar fick jag att hon "inte är perfekt" och att hon inte kommer sluta flyga eftersom hon "älskar att upptäcka världen", och så blockerade hon mig från sitt konto.

Folke: Jag funderar på det här med skam och skuld i samband med flygande. Vi som försöker påverka individer att fundera över hur stor klimatpåverkan en lång flygresa har beskylls ofta för just skuldbeläggning av andra. Om man känner skuld eller skam är upp till individen. Det faktum att en resa till exempelvis Thailand har lika stor klimatpåverkan som ett helt års bilresande i fossilbil eller ett helt liv av förpackningsåtervinning eller lika mycket som den genomsnittlige världsmedborgaren släpper ut på ett år är väl inte något som måste hemlighållas? Samtidigt tycker de flesta att de som slänger plast i naturen, gamla batterier i sjön eller dumpar skrot i skogen förtjänar skuldbeläggning. Var är logiken?

Beata: Ja, det kan man verkligen fråga sig!

Lennart: När en kille ringde från Postkodlotteriet och ville sälja lotter till mig sa jag: "Jag hade gärna köpt några lotter av dig om ni inte hade haft en massa vinster som går ut på att man ska flyga, för det känns inte okej för mig att göra långa resor med flyg och uppleva andra kontinenter bara för mitt eget höga nöjes skull och blunda för all negativ miljöpåverkan som flyget för med sig." Och då svarade han: "Men inte vill du väl avstå från chansen till en härlig Thailandsresa nu när det är så kallt och ruggigt i Sverige?" Ibland känns det som om jag håller på att bli tokig. Alla bara fortsätter att leva och bete sig som om allt är precis som förut, och själv blir jag stämplad som en fanatisk miljögalning.

Sofie: Jag känner att de här "klimatglasögonen" som jag numera bär väger rätt tungt på huvudet och går ut över mina sociala relationer. Jag kan knappt delta i normala konversationer med vänner och bekanta längre, för jag blir så frustrerad när folk pratar om sina planerade utlandsresor, att de flugit inrikes, att de ska renovera köket (igen), att de nätshoppar jättemycket från utlandet för "det är ju fri frakt och retur", att de tar bilen till den närliggande affären o s v. Jag får bita mig i tungan jämt för att inte vara den där gnälliga personen som klagar på allt de säger. Hur gör ni för att stå ut?

Moa: Tack för att denna grupp finns! Det är så skönt att det ändå finns ganska många som tänker ungefär som man själv gör. Jag "prackar" inte på mina vänner/bekanta skuldkänslor eller skapar diskussioner. När vi pratar om saker kring klimatet så försöker jag verkligen vara saklig och lägga fram fakta på ett "trevligt" sätt. Jag märker dock att det tyvärr ändå får många att tycka att jag är "jobbig" eller "konfliktsökande". Hur är det för er? Hur förhåller ni er till människor som inte tror på/inte bryr sig om förändringarna?

Jenny: It's easy. I have no friends left.

Det är så vi har det nu. Många har tagit till sig fakta och många kämpar, men vi har vaknat alldeles för sent för att det vi har satt igång ska kunna stoppas. Om vi verkligen hade en chans att rädda mänskligheten – hur mycket skulle vi behöva avstå ifrån då? Om vi fick välja mellan att sluta leva som vi gör, i lyx och överflöd, eller att dö ut inom en ganska snar framtid – hur skulle vi välja? Skulle vi vara beredda att sänka vår materiella levnadsstandard långt under den nuvarande nivån för att överleva? Är vi överhuvudtaget kapabla att leva "enkelt"? Har vi ens kvar kunskaperna som skulle behövas?

Jag tvivlar på att vi kommer att lyckas, Mårtensson. Av

historisk erfarenhet vet vi att alla arter förr eller senare dör ut eller övergår i en annan form. Nästan hundra procent av alla arter som tidigare har levt på jorden är utdöda idag. Det finns ingenting som säger att människan skulle vara ett undantag från det.

33

Hanna har släppts ur häktet. Det var Holt som informerade pressen, och så här sa han: *Den misstänkta kvinnan är släppt men inte friad. Bevisningen mot henne räcker inte för att väcka åtal just nu. Men utredningen fortsätter, och vi hoppas att fallet ska få en lösning även om det i denna stund tagit den här vändningen.* Det lyser igenom att han fortfarande tror att det är hon, och hur svårt han har att acceptera att hon måste släppas.

I själva verket är vi tillbaka på ruta ett och måste antagligen börja betrakta det här som ett spaningsmord. Vi har gått igenom Magnus liv och hittills inte hittat några personer förutom Tobias Hansson som kan ha haft motiv att döda honom. Magnus använde inte alkohol eller droger, han umgicks inte i kriminella kretsar, han hade inga obetalda skulder, han var inte politiskt aktiv, han hade inga kända ovänner eller fiender av grövre kaliber och han hade inte utsatts för några allvarliga hot.

Om motivet var svartsjuka eller hämnd låg Hansson bra till, men ingen annan som vi har kunnat hitta passar in i den rollen, och på Hansson har vi inte fått fram tillräckligt för att kunna binda honom till gärningen.

Vi hittar inget motiv. Rent hypotetiskt skulle det kunna vara en okänd galning som har gjort det, för en galning behöver inte ha ett rationellt motiv. Det han gör kan vara ett plötsligt infall, eller så styrs han av sjuka tankar och fantasier som leder till att han begår ett våldsbrott. Jag har hela tiden haft en känsla av att mordet på Magnus var en oplanerad impulshandling utan begripligt motiv. Holth håller absolut inte med mig och ingen annan heller, tror jag, eftersom det är så långsökt att en galning skulle ha kommit förbi och av en ren slump gått in i huset och attackerat Magnus. Jag tycker själv att det låter osannolikt. Men att en inbrottstjuv eller rånare skulle ha valt just det huset är inte heller särskilt troligt eftersom Magnus bil stod parkerad fullt synlig utanför och visade att folk var hemma.

Jag blir tokig på det här, Mårtensson! Jag får det inte att gå ihop. Min känsla säger en sak och förnuftet en annan. Kan det trots allt vara en bekant till Magnus som kom på besök och råkade få en tillfällig knäpp? Men vem skulle det vara? Vi har ju kollat upp alla tänkbara.

DEL TRE

34

Jag känner mig trött och modlös. Det är inte lätt att hålla humöret uppe när man vet vad som pågår runt om i världen. Naturen skövlas, förorenas och förgiftas. Haven fylls med plastavfall som skadar och förkväver liv. Djur plågas och dödas av vinningslystnad eller för nöjes skull. Insekter och andra djurarter minskar i antal eller dör ut. Förstörda livsmiljöer, tjuvjakt och rovfiske som bedrivs i ohämmad omfattning har lett till att antalet vilda ryggradsdjur har minskat med i snitt sextio procent på mindre än femtio år. När växt- och djurarter försvinner, och känsliga ekosystem rubbas, drabbas också människan, eftersom allt levande är beroende av den biologiska mångfalden och vad den ger i form av syre, rent vatten och mat.

Utsläppen som skadar atmosfären fortsätter. Av den koldioxid som människan har tillfört atmosfären genom förbränning av fossila material, har hälften släppts ut under vår livstid. Klimatkrisen kan inte skyllas på tidigare generationer. Vi har på trettio år åsamkat planeten lika stor skada som under alla föregående århundraden och årtusenden tillsammans.

Industrialiseringen hotar vår framtida värld. Den globala uppvärmningen kommer att drabba mänskligheten genom extremväder, naturkatastrofer, döende hav, skogsbränder, omänsklig hetta, förorenad luft, färskvattenbrist, hungersnöd, pandemier, massflykt och krig.

Och allt detta har den högst stående, och mest intelligenta, av jordens alla varelser åstadkommit. Visst känns det logiskt och hoppfullt? Evolutionshistorien visar att jorden kan överleva mer torka, fler orkaner, översvämningar, havsnivåhöjningar, artutrotningar och förstörda ekosystem, men vårt mänskliga samhälle överlever inte om vi inte omgående sätter in alla till buds stående medel för att vända utvecklingen.

Men kommer vi att göra det, Mårtensson? Kommer vi att ta vårt förnuft tillfånga och försöka rädda vår existens innan det är för sent? För det är människans och inte planetens överlevnad det handlar om. Jorden klarar sig utmärkt utan oss och kommer att börja läka och reparera sig själv från alla skador vi har åsamkat den så fort vi är borta. Det är inte jordens undergång vi rör oss mot, utan mot en framtid med extremt försämrade levnadsförhållanden beroende på att vi helt kallsinnigt har förstört livsbetingelserna för oss själva. Inte för att jag känner mig särskilt delaktig i den förstörelsen, för jag har alltid respekterat naturen och varit medveten om att vi är en del av den och beroende av den. Det är en naturlig känsla, som alla människor borde vara födda med och förprogrammerade att leva efter, men så är det bevisligen inte, och därför hyser jag inget större hopp om framtiden. Vad mig anbelangar kan homo sapiens gärna få fortsätta på den inslagna vägen och befria jorden från sin skamliga existens en gång för alla.

När man ser det i stort känns det bara löjligt att hänga upp sig på detaljer, men jag gör det ändå. Det går inte att leva i en egen liten bubbla längre. Samtidigt vet jag hur lite jag kan göra för att få andra att förstå. Helst skulle jag vilja slippa det helt. Jag är varken lärare eller ledare. Jag är polis, och en polis ska se till så att gällande lagar och förordningar efterlevs. Men det kan jag inte göra i större skala. Den makten har jag inte. Jag får nöja mig med att flygskamma folk på Facebook och döma ut omoraliska företag och organisationer som uppmuntrar flygande.

Tyvärr det hjälper inte stort. Visserligen präglas folks beteende till stor del av vad som är socialt accepterat. Många är styrda av behovet att vara en del i gruppen och är beredda att gå långt för att inte riskera att hamna utanför. Om den allmänna opinionen säger att det är helt förkastligt att flyga, vill man kanske inte fortsätta med det. Men så långt har vi inte nått än, och kommer kanske aldrig att göra heller.

Vad skulle du ha gjort i den här situationen, Mårtensson? När du dog hade den stora oron knappt börjat sprida sig än. Man kan undra vad det var som fick klimatkrisen att äntligen hamna i blickpunkten. Så här hörde jag en liten kille förklara det: *Först gjorde Gud så att människan uppfann internet. Sen lät han Greta förstå att vi måste sluta förstöra jorden. Om inte internet hade funnits skulle det inte ha kunnat spridas så fort över hela världen, och då skulle inte så många ha fått veta vad hon tycker och hålla med och kanske göra nånting åt det. Så tror i alla fall jag.*

Inte så dumt tänkt, va? Gud sände ut Greta i världen som en liten väckelsepredikant. Ingen skulle ha lyssnat på en enskild vuxen som hade gjort samma sak. Men hur ska hon orka? Hon får så mycket skit av idioter som borde skämmas ögonen ur sig eller helst bara lägga sig ner och dö. Jag befattar mig inte med det grövsta, men här kommer ett litet urval av kommentarer:

Hon är bara ett barn. Hon borde gå i skolan. Det är en reklambyrå som står bakom alltihop. Det är en PR-kupp. Hon utnyttjas av vuxna. Hon utsätts för psykisk misshandel. Hon är utvecklingsstörd. Hon låter som en robot när hon pratar. Hennes föräldrar är kändisar, och det åker hon snålskjuts på. Föräldrarna tjänar pengar på det hon gör. Hon flyger säkert till alla sina möten. Hon skriver inte sina tal själv. Hon är ingen expert. Hon kommer inte med några lösningar. Hon kan inte förändra ett skit. Hon borde låsas in och stoppas en gång för alla.

Min gamla poliskollega Christina förnekar sig inte i sammanhanget. Så här skriver hon till en vän på Facebook:

Christina: Greta är inte konsekvent. Och vad kan hon göra, som inte världens ledare, eller klimatforskare, klarar av? Hon pratar med ett vuxet språk, men vad gör hon? Är det bra med dig och familjen? Kram
     Elisabeth: Jag tycker inte heller att Greta är konsekvent. Hon är extremistisk. Men hon har skapat uppmärksamhet kring problemet, vilket är bra. Ledare lyssnar ofta inte på klimatforskare, för de tänker mycket kortsiktigt på ekonomiska intressen och omval. Det är bra med mig och familjen. Vi var i Florida 3 veckor i juli. Det var skönt. Väldigt varmt, men alla ställen har AC, så det gick bra. Kram
     Lena: Hon tar även 200 tusen för att snacka lite.
     Christina: 200 tusen?!?
     Lena: Ja det tar hon för att hålla ett föredrag, det är det mer tyst om.

Elisabeth och Lena är Christinas vänner och inte mina. Det är inga ljus hon omger sig med precis. Men hon är själv inte den skarpaste kniven i lådan, så det fungerar säkert bra. Som tur är har jag Facebookvänner som är lite mer slipade också. Magnus är arkeolog, författare, historiker och musiker och så här skriver han:

När vuxna människor ger sig på en 16-årig flicka som berättar sanningen börjar man förstå de klimatforskare som säger att de sociala och samhälleliga följderna är ett större hot mot mänskligheten än katastrofen i sig. Greta Thunberg upprepar bara forskarnas slutsatser. Det är inga "åsikter", det är fakta – och de är väldigt, väldigt nedtonade. Från forskarhåll låter det mycket mörkare.

Men det saknas inte ljus: Mänsklighetens sanna styrka, det som har hållit oss vid liv i miljöer där det inte borde vara möjligt att leva, är förmågan att kommunicera och samarbeta. I synnerhet när det handlar om vår överlevnad. Det vore kul om vi kunde börja odla den sidan av vår mänsklighet i stället för att spy galla över en 16-årig flicka. Det kan aldrig sluta väl.

Ja, så skriver Magnus. Men det där med människans förmåga att kommunicera och samarbeta tror jag inte att vi har så stor nytta av i det här läget. Nu gäller det hela världen, och så länge folk väljer ledare som Trump och Bolsonaro, finns det inte stort hopp om ett globalt samförstånd.

Ida Werner

Jag bor hos pappa nu. Han är mycket smartare än mamma. Hon kanske lär sig, men jag känner att hon inte förstår i grunden, som pappa och Ann-Catrin gör. Mamma har lovat att bara flyga i "yttersta nödfall", men det räcker inte för mig. Jag tycker fortfarande att hon är en svikare. Hon är inte engagerad i den viktigaste frågan av alla och skulle till exempel aldrig kämpa för klimatet och miljön på sociala medier som jag och Ann-Catrin gör. Pappa håller inte på med det, för han är nästan aldrig ute på nätet, men han uppmuntrar oss och förstår hur viktigt det är att ta ställning och visa var man står.

I början tyckte jag att det var skitläskigt att kommentera på Facebook. Jag blev helt kallsvettig varje gång jag gjorde det. Men nu bryr jag mig inte längre, för jag tycker faktiskt att dom som flyger ska få skämmas inför andra. Jag tar inte bort dom som vänner, för då skulle jag väl inte ha många kvar, men tar dom bort mig så bryr jag mig inte.

Det är så frustrerande med folk som redan har gjort typ fem flygresor i år och samtidigt hyllar Greta. Dom skickar hjärtan och gillar och delar allt hon gör, fast man vet att dom fortsätter att flyga med sina föräldrar precis som vanligt. Jag förstår inte hur dom får det att gå ihop.

Till en kompis som ursäktade sin resa med att det är så kallt i Sverige, skrev jag: ""Jamen det har du ju snart löst med dina flygresor". Och då svarade hon: "Men säg inte så, jag får så dåligt samvete." Men slutar hon flyga? Nej, så långt klarar hon inte av att tänka.

Ibland lägger jag ut det här citatet: "Att försvara att man flyger med motiveringen att man klimatkompenserar är som att försvara att man slår sina barn med motiveringen att man skänker pengar till Bris."

Jag har bestämt mig för att alla som tror sig ha en frisedel för brott mot mänskligheten ska få veta vad jag anser om det. Folk är så jävla körda!

En italiensk professor som hette Carlo Cipolla skrev ner fem grundläggande lagar för mänsklig dumhet. Jag har lagt in texten i min telefon.

Ett: Alla kommer oundvikligen alltid att underskatta antalet dumma människor som går lösa. Två: Sannolikheten för att en viss person är dum har inget att göra med andra egenskaper som personen har. Tre: En dum person är en person som ställer till skada för en eller flera andra personer utan att själv vinna något på det; personen kanske till och med förlorar på det. Fyra: Icke-dumma personer underskattar alltid dumma personers förmåga att ställa till skada. I synnerhet glömmer icke-dumma personer ständigt att det alltid, överallt och under alla omständigheter är ett dyrt misstag att ha något att göra med dumma människor. Fem: Dumma människor är de farligaste människorna.

35

Med vissa människor går det att vara nästan lika fri som man är i tankarna. Det låter kanske inte positivt, men att vara med Tom är som att vara ensam. Han stör mig inte med sin närvaro och söker inte hela tiden min uppmärksamhet.

På jobbet föredrar jag text framför samtal och mejlar hellre än jag ringer när det gäller kort information. Meningslöst kallprat intresserar mig inte heller. Men med personer som jag känner och tycker om kan jag vara öppen och pratsam. Du minns väl hur pladdrig jag kunde bli ibland när jag var ivrig, och hur gärna jag ville höra dina idéer och tankar om fallet vi jobbade med? Nu är det med Tom jag beter mig så ibland, men på jobbet är det ingen som väcker den impulsen hos mig.

Har jag berättat hur mycket Tom påminner om dig? Han är återhållsam, reflekterande och självständig, precis som du var, och han är lika introvert som jag. Men till skillnad från mig kan han utan problem bete sig utåtriktat och socialt om han tycker att situationen kräver det. För honom är det som att spela en roll på teatern när han tillfälligtvis lägger sig till med ett extrovert beteende.

Just nu filmar han som omväxling. Han spelar en supersmart snut som överglänser sina klantiga kolleger och löser mordgåtan i stort sett själv.

Ja, nog för att det finns många korkskallar i kåren, men superintelligenta mordutredare är det ont om.

Många mord blir aldrig uppklarade. Om man har gjort

allt som rimligtvis kan göras och ändå inte har nått ända fram, måste man acceptera att utredningen har misslyckats. Men om misslyckandet beror på att befintliga spår inte har följts upp och utretts, eller att möjliga kontroller och spaningsåtgärder inte har vidtagits, eller att viktiga omständigheter har nonchalerats, tappats bort eller smusslats undan, är läget ett annat. Om man på grund av inkompetens, slöhet, nonchalans eller ren och skär dumhet har missat ett spår, glömt bort ett spår, valt bort ett spår, släppt ett spår, eller låst sig vid ett enda spår och gjort en ofullständig undersökning eftersom fallet redan verkat vara klappat och klart, är misslyckandet dessutom rent personligt för var och en som har deltagit.

Det som behövs är poliser som går in i utredningen med den fasta föresatsen att nå ända fram. Utredare som är intelligenta, skickliga och fantasirika nog att arbeta förutsättningslöst och är beredda att ta all tänkbar expertis till hjälp under utredningens gång. Utredare som är som du var, men som jag inte tycker att exempelvis Holth är. Det är ju delvis hans fel att den här fallet hamnade snett redan från början. Han låste sig vid vissa omständigheter och blundade för andra. Jag vet att Eva försökte bredda synsättet, men Holth fick med sig några i gruppen som trodde som han, och det minskade säkert motivationen hos resten. När jag kom tillbaka efter min ledighet och började läsa in mig på fallet verkade det som att i stort sett alla i gruppen hade släppt det. Åklagaren fick häktningstiden för Hanna förlängd, och det enda Holth var ute efter var ett erkännande. Men det har han inte lyckats med, och nu måste till och med han börja tänka om.

Inte för att jag har sett några tecken på det. Han går på i vanlig stil med sitt självbelåtna snack, men han har inget av värde att komma med. I förra veckan fick jag ett mejl från honom med en lång, obegriplig harang som jag inte brydde mig om att svara på eftersom det inte framgick vad han ville. Idag när jag rensade inkorgen i datorn skickade jag för säkerhets skull iväg ett svar och frågade vad han hade tänkt att jag skulle göra med infon jag fått. Jag kallade det info, fast det bara var svammel, och svaret jag fick lydde så här:

Du kan väl börja med ett "hej" för fan! Det har ju trots allt gått en halv vecka sen vi hördes. Ett "hej" hade känts lite trevligare och mer tillmötesgående och hör väl för övrigt till vanligt enkelt hyfs. Men jag har redan fått ett vänligt svar av en annan kollega som jag inte känner närmare, till skillnad från dig som jag har haft lång regelbunden kontakt med. Så du slipper svara – om du nu hade gjort det, vilket jag betvivlar.

Åh fan, tänkte jag, han är sur för att jag inte besvarade hans mejl på stubben! Han är sur för att jag inte visade tillbörlig *respekt*! Jag har inte varit tillräckligt *vänlig, tillmötesgående* och *hyfsad*!

Jag vet att det retar honom att han inte kan styra och påverka mig, och att han inte kommer åt mig med sina omogna finter och knep, men han är fan inte den rätta att uttala sig kritiskt om andras beteende. Din patetiska lilla skit! tänkte jag och skrev: "Men du hade ju inte ställt någon fråga?" Sen klickade jag iväg det och raderade alltihop.

Man vill ju inte ha vad skit som helst i sin dator.

36

Nu har jag läst ut pappas sista bok, som jag har haft på gång ett tag. Den heter "Den enda vägen" och handlar om en kvinna som använde hela sin förmåga till att ta sig ur ett alkoholberoende, ett psykotiskt tillstånd och ett destruktivt äktenskap. Boken bygger på intervjuer som pappa gjorde med henne, och allt som står i den har hänt i verkligheten. Jag beundrar hennes mod, envishet och styrka som gjorde att hon lyckades rädda sig själv från att gå under. Det tog henne femton år att nå fram till sanningen om sig själv, och när pappa träffade henne och skrev boken var hon fri.

Innanför bokens bakre pärm hittade jag ett kuvert med urklippta recensioner som pappa hade sparat. När jag läste vad kritikerna tyckte, häpnade jag över deras bristande kunskap om det mänskliga psyket och deras oförmåga att förstå det känslomässiga djupet hos kvinnan. Ingen annan av pappas böcker blev så totalsågad som den. Inte för att den var dåligt skriven utan för att recensenterna inte kunde ta till sig kvinnans verklighet. Det var det pappa menade med oproffsiga kritiker.

Att läsa en bok som man ska recensera så slarvigt att man i en smått hånfull ton kan påstå att den handlar om en "alkoholiserad kvinna som har tappat fotfästet i tillvaron och åker ut och in på psyket" när det tydligt och klart framgår att hon har varit intagen på sjukhus vid ett enda tillfälle, och att det var femton år tidigare, och att hon nu har slutat dricka och aldrig kommer att börja igen därför att hon har gått till botten med orsakerna och för första gången i sitt liv har kontroll över sig själv, är en klar förolämpning, tycker jag. För att inte tala om angreppen på kvinnan själv. Istället för att recensera själva boken blev vissa tydligen så provocerade av hennes kamp för frihet att man måste spy galla över både hur hon gick tillväga och hur hon var som person. Att vara så nonchalant och respektlös mot en människa som följer sin inre övertygelse och löser sina problem, och som öppet och ärligt berättar om det för andra, tyder på en total brist på inlevelseförmåga och känslomässig mognad, tycker jag. Och det var inte bara *en* kritiker som reagerade negativt, utan flera olika, både manliga och kvinnliga. Pappa som värderade objektiviteten högt måste ha blivit vansinnig när han läste deras hånfulla och självavslöjande utgjutelser. Här kommer några exempel:

Kvinnan är vilsen i tillvaron, utlämnad åt socialarbetare och kuratorer och Janovs primalskrik som vid den här tiden drar som ett vargtjut genom landet. Hon har anammat den psykologjargong som var i svang, och på var och varannan sida svänger hon sig med uttryck som "agerande" och "insikt om" och "ta ansvar för sin känslomässiga utveckling". Det är ett allmänt kvasifilosoferande och analyserade kring en olycklig barndom och sjukligt besatta projektioner.

Kvinnans berättelse är en omständlig, enveten, långrandig monolog där hon lägger ut texten om sin vardag och om de misstag hon begått i sina förhållanden. Hon refererar uppbrottet från sin misshandlande make, ställer frågor till sig själv om sitt liv och sina bevekelsegrunder och redogör för svaren på ett skolboksmässigt vis – man riktigt ser ett kryssformulär framför sig med flervalsalternativ uppdukade i all oändlighet. Det hela ger intryck av ett bisarrt examensarbete efter genomgången självterapi enligt primalskriksteorin. Orsak-verkan i all oändlighet, ett sövande och lite sorgligt mönster där skulden ligger hos kvinnan själv för att hon inte har lärt känna sig själv.

Den psykologiska trovärdigheten brister. Författaren växlar mellan grovt tillyxad socialrealism, med åtminstone en liten tendens till engagemang i den arma kvinnans leverne, och ett tydligt iakttagande från långt avstånd. Hon blir på ett märkligt sätt lämnad i sticket av sin skapare, en dubbel hållning som ibland känns rent spekulativ, som om utsattheten är skapad enkom för att läsaren ska få en så obegränsad utsikt som möjligt över misärnejden. Obehaget finns där hela tiden, den krypande aningen av sensationslystnad, som författarens sätt att skriva alstrar. Det skulle kunna vara fängslande men blir tyvärr mest smutsigt och gör läsaren till något av en ofrivillig äcklad smygtittare.

Både budskapet och perspektivet sitter trångt intill kvävning i den här boken. Förlaget hade gjort klokt i att be författaren invänta sin mognadsprocess och pröva ett annat tema.

Herregud, Mårtensson! *Författarens* mognadsprocess? Ett *annat* tema? Är det *recensenten* som ska bestämma vad en författare ska skriva om? Det är så dumt att man knappt tror att det är sant.

Efter skilsmässan skriver kvinnans exman ett brev till henne där han anklagar henne för att ha utnyttjat och lurat honom. I själva verket har hon gett honom hur många

chanser som helst, trots att han har supit upp hennes
pengar, kvaddat hennes bilar, slagit sönder inredningen i
deras hem, skrämt barnen och misshandlat henne fysiskt.
Ändå ställer sig recensenten på mannens sida! Så här skri-
ver han: "Till slut får hon ändå styrkan att slänga ut exma-
ken ur sitt liv. Om hon gör rätt är svårt att säga. I slutet av
boken låter författaren exmaken komma till tals i form av
ett brev till exhustrun, och där säger han en del av det som
läsaren redan anser om henne."

Det är helt jävla otroligt! Hur kan han bara ta för givet
att alla anser detsamma som han? Och om hon gör *rätt*?

Jag undrar vad kvinnan kände när hon läste alla dessa
hånfulla kommentarer, som i mina ögon inte är annat än
recensenternas personliga försvarsreaktioner. Det var så
pappa tolkade det också. Jag undrar hur hon tog det och
hur pappa reagerade när hon blev så angripen och förkas-
tad. Anklagade han sig själv för att inte ha lyckats förmed-
la hennes berättelse på bästa sätt? Men det är hennes ord
och uttryckssätt han återger, och jag är säker på att hon
fick läsa och godkänna manuset innan boken gavs ut.

Vissa människor klarar helt enkelt inte av att höra san-
ningen och måste försvara sig genom att angripa den som
lägger fram den. Det var så man gjorde mot kvinnan i pap-
pas bok, och det är så man gör mot Greta. Det är så jävla
ynkligt, Mårtensson! Jag vet att jag borde vara tolerant och
överseende med folks begränsningar, men jag klarar inte
av det. Den djupaste sanningen är ju det enda som kan
rädda oss när vi är illa ute!

Det som retar mig med recensionerna är att inkompe-
tensen får stå oemotsagd. Det är det som gör mig upprörd
och får mig att vilja ta kvinnan i försvar. Det är därför jag
berättar det för dig, som jag vet hade samma inställning
till psykiska övergrepp som jag har. Jag har pratat med

Tom om det också, och visat honom recensionerna. Genom sitt yrke har han erfarenhet av hur det känns att bli misstolkad och nedvärderad av okunniga kritiker, så han förstår vad jag menar. Men han tar lättare på det än jag. I hans fall är det hans rollprestationer som bedöms, inte hans övertygelse, livserfarenheter och hela personlighet, och det är inte lika illa. Det är åtminstone inga personangrepp. Men att ge sig på och håna en människa som kämpar för att hitta sanningen om sig själv och använder hela sin förmåga till att hjälpa sig själv och andra är så jävla taskigt! Hur mycket jag än anstränger mig kan jag inte ha överseende med idioter som beter sig på det sättet.

37

Eftersom Hanna blev gripen och häktad redan från början har tipsskörden i det här fallet varit ytterst mager. Jag har hittat ett par som inte har följts upp och som kan vara värda att titta lite närmare på. Det ena är en kvinna som såg en kille med blodiga kläder på en buss mordkvällen. Det andra är ett påstått dödshot mot Magnus från en före detta vaktmästare på skolan.

Det första jag gjorde var att kolla upp om det fanns några brott eller andra händelser inrapporterade den kvällen eller natten som kunde ha lett till att en kille hade fått blod på sina kläder. Slagsmål, överfall, olyckor… Enligt kvinnan på bussen hade killen haft en vit jacka på sig, och det är en så pass signifikativ detalj att jag är ganska säker på att det är rätt person jag har hittat i ett inrapporterat ärende.

Lucas Lagerman

Det senaste året har jag bott hos en kompis. Jag har haft ekonomiska bekymmer och mått dåligt.

Kvällen det handlar om åkte Fabian och jag in till centrum vid åttatiden för att träffa några polare. Innan vi stack iväg drack vi ett par öl. På krogen fyllde vi på med mera öl, Vodka Red Bull och shots. Jag fortsatte att dricka hela kvällen och fick i mig sjukt mycket. Jag har inga tydliga minnesbilder av vad som hände sen, men jag har vissa flashbacks.

När jag hade skilts från Fabbe vet jag att jag försökte få

tag på en polare för att eventuellt få skjuts hem. Tydligen misslyckades jag, för sen var jag ute på stan. Jag passerade McDonalds, men jag minns inte vart jag skulle. Jag tror att jag spydde på vägen. Jag gick förbi en Pressbyrå, och sen är det tomt. Det enda jag vet är att jag sprang, och att hjärtat pumpade som fan. Jag förstod att nånting hade hänt, men jag visste inte vad.

Jag vet inte om jag åkte buss eller taxi hem. När jag vaknade vid tiotiden nästa dag var jag bakfull och väldigt tom i skallen. Baksmällan var inte normal. Jag tänkte att jag måste ha fått i mig nåt jävla preparat utan att veta om det.

Vid dörren lågt det prylar som inte tillhörde mig. Det var en vit väska som innehöll en mobil, smink, tamponger, plånbok och ett par hörlurar. Jag visste inte varifrån grejerna hade kommit. Jag sa till Fabian att jag hade hittat väskan på bussen. Jag visade telefonen för honom. Det var en vit Iphone. I plånboken låg det bara ett busskort och lite annat krafs. Jag vet inte varför jag plockade på mig kortet. Jag använde det senare när mitt eget hade gått ut.

Under kvällen hade jag en vit jacka på mig. Dagen efter såg jag att jag hade fått blodfläckar på den. Jag tänkte att jag hade blött näsblod och funderade inte vidare på saken.

Första gången jag blev förhörd av polisen upplevde jag chock och panik eftersom allvarliga anklagelser riktades mot mig. Då berättade jag grejer som inte stämde. Jag sa att jag hade sett ett rån. Det gjorde jag eftersom jag inte kunde förklara varför väskan och mobilen fanns i min lägenhet. Det var en ren försvarsmekanism. Allt jag sa var påhittat. Jag spekulerade och gissade mig till detaljer som verkade stämma.

Jag kände igen mig själv från övervakningskamerorna på stan. Jag såg helt jävla hypad ut. Normalt sett är jag mer avslappnad än vad jag verkade vara då.

Jag dricker alkohol främst i samband med helger. Den där helgen drack jag lite mer än vanligt. Jag brukar inte bli arg eller odräglig när jag dricker. Jag rökte också en joint. Det gjorde mig uppåt. Jag har haft minnesluckor tidigare men det har aldrig varit helt tomt.

Jag har ingen förklaring till hur min sperma kunde finnas på brottsplatsen. Jag har inget minne av den platsen. Jag var inte sugen på sex under kvällen. Det beteendemönster som tjejen har beskrivit är inte likt mig. Jag är ingen aggressiv person. Jag använder inte våld. Jag respekterar kvinnor och skulle aldrig kunna göra en tjej illa.

Emmy Andersson

Anna är min lillasyster. Vi bor ihop i en trea i centrum. Kvällen det gäller var vi ute tillsammans. Vi hade förfest hemma hos en kompis och sen gick vi till vårt favoritställe ute på stan. Efter några timmar började Anna få ont i huvudet och sa att hon tänkte gå hem. Själv var jag kvar tills hon ringde till mig.

Jag hade druckit och var inte nykter men jag minns hela kvällen. Anna var inte särskilt full när hon gick. Hon ringde upp mig efter en stund och berättade att hon var på väg hem. Plötsligt skrek hon till, och sen var hon helt försvunnen. Linjen var öppen men jag fick ingen kontakt. Jag blev orolig och började ringa runt till kompisar. Sen tog jag en taxi och åkte ut och letade efter henne. Jag såg henne ingenstans, och till slut ringde jag till polisen. Efter en stund ringde polisen tillbaka och berättade att hon hade hittats och att hon var svårt misshandlad.

Jag åkte direkt till sjukhuset med taxin. Polisen mötte mig utanför. Det var blod på marken som enligt polisen kom från Anna, och jag blev helt skräckslagen och tänkte att hon inte skulle klara sig.

Jag togs emot av en sköterska som berättade att det såg
illa ut för Anna. När jag kom in till henne låg hon och vän-
tade på en CT. Hon såg hemsk ut. Hon blödde och var ner-
blodad överallt. Näsan och läpparna var uppsvullna. Hela
hennes ansikte såg ut som en boll. Anna är vanligtvis en
tuff person som kan ge svar på tal och ta vara på sig själv,
men nu var hon chockad och matt och inte alls som hon
brukar. Hon försökte prata och verka normal men hade
tics och olika reflexer. Hon berättade att det hade kommit
en kille från ingenstans och slagit ner henne bakifrån. Han
bara slog och bankade hennes huvud i asfalten när hon låg
på marken. *Det var inte mitt fel*, sa hon. *Jag trodde att jag
skulle dö.*

Jag följde med henne in på toaletten. När hon fick se sig
själv i spegeln bröt hon ihop totalt. Hon hade mens och
skulle byta mensskydd, och då märkte hon att tampongen
som hon hade haft i var borta.

Jag var med under polisförhöret och satt och höll henne
i handen hela tiden. Jag kommer fortfarande ihåg allt hon
sa. Hon berättade att hon hade druckit vin och flera drin-
kar under kvällen. När hon lämnade var hon påverkad
men inte full. Hon gick ut från krogen tillsammans med en
tjej som tog en taxi utanför. Själv promenerade hon mot
stationen för att ta bussen hem.

Hon hade svarta byxor, vitt linne och rosa kavaj på sig.
På fötterna hade hon skor med halvhög klack. Väskan var
vit. Den kostade tiotusen när hon köpte den för fyra år sen.
I väskan hade hon smink i en necessär, parfym, nycklar,
plånbok, cigaretter och tändare. I plånboken låg hennes
leg, bankkort och busskort. Cigaretterna hade hon i ett yt-
terfack på väskan. Telefonen var en vit Iphone. En laddare
och rosa hörlurar hörde till.

Hon promenerade i rask takt på gatan. Det var folktomt

ute och nästan inga bilar. I början tittade hon bakåt men såg ingen. Hon passerade bara en kvinna som stod och tittade i ett skyltfönster. Till en början pratade hon med en kompis på Facebookchatten. Sen ringde hon till mig, och när vi hade kontakt stoppade hon ner mobilen i väskan. Hon hade sina rosa hörlurar på sig medan hon gick.

När vi hade pratat några minuter kände hon plötsligt att nån tog tag i hennes krage och hår bakifrån. Hon skrek till men blev inte rädd. Hon trodde att det var ett skämt eller att nån hade tagit fel på person. Men så fick hon ett slag på höger sida av huvudet som var så hårt att hon föll omkull. Hon hamnade på mage, och när hon låg ner fick hon flera hårda knytnävsslag som träffade henne i bakhuvudet. Hon antog att det var en kille som slog henne eftersom slagen var så hårda.

Efter förhöret och undersökningen på sjukhuset fick vi skjuts hem av polisen. Anna var skräckslagen och hade svårt att sova. Hon somnade först på morgonen efter att ha tagit en lugnande tablett.

Dagen efter var hon fortfarande blodig. Jag hjälpte henne att tvätta sig, och det tog minst en timme att reda ut hennes hår som var alldeles hoptovat av intorkat blod. Jag såg att hela svålen var uppriven och tänkte att hon måste ha blivit släpad i håret.

Anna mådde väldigt dåligt efter händelsen. Den första tiden kunde hon överhuvudtaget inte göra nånting själv. Hon var rädd hela tiden, och eftersom hennes väska med nycklarna till lägenheten var borta var vi tvungna att byta låscylinder i ytterdörren.

Hon har fortfarande svårt att vara ensam. Hon vågar inte gå ut när det börjar skymma eller är mörkt. Hon träffar inte sina kompisar lika ofta längre och har inte varit ute och festat sen det hände.

Hon har förändrats som person. Den värld hon trodde på innan har ryckts undan för henne. Hon har drabbats av posttraumatiskt stressyndrom och går hos en kurator. Det kommer nog att dröja innan hon är i balans igen.

Vid misshandeln drog killen ner Annas byxor och trosor, drog ut tampongen och fick utlösning så att sperma hamnade på hennes ben och kläder. Det var det som ledde till att polisen till slut kunde sätta dit det jävla aset för det han gjorde mot min älskade lillasyster.

38

Killen i den vita jackan var tillsammans med en kompis och flera andra hela mordkvällen. Om kompisen ljuger skulle han rent teoretiskt ha kunnat vara på ett annat ställe i början av kvällen, men det är inte troligt. Senare begick han nämligen ett brott, och det var i samband med det som blodet hamnade på hans jacka.

Det andra outredda tipset som jag har tittat på är inlämnat av en före detta flickvän till en vaktmästare som arbetade på skolan där Magnus var lärare. Hon berättar om ett mordhot, som vaktmästaren ska ha uttalat, och om en text på ett USB-minne som tillhörde honom.

Carolin Gullberg

Killen som jag hade varit ihop med hette Josef. Han jobbade som vaktmästare på samma skola som den mördade läraren. En gång när han försökte sno med sig några dyra grejer hem, kom läraren på honom och anmälde honom så att han fick sparken. Eller läraren berättade det för rektorn som polisanmälde honom. Det var för ungefär ett år sen. Efter det var Josef urförbannad på läraren, som han tyckte hade sabbat allting för honom, och gick omkring och sa att han skulle döda honom.

Senare fick jag veta att Josef hade suttit inne för misshandel, men det visste jag inte då. När läraren blev mördad var vi inte ihop längre. När jag fick veta att han var död tänkte jag lite på det Josef hade sagt att han ville göra, men jag släppte det när lärarens sambo blev misstänkt.

Sen hittade jag ett USB-minne som Josef hade glömt hemma hos mig. Texten som fanns på det hade han säkert i sin dator också, så han brydde sig väl inte om att USB-minnet saknades, för han kom aldrig och frågade efter det. Originaltexten finns på nätet, på engelska, men på USB-minnet var den översatt och förkortad.

När jag hade sett vad det var gick jag till polisen och berättade vad som hade hänt på skolan och vad Josef hade sagt att han ville göra med läraren. Polisen tackade och tog emot USB-minnet, men vad som hände sen vet jag inte. Jag tror att Josef skulle ha hört av sig till mig om han hade blivit kontaktad av polisen och fått reda på att jag hade lämnat in USB-minnet, men det gjorde han inte, och därför tror jag inte att polisen brydde sig om att kolla upp honom.

Man vill kunna lita på polisen, lita på att dom utreder brott på rätt sätt, både så att oskyldiga inte blir dömda och så att skyldiga blir det, men det är kanske att hoppas på för mycket. En gång hörde jag en person säga att det bara är journalister och massmedia som är intresserade av att hitta den verkliga sanningen bakom ett brott. Poliser och åklagare är bara ute efter att få ihop till ett åtal som håller. Men med tanke på att Josef hade misshandlat en kille en gång och hade det där dokumentet tycker jag faktiskt att polisen borde ha blivit intresserad av honom när jag kom och berättade vad jag visste. Jag var kanske misstänksam i överkant, men jag kunde inte hjälpa att jag tyckte att det var konstigt att han hade en beskrivning, som dessutom var markerad med färg, av samma metod som senare användes för att mörda en person som han hade sagt att han ville döda.

39

Jag har pratat med vaktmästarens före detta flickvän och läst igenom texten på USB-minnet som tillhörde honom, och jag förstår varför hon reagerade. Den beskriver nämligen olika sätt att mörda en människa och lyder enligt följande:

A Study of Assassination, CIA 1953

Manuellt

Det är möjligt att döda en människa med bara händerna, men väldigt få är skickliga nog att kunna göra det på ett tillfredsställande sätt. Att använda sig av enkla verktyg som finns i närheten är ofta det mest effektiva sättet att mörda. Hammare, yxa, skiftnyckel, skruvmejsel eller något annat hårt, tungt och praktiskt kan räcka. En bit rep eller ett bälte kan duga om mördaren är tillräckligt stark och smidig. Alla sådana improviserade vapen har den viktiga fördelen att de är lättillgängliga och kan verka oskyldiga.

Olyckor

För vissa typer av mord är den arrangerade olyckan den effektivaste metoden, eftersom den innebär begränsad uppståndelse och ofta utreds bara pliktskyldigast.

Den effektivaste olyckan är ett fall på tjugofem meter eller mer mot ett hårt underlag. Hisschakt, trappor, öppna fönster och broar kan tjäna syftet. I enkla fall kan ett personligt möte med det tilltänkta offret ordnas på ett lämpligt ställe. Handlingen kan sedan utföras genom att plötsligt och kraftfullt gripa tag om offrets anklar och tippa honom över kanten. Om mördaren omedelbart ger ifrån sig ett skrik och spelar det "förskräckta vittnet", är inget alibi nödvändigt. I särskilda fall kan det vara nödvändigt att bedöva eller droga offret innan man släpper ner honom. Försiktighet krävs för att försäkra sig om att inget sår eller annat tillstånd, som inte kan hänföras till fallet, är iakttagbart efter döden.

Fall i havet eller i strida floder kan fungera om offret inte kan simma. Det blir mer tillförlitligt om mördaren kan arrangera ett räddningsförsök, eftersom han därmed kan försäkra sig om att offret har dött och samtidigt skapa ett fungerande alibi.

Om offrets personliga vanor gör det möjligt kan alkohol användas för att förbereda honom för en förfalskad olycka av något slag.

Fall framför tåg, tunnelbanetåg eller andra fordon är vanligtvis effektiva, men kräver exakt timing och kan sällan undgå oväntad observation.

Bilolyckor är en mindre tillfredsställande metod. Om offret avsiktligt körs på är mycket exakt timing nödvändig och utredningen blir sannolikt noggrann. Om offrets bil är manipulerad, är tillförlitligheten mycket låg. Offret kan vara bedövat eller drogat och sedan placeras i bilen, men detta är endast säkert om bilen kan köras nerför en hög klippa eller ner i djupt vatten utan observation.

Mordbrand kan orsaka avsiktlig död om offret dras in och lämnas i en brinnande byggnad. Tillförlitligheten är inte tillfredsställande om inte byggnaden ligger isolerat och är lättantändlig.

Droger

Vid alla typer av mord kan droger vara mycket effektiva. Om mördaren är utbildad läkare eller sjuksköterska och offret är satt under vård är detta en enkel och bra metod. En överdos av morfin eller lugnande medel säkerställer döden utan störningar och är svår att spåra.

Om offret är alkoholmissbrukare kan morfin eller liknande narkotika injiceras och dödsorsaken kommer med stor sannolikhet att betecknas som akut alkoholförgiftning.

Specifika gifter, såsom arsenik eller stryknin är effektiva, men innehavet är komprometterande och korrekt dosering är problematisk.

Vapen med egg

En viss anatomisk kunskap är nödvändig för att detta ska vara effektivt.

Sticksår i bålen kan vara ineffektiva om inte hjärtat nås. Hjärtan är skyddat av revbenen och är inte alltid lätt att träffa.

Sårskador i buken var en gång nästan alltid dödliga, men modern medicinsk behandling har gjort att detta inte längre är fallet.

Absolut tillförlitlighet uppnås genom att dela ryggraden i nedre delen av nacken. Detta kan åstadkommas med en knivspets eller ett hugg med en liten yxa.

Ytterligare ett sätt är att skära av blodkärlen på båda sidor av luftstrupen.

Om offret har gjorts medvetslöst genom andra skador eller droger kan några av ovanstående metoder användas för att säkerställa döden.

Trubbiga vapen

Även här krävs en viss anatomisk kunskap. Den största fördelen är den stora tillgången på vapen. En hammare kan man hitta nästan var som helst. Till och med en sten eller en tung käpp kan duga och man slipper köpa, bära på eller göra sig av med något som liknar ett vapen.

Slag ska riktas mot tinningen, mot ytan just nedanför och bakom örat eller den bakre delen av skallen. Om slaget är mycket hårt kan vilken del av skallen som helst duga. Men huvudets främre del, från ögonen och ner till halsen, kan tåla mycket hårda slag utan dödliga konsekvenser.

Skjutvapen

Användandet av skjutvapen vid mord är utbrett och ofta mycket ineffektivt. Mördaren har vanligtvis otillräcklig kunskap om vapnets begränsningar och förväntar sig mer räckvidd, precision och dödande kraft än vad som kan levereras med pålitlighet. Eftersom säker dödlighet är det grundläggande kravet, ska ett skjutvapen med minst 100 procent mer kraft än vad som bedöms nödvändigt användas, och avståndet ska vara hälften av det som betraktas som realistiskt för vapnet.

Skjutvapen medför flera andra nackdelar. De är konstant övervärderade som mordvapen.

40

Jag kan inte hjälpa det, men när Pamela drar igång sitt tivoli med lyckohjul, positivspel och lustiga huset, blir jag helt förstummad och kan bara stå och se på. Är det möjligt går jag därifrån för att slippa bevittna det. I hennes värld existerar inga problem. Allt är underbart, och ingenting är för svårt eller jobbigt. Hon låter sig aldrig nedslås och förlorar aldrig sitt goda humör. Hon är glad, energisk och entusiastisk och tycker att allt nytt är intressant och spännande. Hon skrattar och pratar och älskar att stå i centrum för andras uppmärksamhet. Alla ska involveras i hennes uppsluppna glädje. Ingen får vara ointresserad, ogillande eller ställa sig utanför. Hon är med andra ord helt jävla outhärdlig.

Hennes dopaminnivå måste ligga på topp för jämnan. Rent fysiologiskt är hjärnans belöningssystem till för att locka oss till lustfyllda aktiviteter som att äta och ha sex för att vi ska överleva som art. Men vad är det Pamela går igång på? Hon behöver i alla fall inga droger för att bli hög, kan jag säga.

Börjar man överstimulera belöningssystemet med yttre medel riskerar man att bli beroende. Är man inne på den vägen finns det mycket man kan torska på. Alkohol, dopingpreparat, läkemedel, narkotika, tobak, socker, mat, porr, sex… Eller varför inte smartphones, sociala medier, spel om pengar, överdrivet shoppande eller jobbande?

Arbetsnarkoman är jag inte, även om du brukade säga ibland att jag var gift med jobbet, men att arbeta är väl det enda jag är lite för upptagen av ibland. Det övriga är ingenting jag ägnar mig åt. Jag skulle aldrig kunna förgifta mig själv, och att drivas av ett inre tvång skulle göra mig galen. Beroende är motsatsen till frihet, och utan känslan av frihet skulle jag inte stå ut. Så är det för Tom också. Han har inte heller några laster som tynger honom.

En gång var jag ihop med en kille som kallade mig "renlevnadsfitta". Det sa han när jag gjorde slut med honom på grund av hans spelande och drickande. När vi träffades och började vara tillsammans visste jag inte att han spelade. Han dolde det för mig hela tiden tills jag fick reda på det genom en av hans kompisar. När jag ställde honom mot väggen erkände han och lovade att sluta. Men för att klara av abstinensen började han dricka istället, och sen fortsatte han med båda delarna och tappade greppet totalt. Jag kunde inte hjälpa honom hur gärna jag än ville.

Alkoholmissbruk och spelberoende klassas som sjukdomar, och det har jag svårt att förstå. Om jag har hosta och tar hostmedicin är det väl hostan som är sjukdomen och inte sättet jag försöker lindra den på? Att sluta med smärtlindringen, som jag anser att allt skadligt beroende är, och strunta i orsaken till smärtan, är ingen hållbar lösning. Risken för återfall är stor och kommer aldrig att försvinna.

Jag vet en alkoholist som lyckades hålla sig nykter i tjugo år innan han trillade dit igen. Vilka halvdana tjugo år måste inte det ha varit? Han klarade sig visserligen från att supa ihjäl sig, men att leva med locket på så länge kan inte vara nyttigt. Det tredje och enda raka alternativet blev väl som vanligt inte aktuellt, antar jag.

Du vet hur starkt mitt behov av att gå till botten med saker och ting är. Det gäller inte bara brottsutredningar utan vad som helst. Om man frivilligt stannar på halva vägen när man är ute efter sanningen, är man enligt min mening bara lat eller feg. Jag vet att vissa kolleger tycker att jag är övernitisk och perfektionistisk och känner sitt eget sätt att arbeta ifrågasatt och kritiserat av mitt förhållningssätt, men det tolkar jag bara som dåligt samvete. Att göra jämförelser mellan min egen insats och andras är i alla fall ingenting som jag själv ägnar mig åt, förutom när det gäller Holth möjligen.

Vid den senaste samlingen var han mer än vanligt på hugget, vilket kanske berodde på att vi har så lite att gå på just nu. Han brukar reagera så, har jag märkt, att ju mer pressad han känner sig, desto mer blåser han upp sig. Han betedde sig nästan som om det var han och inte Eva som ledde mötet. Varje gång hon ställde en fråga till gruppen var det han som svarade. Allt som dök upp i hans huvud kom helt obearbetat ut ur hans mun. När Eva såg sig om runt bordet och ville veta vad vi andra hade att säga, lutade han sig fram och skymde sikten för henne och fortsatte att prata. Till och med när hon klart och tydligt riktade frågan till en bestämd person tog han över ordet och började breda ut sig om sina egna funderingar.

Det var helt jävla otroligt. Alla var medvetna om vad som pågick, men ingen orkade bemöta honom eller säga åt honom att hålla käften. Vi bara satt där och lät honom köra över oss. Jag vet att Eva skulle ha kunnat sätta honom på plats, men hon lät den allmänna uppgivenheten styra och ingrep inte. Vi hade ändå inte så mycket att säga, och det visste hon. Dessutom vet hon att hon skulle få Holth helt emot sig om hon tillrättavisade honom inför kollegerna.

Att ignorera honom är också ett sätt att få honom ur balans. Det använder jag mig av ibland när han går mig extra mycket på nerverna. I likhet med Pamela skulle han inte överleva om han inte fick stå i centrum och underhålla en publik då och då. Men i den publiken ingår aldrig jag. Det skulle vara helt under min värdighet.

Ingen av oss hade några nya uppslag att komma med vid mötet. Tipset om vaktmästaren som hade hotat Magnus gav heller ingenting. Mordkvällen befann han sig ombord på en Ålandsfärja och kunde omöjligt ha begått mordet.

41

Många som jag får anledning att prata med i jobbet känner sig spända och obekväma. Hur oskyldig man än är kan det upplevas som obehagligt att delta i ett regelrätt förhör på en polisstation eller i ett mer informellt samtal på en annan plats. Det är helt enkelt ingen avslappnad situation att behöva sitta och svara på frågor från en polis.

Men somliga trivs med att hamna i rampljuset. Utredarens uppmärksamhet och intresse kan få vissa att öppna sig och leva upp. När det gäller misstänkta tycker en del om att leka, andra undviker ögonkontakt, slingrar sig och ljuger. Många nekar, skyller ifrån sig eller tycks ha tappat minnet. Det finns så många olika typer. Svagbegåvade, tröga, sinnessjuka, nedgångna, stöddiga, provocerande, aggressiva, ondskefulla, arroganta, nedlåtande, cyniska, avtrubbade, buttra, nervösa, likgiltiga, tystlåtna, undfallande, fega… Man får lära sig att hantera alla möjliga sorter.

Min plikt som polis är att jag i min yrkesutövning ska möta min motpart med öppenhet och utan förutfattade meningar. Men ibland är det svårt att hålla tillbaka sina negativa känslor. Den typ jag har svårast för, förutom ynkryggen, är den som tror sig vara smart och vidsynt när han i själva verket är dum som ett spån och inte ser längre än till sig själv. Som en Facebookvän jag hade, tills han avslöjade sig och jag gjorde mig av med honom. Jag begriper mig fan inte på folk som går i försvarsställning och sätter stopp så fort deras inlägg tenderar att leda till en diskussion som skulle kunna ge lite mer än gillamarkeringar och positiva kommentarer.

Det kanske verkar som att jag är inne på Facebook i flera timmar varje dag eftersom jag hittar så mycket att reta mig på, men så är det inte. Det behövs faktiskt inte mer än ett par minuter för att man ska stöta på dumheter i flödet. Och är jag på mitt stingsliga humör kan jag inte låta bli att ge mig in i det jag reagerar på då.

Jag blev lurad av Harrys inlägg, som jag tyckte tydde på en viss insikt, och hamnade i en ordväxling med en egotrippad liten fjant. Jag var inte personligen bekant med honom och visste alltså inte innan hur han var.

Harry: Det är inte planeten vi måste försöka rädda utan mänskligheten. Planeten klarar sig alltid.

Gunilla: Håller fullständigt med dig Harry… jag jobbar på äldreboende o räddar dem där så gott jag kan för att leva o ha det så gott dem kan i sina situationer… planeten kan ju inte vi bestämma över hur vi än gör o försöker skydda den… men självklart ska vi sluta skräpa ner i våran fina natur… dumprat om att vi kan rädda jorden… ingen människa kan styra över den… glad att jag finns på den i alla fall… vi styr inte över människans öden… ha en trevlig måndagskväll!

Britt-Marie: Är människan värd att rädda?

Peter: "Är människan värd att rädda?" Det är en mycket bra fråga. Utifrån vad vi har gjort med växt- och djurlivet kan man undra. Vi har inte tillfört någon egentlig nytta för någon art. Mest förstört.

Harry: Peter och Britt-Marie, vad tjänar en sådan retorik till, vill ni kanske hoppa av? Mänskligheten (och jag!) är absolut värd att rädda!

Jag: Får man inte ställa frågor eller uttrycka sina åsikter

här, om man inte tycker som du?

Harry. Japp, absolut så är det ju…

Jag: Vilket betyder…?

Harry: Ingen aning.

Jag: Vet du inte vad du själv menar?

Harry: Jag kanske försöker säga att retoriska frågor förtjänar dumma svar.

Jag: Jag uppfattar inte Britt-Maries och Peters inlägg som retoriska frågor.

Harry: Eftersom min sida är min, så kan jag göra precis som jag vill här. Precis som du kan göra det på din.

Jag: Du menar att andra ska låta bli att uttrycka sina åsikter på din sida? Den är bara till för dig själv?

Bertil: Det är viktigt att vi inte förringar varandras åsikter utan att vi kan mötas i viktig kommunikation.

Peter: …man måste väl kunna titta på människan utifrån ett större perspektiv än vårt eget lilla och ställa sig frågor kring det? Vi är ju de enda (som vi vet) som kan det och det är väl på både gott och ont. Jag skulle vara jättestolt om människan bidragit till planeten på något sätt, men jag kan tyvärr bara se att vi gör saker för vår egen arts skull.

Jag: Ja, själv är du i alla fall ett levande bevis på att människan inte är värd att rädda, Harry.

Nej, det sista skrev jag inte. Jag tog bort honom som vän istället, vilket var lite onödigt med tanke på att han inte är dummare än många andra av mina Facebookvänner. Men gjort är gjort. Och han fick ju svar på tal ändå, av både Bertil och Peter, som kunde ta det hela lite mer sansat än jag. Jag är alldeles för grinig just nu.

Jag retade mig på svikaren Britt-Marie också, som var orsak till alltihop. Så fort hon blev ifrågasatt av Harry tystnade hon och började slicka honom i röven genom att ge hans kritiska kommentarer, som var riktade mot henne själv, gillamarkeringar. Mig och Bertil, som kom till hennes försvar, och Peter, vars åsikter hon antagligen delar, ignorerade hon helt. Och Harry, det dumma spånet, visade med ett rött hjärta att han *älskade* Gunillas naiva kommentar.

Förlåt, Mårtensson, att jag beter mig så småaktigt och belastar dig med det. Men det är så jag känner just nu. Det är bara dig jag visar det för, vilket i praktiken betyder att jag behåller det för mig själv, på samma sätt som jag undviker att dra med mig skit och elände hem till Tom. Jag har svårt att lämna jobbet bakom mig när jag åker hem, för min hjärna går ofta på högvarv, och jag har svårt att koppla bort tankarna på fallet vi arbetar med. Men jag behöver en plats som är normal och oförstörd, och därför försöker jag hålla isär mina båda världar så gott det går.

Allt jag upplever och har varit med om i tjänsten kan jag inte bara skjuta undan och glömma. Vissa saker kommer jag att minnas för alltid. Misshandlade barn, skadade och döda kroppar, stinkande, ruttnande lik, smärta, sorg och förtvivlan... Det är ett skitjobb vi har, och många bryts långsamt ner av det och blir avtrubbade och okänsliga. Det hoppas jag aldrig ska hända med mig. För att motverka det är det kanske bra att jag ger utlopp för min ilska och frustration så här i det tysta och inte alltid håller inne med det jag känner.

42

Jag vågar inte tro på det än, men plötsligt tycks vi stå inför ett genombrott i utredningen. Det är definitivt inte vår egen förtjänst, och perspektivet som öppnar sig är inte roligt. Av två onda ting…

Åh, herregud, Mårtensson, hur kunde jag missa det? Det var ju så hon sa, Hanna, och det var det här hon menade! Hon har misstänkt eller vetat om det hela tiden! Hon har skyddat honom!

Han är gripen och sitter i förhör, men vi tar en sak i taget. Först ska han få förklara av vilken anledning han blev så arg att han hotade att döda sin kompis.

Larmsamtal till LKC
P: Polisen
M: Man

M: Hallå.

P: Hallå. Det här är polisen. Vi har fått ditt nummer här av en kille som säger att du har hotat honom.

M: Jaha.

P: Det är du som är Jonas?

M: Ja, det är jag som liksom har… gjort själva händelsen.

P: Mm. Var är du nu då?

M: Utanför huset.

P: Han säger att du kan vara beväpnad. Stämmer det?

M: Nä.

P: På vilket sätt har du hotat honom då?

M: Jag sa att jag skulle skjuta genom dörren.

P: Du har ett vapen?

M: Jag är inte där längre. Jag har gått ut. Ni kan komma och hämta mig.

P: Var är du nånstans då?

M: Ja, jag är liksom… (ohörbart) närmaste gatan från själva… händelseplatsen.

P: Okej. Och vad har du gjort för nånting?

M: Jag står (ohörbart) här.

P: Ja, men säg vad du har gjort för nånting.

M: Jag har liksom gått emot kompisen med ett vapen.

P: Okej. Vad är det för vapen du har då?

M: Jag har det inte på mig.

P: Vad var det för vapen du använde mot din kompis?

M: Jag bara hotade med det.

P: Är det ett skjutvapen du har eller?

M: Jag hotade i luften liksom.

P: I luften. Var är du nånstans nu då?

M: Jag är, vad ska jag säga, ner mot (ohörbart) på väg mot… eller ner mot… huset där det hela hände liksom.

P: Okej.

M: Ja, närmast första byggnaden efter viadukten står jag.

P: Okej.

M: Jag ser polisbilarna komma… komma under viadukten, så jag står på vägen så dom ser mig när dom kommer närmare.

P: Lyssna på mig, Jonas.

M: Ja?

P: Har du nånting i händerna nu, har du nån form av…

M: Nä.

P: …vapen med dig nu?

M: Nej, jag har ingenting. Bara…

P: Så jag vet att det inte händer några otrevligheter nu
när dom kommer fram till dig.

M: Nä.

P: Häng kvar lite i telefonen bara.

M: Ja.

P: När polispatrullen kommer fram till dig nu…

M: Ja.

P: …då har du händerna i luften och står stilla.

M: Ja.

P: Och du gör precis som dom säger.

M: Ja.

P: Så är jag med dig i telefonen tills du ser dom komma.

M: Ja.

P: Och då släpper du… när du ser dom komma, då släp-
per du allt du har i händerna och håller upp dom i luften.

M: Okej.

P: Hur kommer det sig att det blev så här då, att du ho-
tade din kompis med ett vapen?

M: Det kan jag liksom inte stå här och… Han ville inte
fortsätta spela. Han ville inte att jag skulle vara kvar hos
han liksom. Han sa att han var trött.

P: Ja, det är bra. Ser du polispatrullen?

M: Ja, jag ser från alla håll och så där, men dom kommer
inte mot mig. Dom är väl på väg antagligen. Jag vet inte
om dom har åkt hitåt men det kommer poliser där och…

P: Ja.

M: Det kommer poliser. Jag trodde att dom första skulle
åka hit på en gång men dom… Du har connection med
dom så att dom vet var jag står nånstans, va?

P: Ja, det har jag.

M: Mm.

P: Det har jag. Jag har full kontroll över var dom är nån-
stans i förhållande till dig. Vad har du för kläder på dig?

M: Jag har svarta kläder. Det verkar som att dom åker under viadukten, och sen stannar dom där. Dom åker inte hitåt, mot stället där jag står alltså, utan det verkar som att dom stannar under viadukten.

P: Ser du polispatrullen än?

M: Ja, jag ser att det är tre bilar, och fullt hellyse är det, men dom kommer inte hitåt. Jag går mot viadukten nu, mot ljuset.

P: Ja, gå försiktigt fram mot polispatrullen när du ser den.

M: Ja, det verkar som att dom är samlade kring huset liksom. Det är där dom samlas.

P: Ja, men gå mot polispatrullen där nu bara så…

M: Behöver vi prata nåt mer eller ska jag lägga på?

P: Håll kvar mig i telefonen tills du ser att poliserna kommer.

M: Ja, nu kommer dom. Dom svänger, så då lägger jag ner telefonen.

P: Ja, lägg ifrån dig telefonen och håll upp händerna i luften.

M: Ja, hej då.

P: Hej hej.

Patrik Dahlén

Vi trodde att han var beväpnad, men så var det inte, visade det sig. Han kom oss till mötes med händerna i luften och var foglig som ett lamm. En vanlig tonårsgrabb som hade tjafsat lite med sin kompis bara. Varför det blev så uppförstorat från början vet jag inte riktigt. Vi åkte ut med tre bilar, vilket i efterhand tedde sig ganska onödigt. Men det visste vi ju inte innan. Gripandet skedde i vilket fall helt odramatiskt, till skillnad mot många andra gripanden som jag har varit med om.

Ganska nyligen hade jag och en kollega till uppgift att gripa en misstänkt pedofil och säkra hans telefon och dator. Det var en sjuk jävel som var beredd att betala sextio papp för att få en flicka "mellan noll och sju år" som skulle slicka honom på kuken och gnida underlivet mot hans ollon eller hur fan han nu uttryckte det. Själv ville han slicka henne på "snippan och småtuttarna" och "spruta i snippan". Det visste vi efter tips och dokumentation från en säker källa. Fy faan, säger jag.

Utanför hans lägenhet fick vi klartecken från insatsledaren att gå in, och vi ringde på och gjorde oss beredda. När dörren öppnades klev jag fram, och min kollega anslöt bakifrån. Vi identifierade oss som poliser och försökte omgående få ner honom på golvet. Det var som att man inte ville ta i fanskapet när man visste vilket jävla äckel han var. Men den känslan fick man ju ställa åt sidan.

Han gjorde kraftigt motstånd och höll sin telefon i ett krampaktigt grepp i högerhanden. Till slut lyckades vi få ner honom på rygg, och i det läget kickade han med fötterna mot mig flera gånger. Hade jag varit ensam med honom hade jag fan sparkat upp kuken i halsen på det jävla aset.

För att avgränsa hans rörelseutrymme och minimera risken för flykt försökte vi få in honom i ett angränsande rum. Han höll sig fast i dörrkarmen, och gjorde försök att ställa sig upp, men till slut fick vi över honom på mage med händerna på ryggen och kunde belägga honom med handfängsel.

I samband med tumultet tappade han sin telefon, och datorn kunde vi också ta i beslag efter gripandet. Båda var naturligtvis fulla med skit.

Efter ett gripande eller omhändertagande sker vanligtvis transporten i ett tjänstefordon. När den frihetsberövade ska kliva in i eller stiga ut ur bilen, är det viktigt att vara extra vaksam, eftersom det är vanligt att han just då sätter sig till motvärn eller försöker slita sig loss.

Man placerar honom så långt som möjligt från föraren. Man ser till så att han har säkerhetsbältet på sig. Dels skyddar det vid en eventuell trafikolycka, dels minskar det hans möjligheter att attackera oss. Han ska ha händerna väl synliga, gärna liggande mot låren om han inte är bojad. Det har hänt att personer trots noggrann skyddsvisitation har haft vapen på sig. Med händerna i det läget blir det dessutom svårt för honom att gömma undan eventuellt bevismaterial.

Under transporten måste den frihetsberövade hållas under kontinuerlig uppsikt. Fordonets begränsade utrymmen, som gör att det inte går att inta säkerhetsavstånd, innebär att extra stora krav ställs på den bevakande polisens förmåga. Han måste ha tillräckliga kroppskrafter och annan beredskap för att kunna skydda både sig själv och föraren.

Det har varit tal om att radiobilarna ska utrustas med ett galler eller liknade mellan framsätet och baksätet för att skydda föraren och för att man ska slippa sitta med den frihetsberövade i baksätet. Det är ju en säkerhetsrisk i sig att sitta där, med tanke på hur tvärt folk kan svänga i humöret. I USA sätter man sig *aldrig* i baksätet med en gripen, utan han får sitta där själv medan båda konstaplarna håller sig i framsätet och har det där glaset, eller om det är ett galler, som skydd.

Apropå säkerhet kommer jag att tänka på OC-sprayen som en del av oss har till vårt förfogande i tjänsten. Alla poliser som går utbildningen för att få bära OC-spray får den droppad i ögat för att man ska ha en beredskap på den smärta som kan uppstå vid kontaminering i våldsamma situationer. Smärtan är för jävlig, kan jag intyga. Att döma av artiklar som jag har läst på nätet är det inte hundraprocentigt säkert att sprayen är ofarlig heller. Den är klassad som kemiskt stridsmedel och får inte användas av militär. Dessutom är den förbjuden i sjuttio länder. För en person som har astma eller hjärtproblem kan det vara rent livsfarligt att bli sprayad, har jag förstått.

När man har fått sprayen droppad i ögat under utbildningsövningen ska man försöka agera. Men att dra sitt vapen när man inte ser ett skit känns minst sagt tveksamt. Det första jag tänker på i ett skarpt läge är att vara "säker på mål och omgivning", som det heter, och hur kan man vara det när man är halvblind? Och varför ska man dra vapnet om förutsättningarna för att avfyra det inte finns?

För det andra måste risken att bli av med vapnet vara klart förhöjd i det läget. I alla situationer som polisen tränar för, är det ofta en tämligen passiv gärningsman man har att göra med. Men så ser det inte alltid ut i verkligheten.

En gång har jag upplevt en situation med två ytterst våldsamma och utåtagerande killar som skulle förflyttas och som fick så kallat spel inne i en cell. Vi utrustades med sköldar och hade ASP-batongerna redo men använde OC-sprayen för att förebygga en eskalerande våldsanvändning. Alternativet till sprayen hade varit att använda batonger och sköldar mer offensivt, vilket hade kunnat leda till skador både på killarna och på oss själva. En liten dos spray på betryggande avstånd, och det lugnade ner sig efter cirka fem sekunder, vilket måste ses som mycket effektivt och jämförelsevis humant.

Vid ett annat tillfälle, när vi trodde att gärningsmannen hade en kniv bakom ryggen eftersom han vägrade visa händerna, hade min kollega pistolen framme. Hade jag

inte kunnat spraya busen i det läget hade kollegan kanske
tvingats skjuta honom i stället.

Men med den där tonårskillen var det inga som helst
problem. Under transporten till stationen satt han lugn
och fin bredvid mig i baksätet och höll låda. Det var svårt
att hänga med i hans tankegångar och jag ansträngde mig
inte heller. Att ta emot hans redogörelse för det inträffade
var inte mitt jobb. Det fick andra ta hand om senare.

Alice Holmberg

Jonas är resultatet av en tillfällig förbindelse, och hans far
har aldrig funnits med i bilden. Han vet inte ens om att
Jonas existerar. Jag var trettionio år när han kom till, men
jag funderade aldrig på att göra abort, fast det kanske var
i senaste laget för mig att föda barn.

Och det har inte varit lätt för honom. Som liten hade han
talsvårigheter. Före tvåårsåldern var det inte många ord
han fick ur sig. Men han var pigg och glad, så jag oroade
mig inte så mycket över det. En del barn är ju senare än
andra, och det skulle säkert ordna sig, tänkte jag.

När det var dags för honom att börja skolan var han inte
mogen för det och fick gå ett år extra i sexårsverksam-
heten. I skolan hade han svårt med tal och läsning, och han
fick väldigt lite hjälp. Ordförrådet blev succesivt större,
men han hade en kraftig stamning som inte släppte förrän
han gick i sjuan. Han skaffade sig strategier för att hands-
kas med det, och en strategi var att prata så lite som möj-
ligt. Det tog han igen senare, för nu kan munnen gå på ho-
nom i ett.

Efter trean bytte han skola, och i den skolan blev det an-
norlunda. Han fick kompisar och trivdes jättebra. Men i
sexan blev det besvärligt för honom igen när man började
flytta om i klasserna och vissa av lärarna som hade varit

ett stöd för honom byttes ut.

I sjuan fick han en psykos, och en lång period av bekymmer följde. Det var då han började tända eld på saker. Han sa senare, när han klarade av att sätta ord på det, att han hade en röst inne i huvudet som sa åt honom att göra eld. Han kunde inte tänka bort det hur mycket han än försökte, sa han. Vi pratade ofta om den där rösten, och den blev succesivt tystare för att till slut helt försvinna. Men det tog några år innan den var definitivt borta.

Han blev satt i särskola, och nu går han i särskolegymnasium. Han trivs där och tycker att det är roligt, men det har varit upp och ner med honom hela tiden.

Man kan säga att det finns två sidor av honom – den friska och den sjuka. Den friska är världens snällaste kille. Han är god och glad, tänker på andra, är hjälpsam och allmänt mysig. Den sjuka är osocial och svår att få kontakt med. Det går inte att prata riktigt med honom, och när han ska berätta saker blir han fragmenterad och låst vid vissa tankar. Försöker man hjälpa honom att bryta låsningen blir han upprörd och förvirrad. Men han har aldrig varit våldsam mot människor eller djur, så det som hände hos hans kompis var inte alls så farligt som kompisen och polisen trodde.

43

Det som hände var att Jonas gick iväg till en klasskompis som var ensam hemma och skulle spela dataspel. När kompisen tröttnade på spelet och sa att han skulle gå och lägga sig blev Jonas arg och vägrade lämna huset. Han fick tag i en golfklubba som stod i hallen och hotade kompisen med den. Kompisen, som har en lätt hjärnskada, blev rädd och låste in sig på toaletten. Han fick med sig sin mobil och ringde till polisen medan Jonas stod utanför och skrek att han skulle skjuta genom dörren, precis som han hade sett en av figurerna i dataspelet göra. Sen gick han därifrån. Det här är kompisens version, och den stämmer i stort sett med det som Jonas själv har berättat.

Han har också pratat om Magnus död och sagt saker som har fått oss att reagera. Det var Nygren som gick in som förhörsledare när det gällde hotet mot kompisen, och sen växlade han in på nästa spår och fortsatte med mordet på Magnus.

Förhör med Jonas Holmberg
FL: Förhörsledare Lars-Åke Nygren
JH: Jonas Holmberg

FL: Så där, Jonas, då spelar vi in det på video.
JH: Mm.
FL: Så slipper jag sitta och anteckna. Jag tror inte att man ser din advokat i bild, men han sitter med här i rummet i alla fall. Vi har fått hit en advokat.

JH: Mm.

FL: Ja, nu har vi ju pratat flera gånger om det som hände hemma hos din kompis i fredags.

JH: Ja. Poliserna trodde att jag var farlig. Dom trodde att jag hade en pistol.

FL: Ja. Men nu ska vi prata om det som hände hemma hos din syster när Magnus dog.

JH: Jaha.

FL: Kan du berätta om den dagen?

JH: Jag var helt virrig den dagen. Man kan liksom säga att jag var full och gjorde tokiga saker då. Jag måste nog berätta det för mamma, tänkte jag.

FL: Ja, berättade du för nån om det som hände hemma hos Hanna och Magnus? Berättade du för nån vad det var som verkligen hände?

JH: Nej, det fick ingen reda på.

FL: Kan du ta det från början då.

JH: Det var jättevirrigt uppe i min hjärna då. Man tror alltså att det var störningen i min hjärna som gjorde det.

FL: Gjorde vadå?

JH: Att de hände, liksom.

FL: Man tror, säger du. Vem är det som tror det?

JH: Mamma. Och jag trodde det själv också.

FL: Okej. Vad var det som hände då?

JH: Mamma trodde ju förut att det var nånting som kom upp i min hjärna, och när ni ville ha tag på mig nu, förstod ju mamma att det var nånting uppe i hjärnan igen som gjorde det. Hon vill nog säkert att det ska röntgas som hon brukade säga när jag var sjuk förut. Hon ville kolla om det var nån störning i hjärnan eller nånting som gjorde det och som man kan ta en medicin för istället. Nåt som en läkare kan ta på, och så får man en bra medicin om man hittar felet. Det var ju därför mamma ville att jag skulle åka in på röntgen. Det har jag alltid gjort när det har hänt såna här saker. Speciellt om det är mord, så att man kollar lite extra noga vad som orsakar det. Och mitt hjärta gjorde jätteont och dunkade ganska mycket, sa dom när dom kollade det. Men jag var så virrig då plus att jag hade min psykos kvar uppe i hjärnan. Att jag inte mådde så bra såg ju mamma redan dagen efter. Då ville hon kontakta nån av er, nån polis, och kolla att det stämde, och att vi skulle åka på röntgen direkt efteråt och kolla upp hjärnan så att man skulle få bevis och kunde få hjälp istället. Få stöd och hjälp, det var det mamma ville att vi skulle få, liksom. Att om man är så där sjuk, sa den förra polisen när jag var här och jag hade tänt eld på bilarna, då får man ju åka in och undersökas liksom. Jag hade tagit tändstickor, och på natten brände jag upp dom där bilarna. Så sa dom i förhöret, och då var ju mamma med och berättade att jag var sjuk, och då förstod poliserna det. Jag trodde att jag skulle bli fängslad, men sen när mamma sa att det var en psykos och att jag hade vart på röntgen en dag och att mamma hade skrivit på nåt papper om att jag var sjuk så förstod dom när mamma lämnade det till polisen.

FL: Kan du berätta vad det var som hände den kvällen Magnus dog.

JH: Ja, då precis före var det väldigt mycket stress på mig och jag kunde inte sova så bra och gick upp flera nätter i rad liksom. Att det var ångest och sånt på väg kände jag, och att jag skulle döda nån var det mycket drömmar om då innan. Men om jag fick extra mediciner sa mamma att jag inte skulle få dom tankarna, och så fick jag en extra tablett, men sen när jag inte tog dom där tabletterna blev det som det blev. Det är ju viktigt att ta tabletter så att man inte blir virrig i hjärnan liksom. Det var väl så det startade den här gången också, att det samlades en massa röster uppe i hjärnan och att det kom ut på det sättet. Mamma ville att vi skulle försöka kolla upp det så snabbt som möjligt, men det hann vi inte göra liksom. Vi försökte ringa till en läkare på akuten så att jag skulle få åka in och kolla det, men det hann vi liksom inte göra förrän det var för sent.

FL: Mm. Kan du berätta vad det var som hände då. Vad som hände den kvällen Magnus dog.

JH: Ja, det kan jag göra. Men Tobias har inte berättat nåt, va?

44

Jag har lyssnat på förhören med Jonas och det verkar som att han känner förtroende för Nygren. Han pratar obesvärat på och ger ett öppet, för att inte säga troskyldigt, intryck. Nygren tar det varligt, och än har man inte nått fram till pudelns kärna. Men i slutet av gårdagens förhör sa Jonas plötsligt: *Tobias har inte berättat nåt, va?*

Och där tog det stopp. Nygren fick inte ur honom mer och får avvakta till nästa gång. Är Tobias en kompis, eller kan det vara Hansson han syftar på? Ja, det vet vi som sagt var inte än.

Jag har varit i kontakt med mamma Alice, och hon berättade lite om Jonas uppväxt och om hans svårigheter i skolan. Han har alltid haft problem, men det som hände hemma hos hans kompis kom ändå som en total överraskning för henne, sa hon.

Hanna är sjuk och bor hemma hos mamma för tillfället. Hennes hus är inte avspärrat längre, men hon har inte orkat vara där än.

Josefin går sjukskriven i väntan på rättegång och dom i rattfyllerimålet.

Familjens bekymmer är med andra ord långt ifrån över.

Alice Holmberg

När Hanna släpptes trodde jag att det var över. Aldrig hade jag väl kunna ana att det skulle ta den här vändningen. Och jag har inte kunnat förmå mig att berätta för polisen hur det verkligen var. Men jag minns det tydligt.

Vid tretiden på eftermiddagen märkte jag på Jonas att han var upprörd. När han är orolig har han ett sätt att upprepa samma sak om och om igen, som om han känner att han inte har riktigt grepp om det han vill få fram eller inte blir förstådd av den som lyssnar. Det var så han var den där eftermiddagen. Vi hade varit hos pappa och hjälpt honom städa som vi brukar, och jag vet att Jonas inte är så förtjust i att vara där, så jag borde kanske inte ha tjatat på honom att följa med. Men det gjorde jag alltså, och det ångrar jag nu.

När vi kom hem vankade han bara omkring, och jag kände på mig att han inte mådde bra. Jag frågade om han hade tagit sin medicin, och det hade han, så jag tänkte att han snart skulle lugna ner sig. När han gick in på sitt rum och höll sig där trodde jag att det värsta var över. Senare, när vi åt middag, tyckte jag att han var ungefär som vanligt. Sen gick han tillbaka in på sitt rum, och jag hörde inte mer ifrån honom förrän jag själv gick dit och sa att jag skulle gå över till Hanna och ta reda på varför en ambulans hade kommit dit.

När jag kom in till honom låg han ihopkrupen på sängen med ryggen mot dörren. Han hade tagit av sig tröjan, och när han vände sig om såg jag att han var alldeles rödgråten. I vanliga fall skulle jag ha frågat honom varför han var ledsen, men det gjorde jag av nån anledning inte den här gången, och när han satte sig upp böjde jag mig ner och tog upp tröjan som låg på golvet nästan samtidigt som jag räckte honom en annan tröja som jag snappade åt mig från en stol. Jag såg att tröjan jag höll i var fläckig, men jag undersökte den inte närmare, och när vi passerade tvättstugan på vägen ut stoppade jag in den i tvättmaskinen och startade den. Jag gjorde det helt automatiskt. Samtidigt sa jag till Jonas att jag visste att han hade varit inne på sitt rum hela tiden sen middagen och att inget farligt hade hänt. Jag sa att han var virrig i hjärnan och måste lita på mig. Det visste jag att han skulle göra, för det gör han alltid när han känner sig förvirrad. Han har lärt sig att jag vet bäst och alltid hjälper honom.

Jag har aldrig frågat honom varför han låg så där på sängen och var ledsen, och han har inte berättat det heller, eftersom vi hade kommit överens om att han var hemma och inte visste nånting om det som hade hänt inne hos Hanna och Magnus. Och jag såg honom inte gå ut, och jag såg honom inte komma tillbaka. Men han kunde lätt ha smitit förbi mig när jag var upptagen med annat, och det har jag inte berättat för polisen.

45

Postkodlotteriet meddelar att jag har vunnit en extralott. Vad sägs om det, Mårtensson? Ska jag blidkas igen, eller är det bara en slump, eller är det en högre makt som har bestämt att en storvinst ska tillfalla mig nu när jag inte längre vill vara med?

Som polis har jag lärt mig att inte tro på slumpen, och högre makter har nog viktigare saker än lotterivinster att ägna sig åt, så jag vet inte, jag…

Förhören med Jonas fortsätter. Han har inte direkt erkänt att det var han som dödade Magnus, men han har inte förnekat det heller, och omständigheterna är fortfarande oklara. Han verkar ivrig att få berätta vad som hände, och jag har svårt att tänka mig att han är kapabel att komma med några mer avancerade lögner. Men man kan aldrig veta.

Förhör med Jonas Holmberg
FL: Förhörsledare Lars-Åke Nygren
JH: Jonas Holmberg

FL: Så där, Jonas. Vi håller ett förhör igen, och misstanken är densamma som tidigare och gäller alltså mord. Vi ska hålla ett kompletterande förhör idag, och det vi ska tänka på, både du och jag, är att vi håller oss till sanningen. Som polis måste jag hålla mig till sanningen, och det vill jag att du också ska göra när du berättar saker för mig.

JH: Mm.

FL: Du har sagt att du hade kontakt på Skype med en kille som heter Tobias, och att han var med om det som hände Magnus?

JH: Ja, han var med och planerade det och var med och gjorde det också.

FL: Vad heter Tobias i efternamn?

JH: Det vet jag inte, men han är syrrans förra kille, som hon bodde ihop med innan han kom i fängelse.

FL: Varför kom han i fängelse?

JH: Ja, det var nåt mord som han hade gjort. På syrrans unge gjorde han det.

FL: Så du är bekant med honom sen tidigare?

JH: Ja, jag träffade honom när jag var mindre, typ.

FL: Okej. Vem var det som började med Skype då?

JH: Det var han som startade upp det.

FL: Och när gjorde han det?

JH: Det var när syrran sa att han var ute ur fängelset. Han har ju inte vart hemma hos mig och pratat, för det ville han inte eftersom mamma var där, så vi pratade med varann på Skype. Men jag har raderat han nu. Efter händelsen raderade jag han.

FL: Okej.

JH: Vi hade pratat på Skype och liksom planerat att göra det där brottet på Magnus. Så det var ju inte bara jag som låg bakom det. Han var irriterad på Magnus för att han bodde i hans hus nu, och att han inte fick komma in dit som han ville längre. Att det var Magnus som bodde där nu och var ihop med syrran liksom. Då blev han irriterad och valde att göra det där brottet på Magnus. Så det var inte bara jag som var irriterad på Magnus. Det var Tobias också, för att Magnus var så dryg liksom när vi ville komma in till min syrra och han bara sa nej liksom. Så då bestämdes det att jag skulle mörda han. Jag hade planerat med Tobias att göra det. Tobias sa att vi skulle mörda han, så det var egentligen Tobias det kom ifrån.

FL: Du får ta om det där sista, för jag hängde inte med riktigt. Vad sa du om Tobias?

JH: Ja, att han liksom ville att Magnus skulle dö.

FL: Berätta så mycket som möjligt om Tobias så att jag förstår varför han ville att Magnus skulle dö.

JH: Ja, det var för att jag sa vid ett tillfälle att jag inte fick komma hem med kompisar som jag ville till min syrra för att Magnus var där och ville vara ifred. Tobias hade liksom planerat att göra det för att det var hans hus, och jag hade bestämt också att mörda han. Och han hade skickat sms dagarna före, så jag fick sms att Magnus skulle dö.

FL: Vem var det som skickade sms:et?

JH: Det var faktiskt Tobias som skickade det.

FL: Vad var det han skrev för nånting?

JH: Han skrev alltså "är du beredd att han dör" eller nåt sånt. Magnus visste ju inte att han skulle bli mördad, och det var liksom Tobias som hade gett tipset att han skulle bli det genom att bli slagen med nånting. Mer än så kan jag faktiskt inte säga. Det var egentligen Tobias som var problemet, för jag sa nej dom första dagarna, men så ändrade jag mig. "Okej, vi gör det väl då", skrev jag. Så det var lite jobbigt under den tiden som han skrev till mig. Men jag har inte informationen kvar, för jag har raderat den. Jag var så ledsen över det också att vi hade gjort fel. Kanske inte att han var ledsen, men att jag hade gjort fel. Förstår du eller? Att det var Tobias som låg bakom liksom.

FL: Men då när det händer…

JH: Ja, då skrev Tobias att "nu dödar du han", och då gick jag dit och gjorde det. Så det var ju fullständigt planerat att göra det.

FL: Hur kom det sig att du valde att göra det just då?

JH: Jag vart ju skärrad själv. Om jag inte hade gjort det, och inte hade lyssnat på Tobias liksom, så hade han mördat mig och det ville jag inte för jag ville ha mitt liv kvar gärna. Han skrev att "annars kommer jag och mördar dig om du inte lyssnar på mig". Jag ville inte bli dödad själv, om kanske mamma ville ha mig kvar också. Jag var rädd att Tobias skulle lura ut mig nånstans, kanske ut i skogen, så det vågade jag faktiskt inte göra.

FL: Hur kom det sig att Tobias var irriterad på Magnus?

JH: Det var alltså att han inte fick vara där, och det hade inte syrran nån stenkoll på, eftersom det var Magnus som bestämde. Så jag bestämde att okej, då gör vi det här, för annars hade han mördat mig istället. Det hade inte blivit lika roligt om han hade lurat ut mig i skogen och dödat mig liksom. Jag tyckte att det var ledsamt att han kunde göra en sån där grej mot Magnus, men om inte jag hade gjort det, hade nästan alla blivit dödade. För han är ju vuxen liksom. Han är ju inte ett barn. Så det hade ändå ställt till det för hela familjen att folk hade kunnat dö. Att vi kunde ha dött. Jag var jätteorolig sen. Skulle jag liksom låsa dörren om han kom när jag var ensam hemma alltså, så han inte skulle kunna komma in och slå ihjäl mig? Förstår du då eller? Att jag låste dörren för att jag inte ville bli ihjälslagen av han. Han gjorde ju ett brott som inte var så bra tänkt. Det var inte så bra för alla att han bestämde sig för att göra så där. Sikta in sig på Magnus först, det var droppen liksom. Förstår du alltså att situationen började bli läskig?

FL: Berättade du för nån om hoten?

JH: Nej, det gjorde jag inte, men det var tokigt det som hände att Tobias valde att göra det på det sättet. Att han liksom planerade att döda Magnus. Det hade jag inte väntat mig. Jag blev helt förskräckt när jag fick veta att han ville göra det.

FL: Vad hade Tobias för anledning att vilja se Magnus mördad?

JH: Alltså, vi vet ju liksom inte varför han ville göra det. Det kanske inte bara var att han inte fick komma hem till dom, det kanske var helt andra grejer också. Det har jag ingen aning om faktiskt. Men han finns ju kvar om ni vill prata med han.

FL: Han finns kvar?

JH: Ja, han bor ju kvar som vanligt i sin lägenhet och så. Jag raderade han direkt efteråt, men man kan ju kolla med han, dubbelchecka att det var han som låg bakom brottet.

FL: Du vet var han bor?

JH: Nej, när det var gjort sa han bara "vad bra", liksom och sen tog jag bort han som vän. Jag ville inte vara hans kompis efter det. Jag var jätterädd och ville att nån skulle vara med mig och bevaka mitt hus så han inte skulle komma in och döda oss. Jag var rädd varje dag att han skulle kunna dyka fram och mörda mamma och allting.

FL: Det är ju så här, Jonas, att när du har förhörts tidigare så har du berättat nåt helt annat än det du gör nu. Då har du inte berättat om Tobias. Hur kommer det sig?

JH: Då var jag rädd och försökte skydda han. Jag var så chockad över allting då. Han hade skrivit en massa sms den dagen när jag var hos polisen. Jag fick ju sitta och vänta i stora rummet du vet, i polishuset där man väntar för att ansöka om pass och sånt. Då hade han skickat en massa sms att det var bra att jag hade gjort mordet på Magnus. Och jag förstod inte vad jag gjorde sen, för jag vart helt virrig i hjärnan. Efter att jag tog bort han som vän visste jag inte vad han skulle kunna syssla med. Nu var det ju jag som gjorde mordet på Magnus, men han såg ju att jag hade tagit bort han som vän, så jag var jättepirrig och rädd och kunde inte sova. För jag tänkte att han kunde komma nån dag igen alltså och mörda alla.

FL: Berätta för mig hur ni planerade det.

JH: Ja, planeringen var ju att döda, men det var ju också att Tobias var så irriterad alltså på Magnus innan för att han inte fick komma in. Han kunde inte behärska sig liksom, han gick på tå åt fel håll, och Magnus ville inte att han skulle vara där. När han inte fick komma in vart han väldigt irriterad på Magnus och sa "vad är problemet med Magnus", liksom. Då var han upprörd och kaxig liksom och vi snackade lite om att han ville ha ett mord på Magnus. Han var irriterad på Magnus för att han inte fick vara där, och till slut blev det som en knäck liksom och då gjorde han det där mordet. Jag hade sagt innan: "Du vet att det är mord liksom om du gör det här på Magnus" och ja, han hade fattat allting, men han kunde vara fri sen, tyckte han. Han var så jäkla irriterad på Magnus för en massa andra grejer också, men det ska jag inte ta nu. Han hade samlat på sig en stor irriteradklump liksom, och till slut kunde han inte behärska sig, sa han till mig, och det var liksom det som gjorde att det hände.

46

Hanna ljög när hon sa till mig att hon inte visste att Tobias var ute ur fängelset. Det framgår tydligt i det senaste förhöret med Jonas, när Nygren frågar honom om Tobias:

Nygren: Så du är bekant med honom sen tidigare?
  Jonas: Ja, jag träffade honom när jag var mindre, typ.
  Nygren: Okej. Vem var det som började med Skype då?
  Jonas: Det var han som startade upp det.
  Nygren: Och när gjorde han det?
  Jonas: Det var när syrran sa att han var ute ur fängelset.

Hanna visste alltså om det och berättade det för Jonas innan Magnus mördades. Och ljög hon om det, kan hon ha ljugit om mycket annat också. Det är jag förresten helt säker på att hon har gjort. Frågan är bara om vad och varför.

Jonas anklagar Tobias Hansson för att vara delaktig i mordet. Det är tveksamt om det ligger nånting i det, men Nygren tar det på allvar och har plockat in Hansson till förhör.

Förhör med Tobias Hansson
FL: Förhörsledare Lars-Åke Nygren
TH: Tobias Hansson

FL: Ja, det gäller alltså mordet på Magnus Lager det här, som du är hörd om tidigare.
  TH: Jaha?

FL: Det gäller alltså misstanke om mord.

TH: Skämtar du?

FL: Nej, jag skämtar inte. Vissa uppgifter som vi har fått tyder på att du har med det här att göra.

TH: Om jag är misstänkt får du dra mina rättigheter.

FL: Ja, graden av misstanke som jag delger dig nu är den allra lägsta, som vi kallar "kan misstänkas", vilket kan innefatta i stort sett vad som helst.

TH: Så praktiskt för er då.

FL: Och i det här läget har du rätt att inte yttra dig om misstanken och att inte svara på några frågor. Du är inte heller skyldig att hålla dig till sanningen om du väljer att svara.

TH: Så praktiskt för mig då.

FL: Men du är skyldig att underkasta dig förhöret och stanna här i sex timmar om vi anser att det behövs. Är det av synnerlig vikt, som det heter, att du är tillgänglig för fortsatt förhör, är du skyldig att stanna ytterligare sex timmar.

TH: Jaha.

FL: Och du har rätt till en försvarare och kan lämna önskemål om en, om du har ett namn.

TH: Jaha.

FL: Så vad säger du, Tobias? Hur ställer du dig till misstanken?

TH: Ja, vad skulle du själv säga om du plötsligt fick en slägga i skallen?

FL: En slägga?

TH: Ja. Va?

FL: (tystnad)

TH: Va?

FL: Så vad säger du?

TH: Om vadå?

FL: Om brottsmisstanken.

TH: Den behövde jag ju inte uttala mig om, sa du.

FL: Nej, men du har kanske en kommentar ändå?

TH: Ja, då säger jag att det är helt åt helvete.

FL: Och vad vill du säga med att det är åt helt åt helvete?

TH: Ja, vafan tror du?

FL: Du förnekar brott?

TH: Ja, det kan du ge dig fan på. Så det här kommer du att få jävligt svårt att bevisa. Och nån försvarare behöver jag inte, eftersom jag inte har gjort nånting.

FL: Okej. Då har jag en fråga här som jag har ställt till dig tidigare, och det är vad du gjorde den där kvällen när du påstår att du…

TH: Det har jag redan svarat på.

FL: Ta det igen.

TH: Jag var hemma. Jag kom hem vid sjutiden och sen var jag hemma hela kvällen.

FL: Men vittnet som du åberopar, tjejen som du påstår att du mötte i trappan, hävdar bestämt att hon inte såg dig.

TH: Då är hon väl blind då. Eller också ljuger hon.

FL: Varför skulle hon ljuga om det?

TH: Ja, inte fan vet jag,

FL: Är du bekant med en kille som heter Jonas Holmberg?

TH: Nej, inte vad jag vet. Vem är det?

FL: Det är Hanna Holmbergs bror.

TH: Jaha. Och?

FL: Minns du honom?

TH: Svagt.

FL: Ja, han var väl inte så gammal vid den tiden.

TH: Nehej.

FL: Och nu är han sjutton.

TH: Ja, tiden går, du.

FL: Ni måste väl ha träffats en del på den tiden ändå? Ni bodde ju grannar?

TH: Ja, än sen då? Han kom väl över ibland, men det är inget som jag har lagt på minnet.

FL: Har du haft kontakt med honom nånting på senare tid då?

TH: Nej, vafan skulle jag ha haft kontakt med honom för?

FL: För att få koll på Hanna kanske?

TH: Och vafan skulle jag ha koll på henne för?

FL: Vad minns du om Jonas?

TH: Att han var en liten efterbliven skitunge.

FL: Hur då?

TH: Varför snackar du om honom hela tiden? Vad har han med det här att göra?

FL: Han påstår att du tog kontakt med honom en tid före mordet på Lager.

TH: Va?

FL: Och att det var du som kom med idén att han skulle mördas.

TH: Men för helvete!

FL: Och att ni planerade och genomförde mordet tillsammans.

TH: Och det jävla skitsnacket sväljer ni?

FL: Det stämmer inte, menar du?

TH: Nej, så fan det gör! Hur fan kan ni lyssna på vad en sån där liten skit fantiserar ihop!

FL: Ja, nu är han alltså inte så liten längre och…

TH: Det är för fan helt åt helvete!

FL: Ja, du säger det. Men vad skulle han ha för anledning att hitta på en sån sak då?

TH: Det får du fråga honom om. Jag har inte träffat den skiten sen han var liten, och vad som rör sig i hans förvirrade jävla hjärna kan jag inte uttala mig om.

FL: Du tror att han är förvirrad?

TH: Ja, det är enda förklaringen om han påstår att jag har med mordet att göra. Det är helt åt helvete alltså, och det borde du också fatta om du inte är helt jävla hjärndöd.

47

Holth har varit ute på en liten resa. Att det var en flygresa visste jag redan innan han började prata med mig, men det låtsades jag inte om.

Det var skönt att komma ifrån ett tag. Amsterdam är en skit-fin stad. Dit borde du åka nån gång!

Gick det bra med bytena då?

Vilka byten?

Tågbytena.

Jag flög så klart.

Flög *du?*

Ja, har du problem med det?

Ja, det lär vi ju få allihop till slut.

Tror du på den där jävla skiten?

Vilken skit?

Om klimatförändringarna.

Tycker du att vetenskap är skit?

Ja, jag kommer i alla fall inte att sluta flyga bara för att några jävla miljömuppar har fått för sig att börja domedagspredika.

Nej, det finns det ju inga förutsättningar för.

För att förstå och göra det rätta måste man ha lite vett och intelligens i skallen, och det har inte han, menade jag. Av samma anledning är det tveksamt om han kopplade att det var det jag antydde.

Att ett pucko som Holth fortsätter att flyga är inte särskilt förvånande, men att till synes helt normala människor, i fullt medvetande om det katastrofala läget, väljer att göra det, är totalt jävla obegripligt för mig, Mårtensson!

När jag förhör en misstänkt börjar jag alltid respektfullt och förutsättningslöst, men det kommer alltid till en punkt i varje förhör eller utfrågning när jag förlorar respekten för den jag har framför mig och måste flytta ner vederbörande några pinnhål på min rangskala. Det är det jag måste göra med helt vanliga människor nu när deras egoism och ansvarslöshet avslöjas. Folk är inte värda mitt förtroende och min respekt längre. I vissa lägen har jag all möda i världen att dölja mitt avståndstagande. Det är tur att jag inte har så stort behov av andra människor, för hade jag det skulle jag väl hamna i en olöslig konflikt. Nu kan jag bara dra mig undan ytterligare några steg, och det blir ingen större skillnad för mig.

Hansson fortsätter att neka till all inblandning i mordet på Lager. Nygren har pratat en gång till med tjejen som Hansson påstår att han mötte i trappan utanför sin lägenhet mordkvällen, och hon står fast vid att hon inte såg honom vid det tillfället. Ljuger han är det lite underligt att han drar in en så gott som obekant person och förväntar sig att hon ska ge honom alibi. Om han genom sitt tvärsäkra påstående hoppades göra henne osäker så har han inte lyckats, och i våra ögon är naturligtvis hennes utsaga mer trovärdig än hans.

Och Jonas berättar så frejdigt om hur han och Hansson hjälptes åt att ha ihjäl Magnus. Jag vet att frejdigt är ett konstigt ord i sammanhanget, men det är så han känns när man lyssnar på honom. Han är ingen sannolik mördare, kan jag säga, medan Hansson är en stor skit som redan har gjort sig skyldig till ett kallblodigt mord.

Förhör med Jonas Holmberg
FL: Förhörsledare Lars-Åke Nygren
JH: Jonas Holmberg

FL: Berätta bara precis som det har gått till. Jag vill att du berättar sånt som verkligen visar att du har gjort detta. Förstår du?

JH: Mm.

FL: Sånt som visar att det kan stämma med saker som vi har sett i huset. Förstår du?

JH: Ja, det började liksom med att Tobias bara tjatade på mig hela tiden.

FL: Vad var det för tjat?

JH: Ja, det var ju tjat om att Magnus skulle dö. Tobias skrev det på Skype flera gånger, som jag svarade på, och hade jag liksom inte gjort det där brottet mot Magnus så hade vi kanske båda två blivit mördade. Jag vet inte hur Tobias hade planerat att göra det, men jag ville ju ha mitt liv kvar, så det var jätteläskigt alltså, det var ju som ett hot, för annars skulle jag och Magnus ha dött båda två. Tobias hade väl kommit in i så fall när mamma var borta, när jag var ensam hemma, och dödat mig. Så jag var ju jätteorolig själv också att jag skulle dö. Jag visste inte vad jag skulle säga för kommentar liksom, för jag ville inte dö själv. Och mamma hade inte fattat nånting, för jag hade inte sagt till henne nånting om det som hade hänt. Men Tobias var jävligt irriterad på allting, och det förstod ju mamma också, så jag skulle ha sagt det redan då, när mamma undrade vad det egentligen var som hade hänt. Hon undrade om det verkligen var jag och Tobias som hade gjort nåt, för hon kände ju på sig det.

FL: Så din mamma frågade vad som hade hänt?

JH: Ja, hon frågade först, för att jag var lite virrig dagen efter. Jag hade nyss vaknat och då förstod hon och sa "ska du ta en tablett nu", sa hon, för hon såg på mig att det var nånting, att det hade hänt nånting, och då hade hon misstänkt Tobias också eftersom han också var där precis när det hände. Hon förstod att det hade hänt nåt, men den detaljen ville hon inte komma in i. Hon ville inte ringa upp och säga till polisen att det var Tobias som hade mördat Magnus, för då hade ju jag också fått det. Men jag skulle ha sagt det då när mamma satte sig vid köksbordet och utredaren skulle göra en anmälan om brottet till polisen. Hon fick syn på Aftonbladet också, och "herregud" liksom sa hon då. Och så skulle det utredas att nån liksom hade dödat Magnus eftersom det stod i tidningen.

FL: Berätta från början vad det var som hände när du och Tobias gick hem till Hanna och Magnus.

JH: Ja, det var vid sju alltså, som det smällde, för då kom Tobias hem till mig. Eller inte hem, för vi träffades ute på vägen, och då bestämdes det att han skulle göra mordet på Magnus som man inte hade väntat sig liksom. Då gick vi till syrran och gjorde det. Vi gick förbi lekparken, lilla lekparken, och följde grusvägen under några lönnar och en massa buskar, och sen väntade vi cirka fem minuter framför dörren innan vi skulle göra mordet. Då funderade jag liksom på om vi verkligen skulle göra det, för det kändes ganska farligt. "Men det är ju Magnus, han är fett kaxig", sa Tobias, så sen gjorde vi det. Jag gick in först och tog hammaren i handen, och sen tog Tobias den och slog på Magnus för att han skulle dö eftersom han tänkte på att han inte fick vara där längre med syrran. Men sen vart jag ledsen för att Tobias hade gått fram och mördat Magnus utan nån anledning. Fast det var ju den där anledningen som jag sa, och egentligen ska ni ju prata med Tobias om det, för varför skulle jag döda Magnus liksom.

FL: Berätta exakt vad som hände. Beskriv slagen, beskriv allting som hände inne i huset.

JH: Ja, tre, fyra slag var det på Magnus, och han satte sig ner och sa "vad gör ni" liksom och så där, "försöker ni slå ihjäl mig" liksom sa han innan han dog, och det räckte nog med bara tre slag kom jag på för han fick ju blödning ganska fort. Tobias har gymmat och sånt, han var ju ganska stark i armarna liksom, och sen efter det så slog han dom där slagen, för han var ju ganska kraftig i handen liksom.

FL: Berätta igen från början hur ni gjorde.

JH: Ja, jag skulle gå in först, sen skulle Tobias komma, och jag gick försiktigt och Magnus hade ju svårt att höra för att han höll på och dunkade med hammaren. Det var därför han inte hörde nåt, det var därför mordet funkade att göra, eftersom han inte hörde nånting när vi kom in och skramlade. Om han hade märkt oss hade vi inte kunnat göra det, för då hade han nog inte lagt ifrån sig hammaren på golvet så vi kunde ta den, och sen slog Tobias tre, fyra slag. Magnus märkte kanske lite på första, men om man får ett slag uppe i hjärnan så där jättehårt tänker man ju inte så bra, då blir man ju jävligt snurrig alltså, och det var då när han vände sig om som jag slog till han.

FL: Var träffade det första slaget nånstans?

JH: Det var här vid örat, ovanför örat. Vilken sida det var på vet jag inte men jag såg att det var vid örat. Magnus vände sig om och då kunde vi göra det, då hade vi bra läge att göra det. Om han hade hört oss hade vi inte lyckats göra det. Om man inte hör bovar eller tjuvar som kommer in blir det väldigt svårt, och vi gjorde det precis när han hade vänt sig om.

FL: Okej.

JH: Jag slog han med en gång, ett slag, och så tog Tobias hammaren av mig och slog ihjäl han sen. Han var sur för att han inte fick vara där längre, och när Magnus satt där och spikade tänkte Tobias på det, att Magnus fick vara där istället med syrran, och sen slog han ihjäl Magnus på det viset att han tog hammaren i min hand och slog han i skallen.

FL: Du slog ett slag först, säger du.

JH: Ja, jag ville inte slå hårt, jag ville bara slå ett slag.

FL: Du ville bara slå ett löst slag?

JH: Ja, för jag ville inte att han skulle dö.

FL: Nej. Hur kom det sig att du slog ett slag på Magnus?

JH: Eh… det var Tobias som sa att jag skulle göra det. "Kan du inte slå ett slag", sa han, "så slår jag resten." Jag ville faktiskt rädda han, men det gick inte för han var alldeles för skadad då redan, och sen kom Tobias och slog ner han på fyra, fem slag så han blev död. Det var ju därför det kom så mycket blod, för att han tog i av all kraft liksom, och han är stark, han gymmar ju och sånt, som inte jag gör, och det var väl därför det kom så mycket blod då när han slog. Och Magnus fattade ingenting, för om man får en smäll uppe i hjärnan bryr man sig liksom inte om vem som har gjort det, man blir ju väldigt irriterad om man får ett slag i hjärnan, för då slutar ju hjärnan liksom fungera och man kan inte tänka så bra. Och jag tror att Tobias slog rätt, jag tror att han prickade hjärnan.

FL: Okej.

JH: Om ni vill veta det liksom, eftersom Magnus inte fattade nånting. Han var ju jättevirrig då faktiskt.

FL: På vilket sätt märkte du att han var virrig?

JH: Ja, han märkte inte ens att jag var där alltså, att jag stod bredvid och kollade. Jag vet inte var jag stod, men jag stod i alla fall i närheten av Tobias.

FL: Du sa att du slog ett slag?

JH: Mm.

FL: Och vilken position hade Magnus då? Alltså hur var hans kropp, om du förstår hur jag menar.

JH: Den låg inte ner, för han stod på knä då liksom.

FL: Han stod på knä?

JH: Ja, och sen försökte han resa sig upp, men det var ju inte så lätt när Tobias kom och slog, för då dog han helt. Och då la han sig ner på golvet.

FL: Men då när du slog Magnus, låg han, stod han, satt han eller hur var han då när du slog ditt slag?

JH: Ja, då satt han lite grann.

FL: Och var satt han då?

JH: Då satt han på knä nere vid golvet liksom. Men när Tobias kom, då vart det ju körigt. Så det slutade på det sättet, och sen ville han ha nån att skylla på. Han brukar ju skylla på nån så där, han gör ju det i spelet också, och det är bara mig han skyller på. Så egentligen ska ni prata med Tobias och inte med mig, för det är fel person som ni har tagit liksom, för varför skulle jag göra ett mord på Magnus, det verkar ju jäkligt konstigt alltså.

Isabella Bondesson

Killen det gäller bor i samma trappuppgång som mina föräldrar. Tidigare var det en äldre kvinna som bodde i den lägenheten, men henne har mina föräldrar inte sett till på länge, och nu är det han som bor där istället.

Kvällen när läraren blev mördad var jag på besök i huset, och då råkade vi mötas i trappan, vilket vi hade gjort flera gånger tidigare. Han hejade på mig, och medan jag gick neråt fortsatte han en trappa upp. Jag hörde att han låste upp dörren till sin lägenhet och gick in och stängde. Då var klockan prick sju.

Det visade sig att det var bara jag som kunde intyga att han var hemma just då, och att han hade uppgett mig som vittne till polisen. Han var misstänkt för att ha dödat sin ex-tjejs sambo, och det förstod jag alltså att han inte kunde ha gjort eftersom han bevisligen var hemma när mordet skedde. Men hur han i sin vildaste fantasi kunde inbilla sig att jag skulle ge honom alibi efter det som hade inträffat veckan innan, fattade jag inte. När vi möttes i trappan hejade han som om ingenting hade hänt, medan jag fick en chock bara av att se honom. *Hejsan*, sa han och log. *Läget?* Ja, vafan tror du? tänkte jag. Fattar du inte vad du har gjort, ditt jävla as? Är du helt jävla körd?

Att jag inte anmälde honom berodde på att jag skämdes och tyckte att jag delvis hade mig själv att skylla. Men att jag skulle göra honom en tjänst genom att ge honom alibi var helt uteslutet. Jag visste att han var oskyldig till mordet, men han var inte oskyldig till det han hade gjort mot mig, och om jag inte gav honom alibi skulle det kanske trassla till sig lite för honom i alla fall, tänkte jag. Så jag ljög för polisen och sa att jag absolut inte hade sett honom i trappan mordkvällen. På sätt och vis var det sant, för jag kunde knappt förmå mig att titta på honom när vi möttes. Innan hade jag tyckt att han var snygg, men efteråt kände jag mig bara äcklad av hans utseende.

Eftersom jag kände igen honom till det yttre, och han mig, var jag inte på min vakt mot honom på samma sätt som jag skulle ha varit om han hade varit en total främling för mig, och det bidrog säkert till att det blev som det blev när vi träffades på krogen veckan innan. Plus att jag var så enormt full. Jag minns att jag inte hittade till toaletterna när jag behövde gå dit, fast jag hade varit där flera gånger tidigare och borde ha kommit ihåg hur man gick. Jag fick fråga personalen, och sen blev jag osäker på om jag hade hamnat på damernas eller herrarnas. Jag var yr och vinglig, och när jag såg mig i spegeln var jag så slapp och ful i ansiktet att jag lipade åt mig själv. Det syntes hur full jag var, och det kändes som att jag inte kunde skärpa mig.

Jag var ute med några tjejkompisar, och Tobias, som jag fick veta senare att han hette, såg jag bara skymten av då och då under kvällen. När vi skulle åka hem och hade ringt efter en taxi och stod utanför och väntade på att bilen skulle komma, stod han också där och väntade på sin, och då hejade vi och pratade lite.

Det råkade bli så att hans bil kom före vår, och när den hade stannat vid trottoarkanten öppnade han bakdörren och föste in mig i baksätet. Jag kom mig inte för att protestera och tänkte lite slött att det väl var okej att vi delade på taxin. Jag minns att han frågade om jag skulle till gatan där mina föräldrar och han själv bor, men hem till honom ville jag inte, och jag skyndade mig att säga till chauffören vart jag skulle innan Tobias hann säga sin egen adress.

När bilen hade satt sig i rörelse försökte han kyssa mig. Jag kände hans mun mot min, och det var inte som att han bara ville ge mig en liten puss, utan han försökte kyssa mig våldsamt med tungan. Jag blev jätteförvånad eftersom jag inte hade sett det komma. Det låg inte i luften, för det var ingen flirtig stämning mellan oss och hade inte varit innan heller. Jag reagerade med att rygga tillbaka eftersom jag inte hade minsta lust att kyssa honom.

Tobias satt tätt intill mig, och plötsligt drog han upp mig i sitt knä. Jag tänkte på att det var trafik och att jag borde ha säkerhetsbältet på mig, och jag tänkte på mina strumpbyxor som frasade mot hans byxor och riskerade att gå sönder. Han tafsade på mig och tog ett hårt tag om mitt hår och kysste mig. Jag hade håret utsläppt, och han samlade ihop en del av det i handen och drog mitt huvud bakåt och kysste mig på halsen. Jag halvlåg mot hans axel och såg gatlyktorna glida förbi utanför och tänkte att det han gjorde inte var okej, men jag var så full att jag inte orkade protestera.

När vi kom fram betalade han för taxin innan jag hann göra det själv. Jag fattade inte varför, eftersom jag tog för givet att han skulle åka vidare. Men när jag klev ur bilen gjorde han också det. Jag borde naturligtvis inte ha öppnat porten när han stod intill mig, men det gjorde jag, och han följde efter mig in. Jag tror inte att jag ifrågasatte med ord att han var med, men i hissen tänkte jag att han skulle vilja ha sex med mig och att jag skulle bli tvungen att vara tydlig med att jag inte ville och avstyra det och få honom att gå. Det var väl dumt, men jag kände som att jag inte ville ta den diskussionen ute i trapphuset utan vänta med att göra det tills vi hade kommit in. Jag var fortfarande väldigt full och hade svårt att tänka rationellt. Jag vet att jag frågade honom om ingen väntade på honom hemma, men det var lugnt, sa han, och jag sa att jag hade en kille men att han var bortrest och att jag inte ville vara otrogen.

Jag bad honom gå, men det gjorde han inte. Han bara log mot mig på ett hånfullt sätt, så att det kändes som att han inte tog mig på allvar, och det fick mig att känna mig maktlös och dum. Jag hörde att jag sluddrade när jag pratade, och jag kände att jag behövde dricka vatten och gick till köket.

När jag stod vid diskbänken kom han upp bakom mig och drog mig i håret. Han tryckte ner mitt huvud mot diskbänken och bet mig i nacken. Sen drog han ner dragkedjan i min klänning och klädde av mig. Allting snurrade och jag minns att jag försökte fixera blicken vid avloppshålen i diskhon medan vi stod där. Sen tog han ett nytt grepp om mitt hår och drog mitt huvud bakåt så att min hals kom upp och började nafsa och bita mig. Jag blev rädd och fick en känsla av att jag inte hade en chans, och i och med det släppte jag taget om hela situationen och lät bara allting hända.

Köksdelen är precis bredvid sängen, och han drog ner mig på sängen och fortsatte att nafsa och suga på min hals. Jag sa att det blev märken och gjorde ont och bad honom sluta. Då skrattade han hånfullt och sa att jag ju ändå inte skulle träffa min kille på länge.

När han tog av sig byxorna och kalsongerna insåg jag att han skulle försöka komma in i mig, vilket jag absolut inte ville. Jag var väldigt rädd och förvirrad eftersom han var så dominant. Jag lyckades ta mig upp från sängen och sa att jag inte tar preventivmedel och att jag inte ville riskera att bli gravid. Sen gick jag till badrummet och låtsades leta efter kondomer fast jag visste att jag inte hade några. Jag tänkte att om det inte fanns några så skulle han förstå att det var lönlöst och gå sin väg. När jag kom tillbaka sa jag att jag inte kunde hitta några kondomer och att för mig är kondom en grundförutsättning vid tillfälligt sex.

Men han lyssnade inte. Han tog tag i mig och drog ner mig på sängen igen och sa att det gjorde detsamma eftersom han inte skulle komma. Sen trängde han in i mig. Efter en stund verkade det som att han blev frustrerad och arg. Jag försökte avbryta händelseförloppet flera gånger, men varje gång tog han tag i mig, drog mig i håret eller bet mig för att visa att han var fysiskt starkare. Innan han gick stack han demonstrativt in fingrarna i mig, både vaginalt och analt. Det var inget sexuellt i det utan en ren maktdemonstration. Sen sköljde han av handen i köket, torkade sig och gick.

Jag låg kvar i sängen tills jag hörde honom åka ner i hissen. Då gick jag upp och låste. Mitt hår var tovigt och jag kände mig öm i nacken och ryggen där han hade bitit mig.

Sen tog jag sömnmedicin och somnade.

När jag vaknade hade jag ångest och försökte kämpa emot paniken. Jag gick upp och duschade, men jag vågade inte se mig i spegeln och ville helst inte ta i mig själv. Mitt hår var tovigt, och jag försökte reda ut det med fingrarna och med balsam. Ganska mycket hår hamnade i golvbrunnen, och det såg så äckligt ut att jag inte kunde förmå mig att ta upp det.

När jag tänkte på det som hade hänt kände jag extrem skam eftersom det var så omdömeslöst av mig att dricka så mycket som jag hade gjort. Jag ville inte att det hemska och skamliga skulle komma ut, och jag visste att jag aldrig skulle orka gå igenom en rättsprocess.

Det skulle kanske ha stannat vid det, om inte polisen hade hört av sig om hans alibi. För då kände jag hur arg jag var, och att min ilska mot honom var större än min skam över mig själv. Även om jag delvis hade mig själv att skylla så våldtog han mig, och det skulle han inte få komma undan med, tänkte jag och bestämde mig för att polisanmäla honom. Men nu när han är misstänkt för mordet på den där läraren behöver jag kanske inte göra det ändå. Det är ju bättre att han blir dömd för mord än våldtäkt, och troligtvis har jag inte en chans att sätta fast honom för det han gjorde mot mig efter så här lång tid. Men klarar han sig från mordet kommer jag att tänka ett varv till, för nu känner jag att jag absolut inte kan låta honom slippa undan. Jag ska ta reda på vem han är, och vad han har gjort tidigare här i livet, och sen ska han få vad han förtjänar.

48

Trots att Nygren mer än gärna skulle vilja ha en anledning att sätta dit Hansson och få honom inburad igen, kan han inte blunda för sina tvivel på Jonas trovärdighet. Och det finns ingen som helst bevisning mot Hansson. Hur tog han sig till exempel till Hannas hus mordkvällen? Han har ingen bil, ingen cykel, motorcykel eller moped, och han har inte åkt taxi eller buss. Att han gick till fots en halvmil är möjligt men inte troligt. Ingen har sett honom vare sig på väg dit eller därifrån. Och den påstådda Skypekontakten med Jonas finns det inte ett spår av. Psykologiskt sett är det inte heller troligt att en typ som Hansson skulle slå sig ihop med en kille som Jonas för att få ett mord utfört. Det håller helt enkelt inte, och det är Nygren fullt medveten om och beredd att ta konsekvenserna av. Hansson kommer att släppas och Jonas kommer att ensam ställas till svars för Magnus död.

Förhör med Jonas Holmberg
FL: Förhörsledare Lars-Åke Nygren
JH: Jonas Holmberg

FL: När vi har pratat med varann tidigare, Jonas, så har du berättat att du var påhejad av nån som heter Tobias.

JH: Mm.

FL: Och att han var med på det du gjorde.

JH: Mm. Det var så att det slutade illa för Magnus och Tobias som hade gjort det där mordet på han. För när polisen kom till han hade han inte berättat nånting om att han var med liksom. Dom hade ju varit hemma och pratat med han. Jag kände liksom inte till det i första förhöret. Men polisen har varit hem till Tobias, va?

FL: Ja, det är som du säger, att vi har pratat med honom. Och han var inte med om mordet på Magnus, säger han. Han känner inte till nånting om det.

JH: Det var i alla fall han som kom med tipset.

FL: Men han säger att han inte har haft nån kontakt med dig. Att han inte har haft kontakt med dig sen du var liten.

JH: Ja, då vet jag inte. Om han har glömt bort det då antagligen. Han kan faktiskt ha glömt bort att han skickade sms till mig.

FL: Eller kan det vara så, Jonas, att det här att Tobias var med, inte är sant?

JH: Nej, det kan det vara.

FL: Vad sa du?

JH: Det kan det vara.

FL: Vad kan det vara?

JH: Inte sant.

FL: Det är inte sant att Tobias var med om mordet på Magnus?

JH: Mm.

FL: Det var du ensam som gjorde det?

JH: Mm. Det hade väl varit bra att berätta det innan det hände.

FL: Ja, det är jätteviktigt nu Jonas, att du berättar så detaljerat som möjligt hur alltihop gick till.

JH: Mm.

FL: Du måste berätta så noga du kan, för annars förstår jag inte.

JH: Mm. Det var nånting vid sjutiden. Då gick jag helt enkelt in till syrran och mördade Magnus med en hammare. Alltså, han hade en hammare som jag tog. Den var ganska stor och tjock. Jag skulle gå in och prata lite och fråga om jag fick vara där ett tag, men det ville han inte, och då tog jag hammaren och slog han i skallen. Det blev att jag slog tills han dog och ramlade ner i golvet. Och det kom mycket blod. Han förlorade mycket blod, och han skrek hjälp och sånt alltså. "Varför gör du så här" och "nej Jonas, vad gör du, försöker du ha ihjäl mig", sa han liksom. Och sen gick jag därifrån och hem. Jag gick till mitt rum, och sen ville jag gå tillbaka och säga förlåt, men det gick ju inte att göra eftersom han var död. Jag försökte minnas vad han hade gjort alla gånger. Tänkte till lite där. Och sen tänkte jag ringa faktiskt och kolla om han levde, men det gick inte eftersom han var död. Och sen sa dom i ambulansen att dom inte kunde göra nåt åt det eftersom han var tillräckligt skadad. Det slutade med att han dog, och syrran blev jätteledsen och alla tyckte att det var fruktansvärt det som hade hänt liksom. Jag hade inte väntat mig att göra den där attacken på han. För det blev ju som en attack att jag gick in och gjorde så där utan att han visste nåt i förväg. För man brukar ju kalla det attack alltså när man går in och mördar nån på det viset med en hammare. Ja, det behöver ju inte vara en hammare, men att man… Det räcker med att man slår typ tre gånger så är han död, eftersom skallen inte klarar av såna smällar. Så han dog då, och det är väl allt jag har att säga ungefär.

FL: Jag förstår. Och nu behöver jag ställa några frågor till dig om det som hände.

JH: Mm.

FL: Och en fråga som jag har är om du hörde några ljud när du kom in i huset.

JH: Ja, jag hörde en dammsugare, men det tänkte jag liksom inte på, att syrran var däruppe och dammsög tänkte jag inte på, för jag bara gjorde det liksom, när han sa att han var upptagen och inte ville att jag skulle vara där.

FL: Han sa att du inte fick vara där.

JH: Ja, han höll på och spikade nånting och hade inte tid med mig, sa han.

FL: Berätta om hammaren som du slog med.

JH: Ja, det var Magnus hammare som han hade när han höll på och spikade nere vid golvet. När jag kom in såg jag hammaren på golvet, och den var jättebra att slå med för den var ganska tjock. Den var inte som en liten hammare i alla fall. Och att jag tog hammaren var för att jag vart irriterad på Magnus när han inte ville ha mig där. Jätteirriterad vart jag. Så jag slog han med hammaren, och det kom så mycket blod på den så att jag fick skrubba och skölja av den sen.

FL: Var skrubbade och sköljde du av den nånstans?

JH: I köket.

FL: I deras kök?

JH: Ja, i syrrans och Magnus kök.

FL: Varför gjorde du det?

JH: För att det hade kommit så mycket blod på den och för att det inte skulle vara fingeravtryck på den.

FL: På vilket sätt skrubbade du den?

JH: Jag gned den med en svamp.

FL: Vad gjorde du med den sen? Vad gjorde du med hammaren när du hade rengjort den?

JH: Torkade den och slängde den på golvet i hallen.

FL: Så då höll du i handtaget igen?

JH: Nej, jag hade handduken om, som jag hade torkat den med, och lät den bara glida ur liksom.

FL: Och vad gjorde du med handduken sen du hade låtit hammaren glida ur?

JH: Tog med den hem och slängde den i tvättkorgen.

49

Jag tycker nästan synd om Jonas. Han anstränger sig för att vara till lags, men det är som om han inte riktigt får grepp om det han vill ha fram. Nygren låter honom prata på utan att ställa särskilt många frågor. Han bedömer att Jonas är den sortens kille som antagligen skulle försöka anpassa sina svar efter det han tror att förhörsledaren är ute efter och väljer därför att lyssna på hans utläggningar för att om möjligt kunna vaska fram det substantiella i efterhand. Jonas vet vad han har gjort, men han förstår inte den fulla innebörden i det. Han är som ett barn, och det är väldigt sorgligt att det skulle behöva bli så här.

Förhör med Jonas Holmberg
FL: Förhörsledare Lars-Åke Nygren
JH: Jonas Holmberg

FL: Berätta igen för mig vad som hände den där kvällen, Jonas. Vi har pratat om det tidigare, men jag vill att du berättar det en gång till.

JH: Ja, det hände väl ganska stora grejer då.

FL: Mm. Berätta om det igen. Vad hade du för tankar innan?

JH: Nej, då hade jag inga speciella tankar liksom. Det hände ju vid sju ungefär. Men det började väl vid tre redan, tror jag, med tankarna.

FL: Och vad var det för tankar du hade då?

JH: Det var dom där mördartankarna. Inne i hjärnan,

liksom. Jag var helt virrig och ville döda mig själv till slut. Sen som det blev så vart det Magnus istället.

FL: Hur gick du… berätta hur du gick från din bostad till Magnus hus innan det hände.

JH: Jag gick genom skogen så ingen skulle se mig, där bakom, du vet. Sen gick jag tvärs över vägen, det bästa för att folk inte skulle se mig. Sen gick jag runt till framsidan och låste upp dörren och kom in till dom och mördade Magnus. Så det började på det sättet.

FL: Du hade en nyckel till deras hus med dig?

JH: Ja, det hade jag, ifall ingen skulle öppna.

FL: Hände det ibland att ingen öppnade när du kom?

JH: Ja, ibland om ingen hörde eller ingen var hemma.

FL: Okej. Du gick alltså dit med nyckeln med dig och låste upp. Du ringde inte på först?

JH: Nej, när jag kände att dörren var låst låste jag bara upp.

FL: Mm. Såg din mamma att du lämnade ditt rum och gick ut?

JH: Nej, hon såg inget.

FL: När du kom tillbaka då?

JH: Nej, inte då heller. Jag såg i alla fall inte henne.

FL: Och så gick du in i huset och slog Magnus. Med vilken ände på hammaren slog du?

JH: Med knoppen. Inte med den sidan som man drar ut spikar med.

FL: Nej, okej. Och hur… kan du beskriva rörelsen som din hand så att säga gjorde när du slog.

JH: Ja, det var så här. Det gick snabbt.

FL: I ett förhör har du sagt att Magnus sa vissa saker då när du slog.

JH: Vad menar du då?

FL: Ja, du har sagt i ett förhör att då när du slog så sa

Magnus vissa saker.

JH: Jaså det. Ja, han sa "försöker du döda mig" när han låg där nere, eller "försöker du slå ihjäl mig" liksom hörde jag bara då. Det var det jag hörde.

FL: Okej. Och vad sa du då?

JH: Då svarade jag inte på det.

FL: Nej. När Magnus sa det, hur många slag hade du slagit då?

JH: Ett slag.

FL: Mm. Berätta igen hur du gjorde så detaljerat som möjligt, för jag vill bli övertygad om att det är du som har gjort det.

JH: Ja, jag tog hammaren som låg på golvet lite bakom han, och då när han vände sig lite om så slog jag till han.

FL: Varför låg hammaren på golvet? Du har sagt att han höll på och spikade när du kom in?

JH: Ja, precis när jag kom in spikade han, men sen la han ifrån sig hammaren på golvet, och då tog jag den.

FL: Märkte han att du var där och tog den?

JH: Nej, han hörde inte att jag kom. Och så tog jag hammaren och slog han.

FL: Var slog du nånstans?

JH: I skallen alltså, här på sidan, så att han började blöda kraftigt. Jag fick till och med blod på mig själv.

FL: Okej. Var nånstans på din kropp fick du blod då?

JH: På handflatan, typ. Men jag tvättade bort det sen.

FL: På vilket sätt slog du, om du kan visa? Om du visar i luften så att jag ser hur det gick till.

JH: Jag slog till han så här, jättehårt.

FL: Vad hände då?

JH: Då låg han ner på golvet och började skrika och ville ha hjälp fort av nån skrek han. Sen slog jag till han flera gånger till, så han vart död.

FL: Du slog till flera gånger, säger du?

JH: Ja, så han skulle dö, för han var ju fortfarande vaken. Det räckte inte att slå en gång.

FL: Nej. Var på hans kropp slog du då?

JH: Alla slag var i skallen. Jag slog så här först, här på sidan, och sen när han böjde sig slog jag rakt uppepå. Och då när jag slog dom slagen råkade hammaren liksom åka in i skallen. Det var jätteäcklig faktiskt.

FL: Var var det nånstans?

JH: När jag slog det sista slaget uppepå skallen.

FL: Okej.

JH: Hammaren åkte liksom in och blev jätteblodig. Det var därför jag fick tvätta av den sen.

FL: Mm.

JH: Det räckte med två, tre slag, och sen dog han. Sen hörde man hur han andades klart.

FL: Nu hörde jag inte vad du sa.

JH: Han andades jättedjupt när han låg ner på golvet först.

FL: Okej.

JH: Det hördes jättemycket, och det var för att han höll på att förlora andningen antagligen.

FL: Okej.

JH: Och så dog han till slut.

FL: Mm.

JH: Jag stannade kvar där en stund och kollade om han var död. Han andades jättemycket först, men så gick det bara ner, mer och mer, mindre och mindre, och till slut hade han inget kvar.

FL: Okej.

JH: Så till slut dog han på det sättet. Klart man tappar andningen om man blir så där ihjälslagen.

FL: Du stannade kvar en stund, säger du. Hörde du några ljud i huset då?

JH: Ja, syrran som dammsög.

FL: Var dammsög hon?

JH: På övervåningen.

FL: Okej. Vad hände sen?

JH: Ja, sen gick jag ut genom dörren, för jag ville inte vara kvar där liksom. Det var ju då jag började reagera själv. Mitt hjärta dunkade jättefort, och det var då jag fick tårar själv alltså, när jag hade dödat han. Jag tänkte att jag inte skulle ha gjort det liksom, så det blev mycket tårar. Jag grät en bra stund alltså, för jag tyckte det var läskigt det jag hade gjort därinne.

FL: Mm.

JH: Och jag låste dörren, för jag hade nyckeln med det gröna bandet med mig. Eller inte gröna bandet, men det är en speciell grå nyckel som går till deras hus, och den låste jag ytterdörren med så att ingen skulle komma in, för man vill ju inte att nån ska få syn på en som är död. Jag ville vara lite snäll på det sättet, att ingen skulle komma in där och bli förskräckt. Jag tänkte inte på att syrran var hemma och skulle gå ner sen och se det. Det tänkte jag inte på.

FL: Nej.

JH: Så jag låste dörren och sen gick jag hem och in i mitt rum och funderade på hur Magnus hade varit den sista tiden. Jag var ledsen och grät som bara den alltså. Man blir ju så att man ångrar tokiga saker som man har gjort, så jag grät en bra stund där. Sen kom mamma, hörde jag, men jag gick inte ut till henne, för jag var inte så glad då precis. Man är ju aldrig glad när man typ slår nån så där, och jag blev sur på mig själv och ledsen för att jag hade gjort det.

50

Idag är jag stingslig och tål inte ett skit. Jag har all möda i världen att inte låta det märkas utåt.

Jag retar mig till exempel på hur en kollega pratar. Efter varje avslutad harang lägger hon till ett litet "så". Så. Det är jävligt irriterande, kan jag säga.

Och så har vi Severin. Honom står jag inte ut med i vanliga fall heller, eftersom han är så stöddig. Det är tur att jag inte behöver ha så mycket med honom att göra, för så fort jag får se honom blir jag hård och avvisande inombords. Han är nästan två meter lång, kraftigt byggd och har renrakad skalle, tatuerade armar, ring i ena örat och en fet guldfärgad kedja runt halsen. Finns det verkligen kvinnor som uppskattar den sortens utseende hos män? Själv gillar jag normalstora män, som har hår utanpå huvudet och en välfungerande hjärna inuti, och som inte behöver hävda sig med svällande muskler eller spöka ut sig med smaklösa dekorationer och fånigt bling.

Men det jag framför allt retar mig på hos Severin är hans stöddiga attityd. Han muckar gärna gräl och har för vana att kasta ur sig tvärsäkra påståenden. Med sina många år i yrket har han visserligen en viss erfarenhet och tyngd att lägga bakom sina uttalanden, men det hjälper inte stort. Han är en uppblåst, självbelåten skit. Jag tror inte på kolleger som påstår att han är både varm och medmänsklig under den tuffa ytan. Det märks ju aldrig. I samtal med honom gäller det bara att slänga käft, ju snabbare desto bättre, och lätta upp stämningen med att dra en fräckis då och då. Den sortens uppvisningar deltar jag aldrig i.

Det gör inte Nygren heller, har jag märkt. Honom gillar jag. Jag känner alltid samhörighet med personer som skippar det sociala kallpratet och koncentrerar sig på arbetsuppgifterna. Nygren är bra mycket äldre än jag, och vi har ingen djupare kontakt, men på det stora hela känner jag att vi är inne på samma linje. Han är lågmäld, kompetent och noggrann, precis som du var, Mårtensson. Han gillar allvaret i polisarbetet och tycker inte om att jobba tillsammans med slarviga och otåliga kolleger. För att ta reda på sanningen bakom ett brott är tålmodigt, systematiskt polisarbete det enda som gäller, anser han. Ingenting kan uteslutas och alla uppgifter ska kontrolleras. Det handlar om att vara nyfiken och arbeta hårt. Helt i linje med vad jag själv tycker, alltså.

Han är en erfaren förhörsledare som kan sätta sig med en kille som kallblodigt har dödat hela sin familj och prata med honom utan att med en min visa vad han känner. Han kan, precis som du kunde, hålla fast vid en vänlig attityd och lyssna tålmodigt på vad skit som helst om han anser att det är den bästa vägen att gå för att nå resultat.

Förhören med Jonas är avslutade, och det tror jag att han upplever som en lättnad. Det är svårare att stå ut med att ett barn har ställt till det för sig än att en vuxen har gjort det. Jonas är visserligen snart myndig, men mentalt är han inte vuxen. Jag har suttit med vid flera förhör, och han ger ett väldigt omoget och troskyldigt intryck. Han vet vad han har gjort, men han verkar inte förstå den fulla innebörden i det. Att han har en intellektuell funktionsnedsättning är helt klart, men riktigt hur den yttrar sig vet jag inte. Och vilket straff kommer han att få?

Som du vet får en person med en lindrig utvecklingsstörning dömas till fängelse, men bara om det föreligger synnerliga skäl. I fängelset blir förståndshandikappade

ofta väldigt illa behandlade av sina medfångar. Han kan
också dömas till slutet boende på ett behandlingshem eller
till rättspsykiatrisk vård, där tanken är att den dömde ska
vårdas så att han blir frisk. Men en utvecklingsstörd per-
son går inte att behandla så att han blir frisk, så det alter-
nativet borde inte komma ifråga, anser jag.

51

Nu kan man vara "klimatdeterminist" också, och det är
fan inte bra. Inte enligt författaren Jonas Gren i alla fall.
Han hånar andra författare som har uttalat sig i frågan. Så
här skriver han bland annat:

På det sjunkande skeppet Jorden börjar åsikten bli vanlig
att allt redan är för sent. Bland författare, denna sällsamma
grupp av ensliga sanningssägare, tycks hållningen särskilt
populär. Man säger: Upphettningen är ett ostoppbart tåg,
det är lika bra att acceptera vårt öde. Förutom hos de ame-
rikanska författarna Roy Scranton (SVT 12/6) och Jonathan
Franzen (SvD 1/9) har denna determinism uttryckts av
bland andra Kerstin Ekman (DN 26/5). [...]

Problemet, lyder argumentet (som är en känsla) är att ut-
maningarna är för stora, människorna för oeniga, upp-
värmningen har redan gått för långt.

Men klimatdeterministerna – eftersom de redan bestämt
sig   adresserar aldrig sin egen brist på empiri. Det kan bli
värre än de säger. Det kan bli bättre. Det kan bli något
tredje. Att påstå att det finns en förutsägbar utveckling för
himlakroppen är lika rimligt som att tro att ett allsmäktigt
spagettimonster vid en särskild tidpunkt ska utlysa Do-
medagen eller att Elon Musk är Jesus. Idén om planetarisk
lagbundenhet är ett spöke som skräms bort i samma stund
vi undersöker det. [...]

Klimatdeterministerna har fel när de konstruerar en motsättning mellan acceptans och att fortsätta kämpa för förändring. Jag vet inte varifrån denna tvångsmässiga hållning att välja mellan två saker som faktiskt går att härbärgera samtidigt kommer, men sannolikt stammar den ur
misantropi eller ledsamhet eller grinighet.

Om vi ska lyssna till forskarna som varnar för klimatupphettningen och utarmandet av biologisk mångfald så säger de: Ja, läget är allvarligt, men nej, det är inte för sent,
ännu finns saker att göra. Att som enskild romanförfattare
med expertis inom humaniora då utropa alla åtgärders
meningslöshet vittnar om en sällsynt självupptagenhet.
Vad vet Scranton och Franzen och Ekman som vetenskapen har missat? […]

Varför är han så hånfull? undrar jag. Varför angriper han
just författare, "denna sällsamma grupp av ensliga sanningssägare"? Alla har väl rätt att ha en personlig åsikt?
Vad har det med ens yrke att göra? För övrigt är han ju
själv författare och uttrycker sina åsikter, så jag fattar inte
vad han håller på med.

Jag är kanske överkänslig när det gäller angrepp på författare, eftersom jag minns vad pappa blev utsatt för av
oproffsiga kritiker, men jag reagerar lika starkt på alla sorters ovederhäftiga påståenden som får stå oemotsagda och
gälla för att vara objektiva och sanna.

Men för att återgå till determinismen, så citerar jag Lennart Rammer, som har arbetat som rättsläkare i över trettio
år och dagligen har konfronterats med det fysiska resultatet av människans grymhet och ondska. I sin bok "En
rättsläkare minns Tjugo verkliga mord" skriver han:

Man brukar ju säga att människan är jordens farligaste djur. Det finns ingen annan art som visar en sådan aggressivitet och grymhet som människan. Särskilt hanen är fruktad, men inte heller honan är ofarlig. Människan har i alla tider haft denna egenskap, och det är kanske en av förklaringarna till att människosläktet har kommit att inta en så dominerande ställning på jorden. Men våldet kan också leda till vår undergång. [...]

Människans inneboende våldsbenägenhet och grymhet söker sig högtravande motiv. Nationell förhävelse leder till nationskrig. Strävan efter ekonomisk dominans leder till kolonialkrig. Rasmotsättningar leder till folkutrotning. Politiska ideologier orsakar revolutioner. Religiösa motsättningar leder till religionskrig. [...] Men religionen och de andra motiven är inte de egentliga orsakerna till krig, utan snarare förevändningar för den inneboende driften att utöva våld. Det är ingen tvekan om att människan genom sin överdrivna våldsbenägenhet är en misslyckad skapelse.

Så långt Rammer. När det gäller klimatet är det ju utifrån hur människan bevisligen är skapt som determinismen uppstår, inte utifrån att det skulle finnas en "förutsägbar utveckling för himlakroppen" eller en "planetarisk lagbundenhet". Det är ju den egoistiska, helkorkade *människan* som med sina medfödda egenskaper är förutbestämd att utplåna sig själv och annat liv på jorden, vilket den hånande Jonas Gren uppenbarligen inte har förstått.

52

När man har kommit så långt i en brottsutredning att det
är dags att avsluta kontakten med personer som man i
vissa fall kanske har lärt känna lite närmare, känns det all-
tid frustrerande. Det är som att tvingas lämna ifrån sig en
bok som man har engagerat sig i innan man har nått fram
till slutet. Man sitter där med en massa obesvarade frågor
som man troligtvis aldrig kommer att få svar på. Hur kom-
mer huvudpersonernas liv att se ut i fortsättningen? På
vilket sätt har det inträffade påverkat deras tillvaro? Vad
kommer att hända längre fram?

I det här fallet är det i första hand Hanna, Josefin och
deras mamma jag tänker på. Har Alice, efter allt som hänt,
kraft över att också i fortsättningen stötta och hjälpa sina
barn? Ska Josefin hamna i fängelse för rattfylleri och för-
lora vårdnaden om sin son för alltid? Kommer Hanna att
orka bära sina förluster och återgå till ett normalt liv?

Det kommer jag aldrig att få veta, om jag inte aktivt för-
söker ta reda på det.

Hanna Holmberg

Jag ljög för Ann-Catrin om Tobias. För att inte dra upp-
märksamheten till honom sa jag att jag inte visste att han
hade sluppit ut ur fängelset. När vi pratade om honom un-
der förhören försökte jag verka så ointresserad och likgil-
tig jag bara kunde, för att hon inte skulle märka hur fylld
av hämndbegär jag var. Jag ansträngde mig till det yttersta
för att visa hur lite jag brydde mig om honom.

Ann-Catrin var misstänksam och litade inte på mig, kände jag, och det gjorde hon rätt i. Det går inte att lita på mig. Jag ljuger, undanhåller och förtiger. Jag ljuger för mig själv och jag ljuger för andra. Så har jag gjort i hela mitt liv.

Jag visste att morfar utsatte Josefin för sexuella övergrepp när hon var liten. Jag visste att pappa var otrogen mot mamma. Jag misstänkte, fast jag aldrig såg det och inte kunde tro det, att Tobias slog Rasmus. Jag visste att Lisette blev misshandlad av sin sambo. Jag visste att det var Jonas som dödade Magnus. Jag visste att mamma ljög om Jonas för polisen. Jag visste att Tobias var oskyldig till mordet på Magnus. Jag visste att polisen letade i onödan efter en alternativ gärningsman.

Men ingenting sa jag och ingenting gjorde jag. Min skuld är så stor att den aldrig går att sona.

Jag ljög för Ann-Catrin som behandlade mig med vänlighet och respekt. En gång var jag nära att försäga mig. Det var när vi pratade om att jag aldrig skulle bli riktigt rentvådd om ingen annan erkände och blev dömd för mordet på Magnus. Då tänkte jag att det i alla fall var bättre att *jag* dömdes för det än att Jonas gjorde det, och därför sa jag: *Men av två onda ting…* Jag lyckades slingra mig förbi det utan att hon reagerade, men då var det nära att jag avslöjade för mycket.

Av två onda ting väljer man det minst onda, och det minst onda var att jag blev straffad och att mamma fick behålla Jonas. Jag tyckte att det var bättre för både mamma, Jonas och mig själv att det var jag som dömdes, eftersom det var jag som hade minst av oss tre att leva för.

Jag undrade om mamma visste lika säkert som jag att det var Jonas som hade gjort det och skyddade honom genom att ljuga för polisen. Jag undrade om hon i så fall tänkte offra mig för hans skull eller tog för givet att jag skulle släppas så att vi skulle klara oss båda två. Det spelade ingen roll, tyckte jag, för jag visste att vi var överens om att det viktigaste var att skydda Jonas.

Nu vet jag att hon inte var säker på att Jonas hade gjort det, och att hon till och med misstänkte ibland att det kanske var jag som var den skyldiga ändå, eftersom polisen verkade vara så övertygad om det. Det förlåter jag henne, för jag vet hur tankarna kan irra åt alla håll när man är osäker och inte har tillgång till all behövlig information.

Jag var beredd att dömas för mordet, men jag kunde inte förmå mig att avlägga en falsk bekännelse så länge det fanns en möjlighet att jag skulle släppas. Bara tanken på att jag skulle ha slagit en hammare i huvudet på Magnus fick mig att må illa. Jag skulle aldrig, aldrig ha kunnat göra så mot honom, och att då sitta och säga att det var det jag hade gjort, kändes helt omöjlig för mig.

Hur kunde det hända? Vad var det som fick Jonas att göra det? Varför påstod han att Tobias var inblandad?

Magnus sa ibland att han inte ville ha Jonas "springande" hos oss. Han kunde komma när som helst, och Magnus tyckte inte om att han gjorde så. Han kunde till och med gå in i huset när vi inte var hemma, eftersom mamma hade en nyckel till oss hängande i hallen. Det var med den han tog sig in när han dödade Magnus. Det var med den han låste efter sig när han lämnade huset. Att ytterdörren var låst efteråt, var det som gjorde att jag förstod att det var Jonas som hade varit där. När jag insåg vad det kunde innebära för honom, låtsades jag bli osäker på om dörren hade varit låst, fast jag visste säkert att den hade varit det. Jag ljög för polisen för att skydda Jonas.

Några månader innan, när jag visste att det började närma sig att Tobias skulle friges, kollade jag upp honom på Facebook. Jag var rädd att han skulle söka upp oss, och jag tänkte på hur lättlurad Jonas är, så jag tyckte att jag måste prata med honom om vad som kunde hända. Jag frågade honom om han kom ihåg Rasmus och Tobias, och så visade jag honom fotot av Tobias på hans Facebooksida och sa att det är så här han ser ut nu. Jag sa att om Tobias kom hem till oss, så fick han absolut inte komma in i våra hus. Jag sa att om han kom när Jonas var ensam hemma så skulle han låsa dörren när han fick syn på Tobias och inte öppna om han ringde på. Jag sa att han absolut inte fick låna ut nyckeln som hängde i hallen, så att han kunde ta sig in i mitt och Magnus hus. Jag sa att han inte skulle följa med Tobias om han till exempel föreslog en promenad i skogen, för det förstod jag skulle innebära att han ville pumpa Jonas på upplysningar om oss. Jag ville skrämma honom lite, så att han inte skulle låta sig övertalas till nånting, och därför sa jag att Tobias var farlig och kunde slå ihjäl oss allihop som han en gång slog ihjäl Rasmus.

Och jag tror att det var för att jag sa allt det där till Jonas som han började fantisera om Tobias och fick för sig att han hade varit med och dödat Magnus. Polisen berättade det för mig och frågade om jag visste om Tobias och Jonas hade haft kontakt innan det hände. Jag visste inte, och det sa jag till polisen, men jag berättade inte att det nog var för att jag hade skrämt upp Jonas för Tobias som han började prata om Tobias under förhören på det där sättet. Om jag hade vetat vilken effekt det skulle få hade jag aldrig gjort det. Jag visste ju inte ens om det fanns en verklig risk att Tobias skulle söka upp oss. Jag var inte rädd för honom, men jag ville absolut inte att han skulle komma tillbaka in i mitt liv. Det var därför jag gjorde som jag gjorde.

Och när Jonas började prata om Tobias under förhören tänkte jag: Hur kan jag vara säker på att han inte tog kontakt med Jonas och påverkade honom att döda Magnus?

Det skulle han ju mycket väl ha kunnat göra, tänkte jag. I så fall är det Tobias fel att Magnus är död. I så fall har han tagit ifrån mig det käraste jag hade inte bara en, utan två gånger. I så fall är det bara jag som kan skipa rättvisa.

Han har avtjänat sitt straff för Rasmus död, och han hade det säkert taskigt i fängelset, för barnamördare står väl inte särskilt högt i kurs, men det räcker inte för mig. Jag måste göra det själv. Det var som om mina känslor för det han gjorde mot Rasmus kom tillbaka och väckte ett hämndbegär hos mig som jag inte hade haft innan. Plötsligt tyckte jag att han inte hade fått betala nog. Och så känner jag fortfarande.

Han har tagit ifrån mig det viktigaste jag hade, och därför ska jag ta ifrån honom det viktigaste *han* har. Inte livet, för då slipper han bara undan. Det är ett livslångt lidande han ska ha, och vilken förlust kan ge honom det? Han har inga pengar, ingen familj, ingen egen bostad…

Han bor i sin mammas lägenhet nu. Vart hon själv har tagit vägen vet jag inte, om hon inte har hamnat på ett vårdhem eller dött. Nej, hon lever nog. Det måste ju vara hon som fortfarande står för kontraktet och betalar hyran för lägenheten. Tobias har väl ingen inkomst. Vem skulle vilja ge honom ett jobb när han har suttit inne för mord?

Så vad har han som jag kan ta ifrån honom? tänkte jag. Jo, han har sitt *utseende*. Det tyckte han var viktigt. Utseendet var det enda som gav honom lite självförtroende och det enda han var nöjd med hos sig själv. Med hjälp av utseendet kunde han få andra att bli intresserade av honom och kanske bry sig om honom. Och han ser fortfarande bra ut. Det såg jag på fotot han har på Facebook.

Det är hans utseende jag ska ta ifrån honom. Först visste jag inte hur det skulle gå till, men det vet jag nu. Jag vet i alla fall en del av det, och det var en ren slump som gav mig idén.

När jag kom hem var jag sjuk ett tag och orkade inte göra så mycket. Jag bodde hos mamma, och en dag när jag mådde bättre och vi var hemma hos morfar och hjälpte honom att städa, hittade jag några flaskor saltsyra i hans överfulla städskrubb. Nästa gång jag var där tog jag med mig en av flaskorna hem. Ingen kommer att sakna den, och den går inte att spåra till mig. Mamma skulle kunna lägga ihop två och två efteråt, men hon skulle aldrig ange mig.

Det enda som återstår att lösa är hur jag ska få tag i hans portkod. För att komma in i huset och kunna ringa på hos honom vid en lämplig tidpunkt måste jag ha hans portkod. Jag förstår inte hur jag ska komma över den utan att visa mig eller avslöja vem jag är.

Han kommer att få men för livet, precis som jag har fått. Varje gång jag tvekar och tänker att jag inte borde göra det, behöver jag bara frammana minnesbilden av hur Rasmus stapplar fram över golvet framåtböjd som en liten gubbe för att lindra smärtan i magen. Det hände flera gånger att han hade så ont att han inte kunde gå upprätt. Men varför grät han inte? Varför klagade han inte? Varför talade han inte om för mig vad Tobias gjorde?

Varför räddade jag honom inte?

53

Jag tänker på döden, Mårtensson. Ibland avundas jag dig som redan har den avklarad. Det är tur att den kommer, förr eller senare. Att leva i evighet skulle vara outhärdligt. När man har insett att livet är ett enda stort tidsfördriv, när allt man kan göra för att få tiden att gå har mist sin lockelse och blivit till slentrian och upprepning, när ingenting känns intressant och engagerande mer, då kan man lika gärna dö, tycker jag.

Mitt engagemang i klimatkrisen blev inte långvarigt. Jag ser hur andra kämpar och försöker hitta lösningar, och jag ser hur andra fortsätter att leva precis som förut som om hotet inte existerar, och jag blir så trött. Vad är meningen, Mårtensson? Det har ju alltid varit så att det goda och det onda har kämpat om herraväldet här i världen. Det har alltid varit så att ingen sida har segrat. Det är en evig strid som aldrig kommer att ta slut. Jag vill inte delta i den striden. Jag vill inte kämpa när jag vet att det är lönlöst.

Och jag vill inte vara med och springa i det så kallade ekorrhjulet. Jobba, handla, städa, tvätta, laga mat, äta, vila och sova är sånt man är tvungen att göra, och det är inte så betungande om man inte har barn, husdjur, vänner, bil, båt, villa, trädgård, sommarstuga och en massa fritidsintressen och är aktiv på sociala medier en stor del av tiden, men så är det ju många som har det. Hur får folk tiden att räcka till? undrar jag. När hinner man umgås med barnen? När hinner man läsa, tänka, känna och koppla av? Det hinner ju knappt jag, som har så få förpliktelser och har inrättat mitt liv så enkelt.

Tack vare jobbet behöver jag aldrig förströ mig i alla fall. Jag vill inte sysselsätta mig med meningslösheter för att få tiden att gå. Jag jobbar mycket, men inte för pengarnas skull. Jag kan spara en stor del av min lön varje månad. Men att jag får pengar över innebär inte att jag ökar min konsumtion. Mina behov har ingenting med min inkomst att göra. Jag kan inte skaffa mig en massa saker som jag inte behöver bara för att jag har råd. Det skulle bara kännas frustrerande och betungande.

Vi har ett samhälle där lycka och framgång mäts efter hur rik man är, hur dyra bilar, hus och kläder man kan skaffa sig, hur många utlandsresor man har råd att göra. Ett samhälle där vi varje sekund bombarderas med reklam om hur vi ska se ut och vad vi ska köpa för att bli vackrare, sundare, friskare och lyckligare. Konsumtionen uppmuntras ständigt med lockande lågpriser, ökad import av varor och utbyggnader av nya köpcentra.

Jag förstår inte hur folk kan falla för reklam. Själv tycker jag att det är enbart kränkande att utsättas för en påverkan som utgår från att man är så dum att man låter sig lockas och luras av förföriska försäljningsargument och inte är kapabel att själv välja och bestämma vad man behöver köpa. Om det till råga på allt handlar om produkter som är totalt onödiga eller till och med skadliga, är förolämpningen ännu större.

Det känns så hopplöst. Vad spelar det för roll att jag och några till vägrar delta i köphysterin när majoriteten anammar den med hull och hår? Det gör ingen som helst skillnad att vi ställer oss utanför. Vi är en osynlig droppe i havet.

Det är kanske bara tillfälligt jag känner så här, för luften brukar ju alltid gå ur mig efter ett avslutat fall när anspänningen har släppt och tröttheten tar över. Jag orkar inte argumentera för det rätta, trots att jag vet att det är min plikt att försöka få andra att förstå vilken skada vi gör genom vårt sätt att leva.

Och jag är inte bra på det. Jag står inte ut med egoism, inskränkthet och dubbelmoral, Mårtensson! När jag ska föra fram mina åsikter blir jag anklagande och föraktfull istället för lugn och diplomatisk. Jag får folk att gå i försvarsställning, och på det sättet uppnår jag inga resultat. Därför är det kanske bättre att jag tiger, tänker jag. Men är det rätt? I jobbet behöver jag inte försöka få skurken att förstå hur fel det är att misshandla, våldta och mörda, för det vet han redan, och det finns det lagstadgade straff för. En hagalen konsument eller en urblåst flygresenär däremot, bryter inte mot några lagar, och det framtida gemensamma straffet skapar inga samvetsbetänkligheter hos en person som saknar solidaritetskänsla och vanligt enkelt förnuft. Så här säger den amerikanske miljöadvokaten Gus Speth:

I used to think that top environmental problems were biodiversity loss, ecosystem collapse and climate change. I thought that thirty years of good science could address these problems. I was wrong. The top environmental problems are selfishness, greed and apathy, and to deal with these we need a cultural and spiritual transformation. And we scientists don't know how to do that.

Det borde vara brottsligt att utföra handlingar som skadar naturen. Strävan efter ständig tillväxt, och den rovdrift av jordens naturtillgångar som det har lett till, måste kosta, istället för att som idag vara väldigt lönsam för det lilla fåtal som tjänar på det. Personer i höga positioner som har makt att finansiera, utfärda tillstånd eller ge order, borde hållas personligt ansvariga och dömas till hårda straff om deras handlingar eller beslut bidrar till att livsbetingelserna på jorden skadas. Det borde gälla över hela världen och tillämpas utan undantag.

Men så lär det ju aldrig bli. Dumheten, girigheten och maktlystnaden kommer aldrig att kunna utrotas, och därför är vi dömda till undergång. Jag accepterar det, men det är svårt att se det hända. Det är därför jag avundas dig som redan är död, Mårtensson. Det är därför jag önskar ibland att allt redan vore över.

Hanna Holmberg

Jag har fått ett meddelande på Facebook från en tjej som vill träffa mig och prata om Tobias. "Är det sant att han har dödat din pojke?" frågade hon. "Ja, det är sant," svarade jag. "Och mig har han våldtagit", skrev hon.

Vi bestämde dag, tid och plats, och så raderade vi konversationen från båda håll.

Jag vet inte varför jag gick med på att träffa henne. Jag vet ju inte alls vem hon är eller vad hon vill. Om Tobias har våldtagit henne, så förstår jag inte på vilket sätt det angår mig. Vill hon pumpa mig på upplysningar om honom för att kunna hämnas på honom? Vill hon att vi ska hämnas på honom tillsammans?

Hon är kanske lika fylld av hämndbegär som jag har varit och fortfarande är ibland. Känslorna blossar upp då och då men är inte alls lika starka som förut, och jag är inte alls lika bestämd i mitt uppsåt som jag var för ett tag sen. Är hämnden verkligen så ljuv som det sägs, eller mår man bara dåligt efteråt? har jag börjat fråga mig. Tänk om det inte alls känns bättre när det är gjort. Tänk om jag begår ett stort misstag. Och blir jag inte lika ond som han om jag gör det? Vill jag verkligen ha det gemensamt med honom?

Jag måste kanske inte göra det. Han har ju redan fått sitt straff. Han har ju redan förlorat nästan allt. Jag behöver inte göra det. Jag vågar nog inte. Jag kommer inte obemärkt in i huset utan portkoden, och försöker jag ta reda på den kan jag bli identifierad. Jag är rädd att jag ska åka fast. Jag är rädd att jag ska ångra mig. Inte ångra att jag har skadat honom, men att jag har gjort en sak som binder mig vid honom istället för att göra mig fri.

I nästa stund tänker jag: Jag är bara feg. Att skada honom kommer att göra mig fri. Att ge honom ett livslångt lidande kommer att göra mig fri. Att skipa verklig rättvisa kommer att göra mig fri. Jag försöker intala mig det, men jag känner mig fortfarande tvehågsen och rädd.

54

Min före detta vän Anders med sina likasinnade vänner skriver på Facebook:

Anders: Nu vill regeringen att svenskarnas fritids- och semesterresor medelst flyg ska minska! Det räcker inte med flygskatten för att få ner flygandet! Vilka andra länder är så "nitiska" ifråga om att minska och förhindra att befolkningen flyger? Ett litet land i norra delen av världen vars befolkning längtar efter sol och bad ska stanna hemma, medan större delen av de riktigt befolkningstäta länderna kan flyga ohejdat utan dåligt samvete. Sverige och den högst ansvariga regeringen gör allt för att tillfredsställa en liten grupp miljöaktivister, som utifrån olika bevekelsegrunder vill köra landet i botten med sina utspel! Vi är ett litet land som behöver flyget för att nå våra handelspartners och för rekreation!

Marianne: Älskar den globala uppvärmningen! Spelade boule idag och höll på att frysa häcken av mig.

Barbro: Kan inte politikerna börja först rensa bort allt det onödiga. Sånt vi verkligen inte behöver. Skotrar (luktar och låter hemskt i fjällen). Norrmännen kommer hit och kör eftersom det är förbjudet i Norge. Fyrhjulingar. Alla fritidsbåtar. Mopeder m m

Jag: Stephen Hawking: "Greed and stupidity are what will end the human race."

Ida Werner

Jag läser om klimatförändringarna på nätet, kopierar och gör sammanfattningar så att jag ska förstå och lära mig mer. Så här skrev jag i förra veckan:

Fossila bränslen är den största källan till utsläpp av växthusgaser som bidrar till klimatförändringarna. Cirka åttio procent av världens energiförbrukning kommer från fossila bränslen. Olja, kol, naturgas och torv innehåller stora mängder lagrad energi. Energin kommer från resterna av växter och djur som levde för miljoner år sen. Alla fossila bränslen består av kolväten som släpper ut koldioxid vid förbränning. Industrin står för en tredjedel av växthusgasutsläppen globalt sett. Tillverkning av metaller som stål, kemiska produkter, trävaror, livsmedel, textilier, transportmedel, maskiner, elektronik, gummi och plast kräver energi. Den rika delen av världen ligger bakom den största delen av utsläppen som påverkar klimatet. Om man skulle använda alla kända reserver av fossila bränslen som finns skulle jordens klimat förstöras många gånger om. En del har både insett och accepterat att vi av klimatskäl måste lämna större delen av jordens kvarvarande olje- och koltillgångar i marken. Vi kan inte, som vissa tror, vänta på att reserverna tar slut innan vi ställer om till ett nytt och modernt energisamhälle. Vi måste inom en mycket snar framtid förändra industrin till nollutsläpp och övergå till förnybar energi. Annars kan den mänskliga civilisationen, som vi byggt upp under tvåtusen år, gå under redan om trettio år.

Jag har sett en film på YouTube med Greta Thunberg och Georg Monbiot, och i den sägs det bland annat:

"There is a magic machine that sucks carbon out of the air, costs very little, and builds itself. It's called a tree."

Det betyder att om vi slutar använda fossila energikällor helt och hållet och går över till förnybar energi, och om vi skyddar och bevarar den växtlighet vi har och planterar massor med nya träd, så kan naturen själv fånga upp och binda koldioxiden så att den inte sprids vidare ut i atmosfären. Om vi gör det, har vi kanske en chans att rädda mänskligheten från undergång.

"Living ecosystems like forests, mangroves, swamps and seabeds can pull enormous quantities of carbon from the air and store them safely, but natural climate solutions currently receive only 2% of the funding spent on cutting emissions." […] "Even more crazy – right now, when we need nature the most, we're destroying it faster than ever." […] "Tropical forests are being cut down at the rate of 30 football pitches a minute."

Det är faktiskt ganska svårt att tro att det skulle kunna bli en ändring på det.

Vi människor har gjort oss själva till slavar under det kapitalistiska systemet, och vi har ingen kontroll över det längre. Systemet styr våra beslut, våra liv och våra möjligheter att överleva på jorden. Systemet lurar oss att bry oss mer om ekonomisk tillväxt än om människans behov av att få leva i frihet och demokrati. Vi har fått lära oss att om vi arbetar mer och tjänar mer så kan vi konsumera mer och låna mer och äga mer, och att det är det som gör oss lyckliga. Vi överkonsumerar och gör slut på jordens tillgångar. Vi lever i ett system som håller på att krossa våra möjligheter att överleva. Genom vår civilisation erövrade vi planeten och började styra dess framtid. Vi tror att vi har koll, att vi styr själva, men det är det kapitalistiska systemet som styr oss. Själva är vi bara slavar och fångar under det. För att överleva måste vi ändra på systemet och börja tänka i helt nya banor.

"The world as we have created it is a process of our thinking. It cannot be changed without changing our thinking."
Albert Einstein

"Om vi inte ändrar riktning hamnar vi vid vägs ände."
Kinesiskt ordspråk

Alice Holmberg
Hur kan en genomgod människa utföra en genomond handling? Hur kunde Jonas, som är så snäll och rar, med berått mod slå ihjäl Magnus som han inte ens var arg på? Jag har aldrig sett Jonas riktigt arg. Förvirrad, hjälplös och irriterad, men aldrig arg. Varifrån kom dom där "mördartankarna" som han berättade om för mig? Från dataspel och filmer? Från andra ungdomar? Från hans egen förvirrade hjärna?

Vissa tror att lusten att ta till våld minskar om man ser våldshandlingar på film. Andra anser att filmvåld lockar fram en aggressivitet som redan finns där men som inte skulle komma till uttryck annars, och att det man ser leder till ökad våldsanvändning. Jag vet inte vilket som är det rätta, och jag vet inte vad Jonas brukade titta på eller hur han reagerade på det han såg. Jag borde kanske ha tagit reda på det.

Nu är det inte "Mongopyromanen" ungdomarna pratar om längre utan om "Mongomördaren". Jag har själv hört det. Men han är inte mongoloid. Han har inte Downs syndrom. Han är bara omogen, naiv och annorlunda.

Jag älskar honom. Jag kan inte sluta älska honom fast jag vet vad han har gjort. Han förstod inte. Jo, det gjorde han, men inte på rätt sätt. Det går inte att förklara. Han kunde inte hjälpa det.

Hanna försökte skydda honom. Hon var till och med beredd att ta på sig mordet och avtjäna straffet i hans ställe. Skulle jag ha låtit henne göra det om det hade gått så långt? Jag trodde inte att det skulle gå så långt. Jag litade på att rättssystemet skulle fungera. Men om det inte hade gjort det? Skulle jag ha offrat henne för hans skull då?

Jag känner mig usel. Jag är ingen bra människa. Jag är ingen bra *mamma*. Det har gått illa för alla mina barn, och det måste ju delvis bero på mig. Vad har jag gjort för fel?

Jonas kommer att dömas för mord. Enligt hans advokat blir straffet troligtvis slutet boende på ett ungdomshem eller rättspsykiatrisk vård, och det vet jag inte vad det innebär. Om han döms har Hanna laglig rätt att yrka på ersättning för den skada hon har lidit av att sitta häktad, och det hoppas jag att hon gör, så att hon åtminstone får tillbaka sin förlorade arbetsinkomst.

Josefin har dömts för rattfylleri till en månads fängelse. Hon har överklagat domen i vårdnadsmålet, men hon har inga förhoppningar om att den kommer att ändras till hennes förmån nu när hon har blivit dömd till fängelse. Jag har sagt till henne att om Peter, som har suttit inne för barnmisshandel, kunde få vårdnaden, måste hon också kunna få det, men hon tror inte att hon har en chans. Tydligen krävs det att hon först ska få prövningstillstånd, och det tror hennes advokat kommer att bli svårt. Jag är inte så insatt i det, men får hon inte tillbaka Jesper kan jag inte föreställa mig vad hon kommer att göra.

Hon har skickat trafikdomen till mig, och så här skriver tingsrätten angående påföljden:

Straffvärdet för det brott som Josefin Holmberg ska dömas för motsvarar fängelse i en månad. Josefin Holmberg är tidigare ostraffad. Detta talar mot att fängelse väljs som påföljd. Grovt rattfylleri är emellertid ett brott av sådan art där presumtionen för fängelse är mycket stark. Hur stark presumtionen är beror på omständigheterna i det enskilda fallet. Högsta domstolen har uttalat att den som kör bil med alkoholkoncentration i blodet om ca 1,5 promille (vilket motsvarar 0,75 mg/l i utandningsluften) eller mer i allmänhet får antas utgöra en sådan fara i trafiken att en icke frihetsberövande påföljd inte är tillräckligt ingripande (se NJA 2002 s. 653). I Josefin Holmbergs fall har visserligen alkoholkoncentrationen i blodet understigit denna gräns, dock inte med särskilt mycket. Körningen har gått sakta och trafiken har såvitt framkommit varit ringa. Samtidigt är det utrett att Josefin Holmberg delvis har framfört sitt fordon på fel sida av vägen och att ett fordon har fått väja för att undgå kollision. Därtill kommer att körningen skett en längre sträcka bl.a. på större vägar. Sammantaget anser tingsrätten att omständigheterna kring körningen är så pass allvarliga att det saknas möjlighet att välja en icke frihetsberövande påföljd ens i kombination med samhällstjänst. En sådan påföljd skulle inte vara tillräckligt ingripande. Med andra ord saknas det särskilda skäl mot att välja fängelse som påföljd. Tingsrätten ifrågasätter inte att Josefin Holmberg befann sig i en känslomässigt mycket påfrestande situation privat eller att hon idag känner stor ånger över att hon kört rattfull. Detta är emellertid inga omständigheter som tingsrätten kan beakta vid påföljdsvalet. Tingsrätten bestämmer därför påföljden till fängelse. Fängelsetidens längd ska bestämmas i enlighet med straffvärdet, d.v.s. en månad.

I en månad ska Josefin sitta inlåst. Jag kan inte föreställa mig hur det skulle kännas att förlora friheten och tvingas vistas i en helt främmande och skrämmande miljö så länge. Hur kommer det att påverka henne? Jag hoppas att hon ska klara av det och inte bli helt knäckt.

Det är bra att det är stränga straff för rattfylleri, men jag tycker att man skulle ha visat lite större förståelse för bakgrunden i Josefins fall. Hon kommer ju aldrig mer att sätta sig bakom ratten när hon har druckit. Hon var förtvivlad och visste inte vad hon gjorde. Det var en engångshändelse som aldrig kommer att upprepas, och det borde man ha förstått och tagit hänsyn till, tycker jag.

Det är så sorgligt alltihop. Alla mina barn har fått med polisen och fängelse att göra, och alla har gjort personliga förluster.

Hanna har förlorat alla sina närstående utom mig, och all sin livsglädje. Hon har blivit så tyst och grubblande. Hon har flyttat hem till sitt eget hus nu, men hon är fortfarande sjukskriven. Hon oroar sig för hur det ska bli när hon kommer tillbaka till jobbet, säger hon. När hon bodde hos mig kunde jag skydda henne mot hyenorna, och det kan jag fortfarande göra, men när hon börjar jobba igen är det fritt fram för vem som helst att ge sig på henne med sin nyfikenhet och sensationslystnad.

Man vill skydda och hjälpa sina barn, men ibland går det bara inte. Hanna sörjer Magnus, och den smärtan kan jag inte lindra. Inte kan hon hata den som dödade honom heller, fast det är det behovet hon har nu. Hon har ingenstans att göra av sin ilska och känner sig totalt hjälplös och frustrerad.

Eller är det jag som är arg? Är det jag som behöver ge utlopp för min vrede över att alla mina barn har drabbats så hårt? Är det jag som borde förbanna den orättvisa gud eller djävul som har låtit det ske?

Ja, det är kanske jag, men det kan jag inte ta itu med förrän jag är ensam och ingen behöver mig mer.

55

När vi satt några stycken i mötesrummet och väntade på
att Widén skulle dyka upp, passade Severin på att dra en
fräckis. Alla skrattade utom jag.

*Vet ni vad det är för likhet mellan att sitta i polisförhör och
att slicka mus då? ... Jo, slinter man med tungan hamnar man
i skiten! ... Har du ingen humor, Friberg?*

Varför undrar du det?

Du skrattar ju inte.

Vad ska jag skratta åt?

Den roliga historian som jag nyss berättade.

Jag har inte hört nån rolig historia.

Nä, då är du väl döv då.

Och så såg han sig omkring som för att inhösta bifall
från övriga närvarande. Men det fick han inget, kunde jag
konstatera, och det var ju tacknämligt.

Idag har jag varit till kyrkogården och tittat till din grav.
Från eken hade det fallit torra löv som jag krattade ihop
och bar bort. Eken är angripen av den snedstreckade ek-
styltmalens larver som tar sig in i bladen och suger ut växt-
saften. Löven vissnar och dör och trädet blir grått istället
för grönt och frodigt. Det sägs att angripna träd får nya
blad inom en månad, men det har inte ditt fått.

Graven ser ganska tom ut. Eva skickar blommor ibland
som jag sätter i vasen framför stenen, men för det mesta är
det bara raden med perenner som pryder den. Eva vill att
det ska vara enkelt och lättskött, eftersom hon inte kan ta

hand om den själv, och dig spelar det ingen roll hur den ser ut, säger hon.

Nej, det gör det säkert inte. Jag vet att det som finns kvar av din kropp ligger där i jorden, men själv är du inte där. Det har du aldrig varit. Det kände jag redan på begravningen, och det känner jag varje gång jag kommer dit igen. En levande själ bor inte i en död kropp.

Eller lever du bara i våra minnen, Mårtensson? Dör det vi kallar själen när kroppen dör, fast många av oss hoppas att det inte ska vara så? Sett på lite avstånd är ju en människa inte större än en myra, och vem tror att varje liten myra är så speciell och betydelsefull att en del av den överlever när den dör?

Människan är så förmäten. Herredjur kallade Linné oss. Djuret homo sapiens är bara en primat bland alla andra. Men vilket annat djur förstör sin egen livsmiljö? Vilket annat djur är så urbota dumt?

Varför finns vi, Mårtensson? Utan oss skulle ju allt vara frid och fröjd här på jorden. Enligt australiensaren Chris Barrie, som bland många andra förutspår den mänskliga civilisationens undergång inom trettio år, är vi "den mest rovdjursaktiga art som någonsin existerat". Så den enda rimliga förklaringen är att vi är här för att förgöra. Men vad är det för mening med det? Varför är vi skapta så?

Jag stod där vid din grav och såg upp i ekens vissna krona, och samtidigt som jag frågade mig varför, tänkte jag att det nog är så här alltihop kommer att sluta.

"It may sound frightening, but the scientific evidence is that if we have not taken dramatic action within the next decade, we could face irreversible damage to the natural world and the collapse of our societies."
Sir David Attenborough

56

Vid sjutiden i fredagskväll ringde det på Tobias Hanssons dörr. När han öppnade översköljdes hans ansikte omedelbart av en vätska som slängdes mot honom från en bunke eller liknande. Det var inget sprutande eller hällande alltså, utan allt träffade honom på en gång. Han hann inte värja sig och fick bara en skymt av personen som stod snett framför honom innan han förblindades. Oturligt nog svimmade han och föll ihop i hallen. En granne som skulle gå ut med soporna fick se honom ligga livlös på golvet i innanför den halvöppna dörren. Han kände en stickande lukt i trapphuset men kunde inte identifiera den. Han trodde först att Hansson var full, men när han inte lyckades väcka honom ringde han efter hjälp. När han gick ner för att öppna för räddningstjänsten upptäckte han att porten var uppställd, vilket betydde att vem som helst kunde ha tagit sig in i huset. Vem det var som hade ställt upp porten har inte gått att få fram.

Det finns inga vittnen till själva händelsen, och grannarna hade ingenting av värde att rapportera. Paret i lägenheten under satt och tittade på teve medan en dotter, som var på tillfälligt besök, stod i köket och diskade. Dottern, som befann sig närmast ytterdörren, hörde ingenting utifrån trapphuset förrän polis och ambulans anlände.

Vätskan visade sig vara en frätande syra. Hansson blev skadad i ansiktet och på delar av överkroppen. Att han svimmade vid attacken ledde till att ingen omedelbar avsköljning av huden skedde, vilket förvärrade skadorna och resulterade i att han troligtvis kommer att få men för livet.

Här ligger det en hund begraven, Mårtensson. Det känner jag tydligt. Men det är för tidigt att dra några bestämda slutsatser. Att låsa sig vid en viss uppfattning utan att ha tillräckligt på fötterna är det dummaste man kan göra. Fastnar man för en bestämd teori redan från början, som Holth gjorde när det gällde Hanna och mordet på hennes sambo, har man en tendens att bortse från allt som inte passar in i den förväntade bilden och missar kanske betydelsefull information. Dessutom gör vårt yrkesmässiga behov av att snabbt få en uppfattning om händelseförloppet när ett brott har inrapporterats, att det är lätt att rusa iväg och förbise viktiga detaljer. Men det misstaget ska vi inte göra i det här fallet, hoppas jag.

57

Nu lämnar jag dig, Mårtensson. När behovet har blivit en vana, och vanan börjar ge en känsla av ofrihet, är det dags att sluta. Det är där jag befinner mig nu. Jag behöver dig inte längre. Att hålla fast vid det man inte längre behöver är ett effektivt sätt att hindra sig själv från att komma vidare. Så oförståndig tänker jag inte vara. Jag kommer aldrig att glömma dig, och jag kommer alltid att tänka på dig med värme och tacksamhet, men nu är min tid med dig förbi. Snart är kanske tiden för hela mänskligheten förbi, så jag får se till att leva i verkligheten och njuta av det goda så länge det varar, innan det onda har tagit över och avgått med segern en gång för alla.

Det finns ingen räddning.

"Och hoppets stråle går igenom världen, och ljuset skimrar över land och hav. Folk, fall nu neder, och hälsa glatt din frihet… Vår jord är fri, himlen öppen nu är."

Jag lyssnar på "O helga natt" och gråter.